구선모 新무협 판타지 소설

초열지도

號熱之道

호열지도 3

구선모 新무협 판타지 소설

초판 1쇄 찍은 날 § 2002년 9월 19일
초판 1쇄 펴낸 날 § 2002년 9월 29일

지은이 § 구선모
펴낸이 § 서경석

편집장 § 문혜영
편집책임 § 장상수
편집 § 박영주 · 김희정 · 권민정 · 이종민 · 연종은
마케팅 § 정필 · 강양원 · 김규진 · 안진원

펴낸곳 § 도서출판 청어람
등록번호 § 제1081-1-89호
등록일자 § 1999. 5. 31
어람번호 § 제2-0132호

주소 § 경기도 부천시 원미구 심곡1동 350-1 남성B/D 3F (우) 420-011
전화 § 032-656-4452   팩스 § 032-656-4453
E-mail § eoram99@chollian.net

값 7,500원

ISBN 89-5505-427-0 (SET)
ISBN 89-5505-430-0 04810

구선모 新무협 판타지 소설

호열지도
號 熱 之 道

3 금단선공

도서출판
청어람

목

차

제 1 장

권력이란… 권력, 그거 좋지

권력이라… 권력, 그거 좋지

 세상에는 언제나 변하지 않는 불변의 진리라는 것이 존재한다. 사람이나 동물들은 언제나 먹고 싸야만 한다는 것과 태양은 언제나 동쪽에서 떠오른다는 것, 또한 아무도 모르는 중요한 일들은 항상 밤에 이루어진다는 것 등등.

 이런 불변의 진리는 앞으로도 영원히 지속될 듯, 오늘도 어김없이 아침에 떠오른 태양이 점심때를 가리키는 중천에 자리하며 세상을 밝게 비추고 있었다.

 하지만 사람이라면 누구나 먹어야 산다는 불변의 진리를 무참히 깨어버린 한 인간이 있으니…… 바로 호열이란 존재였다.

 하지만 호열은 자신이 그런 존재라는 사실을 기억하고 있거나 한 것인지 전보다 더욱 먹는 일에 매달리고 있었다. 마을을 지나친 지 얼마 되지 않은 지금 호열의 손에 마지막으로 남은 건량의 흔적마저 지워져 있었던 것이다.

그 때문에 운영은 장백촌을 나선 지 오래지 않아 조그만 마을을 만나자 그곳에서 마른 건량을 사야 했다.

다시 마을을 빠져나온 호열은 현운 장문인과 박 장군과 멀어지기 위해 경공을 펼쳤다. 그렇게 반 각 정도를 달린 후 어느 정도 거리가 벌어졌다는 생각이 들자 천천히 걸으며 주변 경치를 감상하기 시작했다. 그런 호열의 손에는 어느새 마른 건량이 들려 있었다.

푸른 새싹을 내미는 주변의 나무들과 저마다 꽃봉오리를 피우기 위해 안간힘을 쓰는 꽃잎들이 다가오는 봄을 알리고 있었다.

'아, 나무도 그렇고 꽃들도 저마다 살기 위해 안간힘을 쓰는구나.'

호열의 눈에 나무와 꽃들이 새싹을 틔우기 위해 주변의 기를 열심히 끌어당기는 모습이 들어왔다. 미미하게나마 끊임없이 쉬지 않고 열심히 기를 빨아들이고 있었다.

'음… 저 모습을 보니 나도 배가 고파지는구나. 하긴 점심을 먹을 때가 지났지…….'

"운영아, 배고프지 않니? 어찌 된 일인지 벌써 배가 고프구나."

호열은 손으로 배를 만지며 앞서 걸어가고 있는 운영을 불러 세웠다.

"옛? 건량은요? 벌써? 아…….'

"건량으로 배가 채워지겠냐? 간식거리밖에 안 되지."

"그러고 보니 벌써 정오가 지났네요, 형님."

'하하하, 정말 형님의 배 시계는 정확하단 말이야. 그나저나 정말 건량을 다 드신 것인가? 허…….'

운영은 언제나 정확하게 식사 시간을 알아맞추는 호열의 배꼽시계에 절로 웃음이 나왔다.

"그런데 다음 마을까지 가려면 멀었는데 어떻게 하시겠습니까?"

운영도 중원으로 가는 것은 이번이 처음이었다. 그래서 마을 객점 주인에게 다음 행선지에 대해 상세히 물어놓았다. 처음 길을 나설 때는 몰랐지만 곧 호열이 아무 생각 없이 가고 있다는 사실을 알고는 마을을 지나치면서 물어보았던 것이다.

듣기로 마을이 많이 떨어져 있다고 했으니 천천히 주변을 구경하면서 가다가 노숙을 하든지, 아니면 호열을 재촉해 경공을 사용하여 빨리 도착하든지 결정해야 했다.

"이런, 그럼 어떻게 한다? 음……."

'허, 이럴 줄 알았으면 아까 그 마을에서 간단하게 끼니를 때울 걸 그랬나? 음… 그럼 지금이라도 돌아갈까? 아니지, 그러다가 박 장군이나 장백검파 사람들을 만나기라도 하면… 내가 먼저 일이 있다고 서두르며 떠났는데 다시 돌아가면 무슨 망신이람. 만나더라도 오늘을 안 되지, 암.'

호열은 곰곰이 다른 방법을 모색하기 시작했다.

'음… 그래, 차라리 여기서 토끼 한 마리나 잡아먹는 것이 낫겠다. 괜히 왔다 갔다 고생할 필요가 없지.'

"운영아, 여기서 먹기로 하자."

"옛? 여기서요?"

호열의 대답을 기다리며 주변의 경치를 구경하던 운영은 의아해하며 호열을 쳐다봤다.

"그래, 네 말대로 마을이 멀리 있으면 여기서 간단히 먹고 천천히 출발하는 게 좋을 것 같은데… 운영아, 어떻게 생각하느냐?"

운영은 호열의 말을 들으며 이해한다는 듯이 고개를 끄덕여 보였다가 이내 다시 고개를 저었다.

"음… 형님 말씀은 잘 알겠지만 건량도 다 떨어진 지금 우리가 준비한 건 아무것도 없는데 무엇을 드신다는 것인지……."

한 시진 전 조그만 마을을 지나칠 때 준비한 건량마저도 호열이 다 먹어버렸기에 지금은 먹을 것이 없었다.

"뭘 먹긴, 그냥 주변에 돌아다니는 토끼나 한 마리 잡아서 먹으면 되지. 자자, 너는 저쪽 숲에 가서 찾아봐라, 난 이쪽으로 가볼 테니."

호열은 주춤거리는 운영의 등을 떠밀고는 반대쪽으로 빠르게 사라졌다. 운영은 사라지는 호열을 보며 막 뭐라고 하려다가 이내 고개를 흔들며 숲 속을 향해 걸어갔다.

"휴, 어쩔 수 없지. 일단 형님이 말을 꺼낸 이상 대책은 없으니……."

그렇게 헤어진 지 반 시진 후 길을 조금 벗어난 산언덕에서 다시 만난 호열과 운영은 숲에서 잡아온 토끼를 굽기 위해 자리를 잡은 후 불을 피웠다.

"운영아, 겨우 한 마리 잡으면서 그렇게 늦었냐?"

호열은 자신이 잡아온 두 마리의 토끼를 나무에 꽂은 다음 활활 타오르는 불 위로 올려놓으며 운영을 쳐다보았다.

"형님, 겨우 한 끼 식사하는 데 많이 잡을 필요는 없잖아요. 그래도 제법 토실토실한 놈을 잡아왔으니 그만 화 푸세요."

운영도 호열의 옆에 앉으며 잡아온 토끼를 불길에 올려놓았다.

'녀석, 그래도 그렇지. 좀 잡으려면 나처럼 두 마리 정도는 잡아 와야지.'

호열은 운영의 말에 고개를 끄덕이며 수긍하였지만 그래도 못마땅한 듯 한마디 하는 것을 잊지 않았다.

"이 녀석아, 아무리 한 끼 식사를 위한 것이라도 최선을 다해 잡아야지. 혹시 아냐? 나중엔 이런 먹는 시간도 아깝게 느끼게 될지."

운영의 말에도 일리가 있었지만 호열은 유랑 생활을 하며 제때 식사하기란 쉬운 일이 아니라는 것을 잘 알고 있었기에 시간 있을 때 먹을 건 먹어야 한다는 말이었다.

"아… 예, 알겠습니다."

'형님 말씀대로 정말 그렇게 될 수 있겠구나. 시간이 있을 때 먹어 둬라. 음…….'

운영은 호열의 말을 되새기면 되새길수록 공감하는 마음이 커지게 되었다.

"자, 다 익은 것 같다. 어서 먹자."

"예, 형님 먼저 드세요."

"그래, 너도 어서 먹어라."

호열은 운영이 뜯어주는 토끼 뒷다리를 집어 들어 먹기 시작했다. 운영은 맛있게 익은 다리를 호열에게 넘겨준 후 자기가 잡아온 토끼의 다리 한 짝을 집어 들었다. 그러나 호열이 어찌나 빨리 먹는지 운영은 처음 집었던 것 하나만을 먹었을 뿐이고, 그 많은 양의 토끼고기는 순식간에 호열의 뱃속으로 사라졌다.

"휴, 이제야 좀 살 만하네. 아, 잘 먹었다. 역시 먹는 것이 남는 거야. 음… 운영아, 너도 잘 먹었냐?"

"옛? 예, 저도 맛있게 잘 먹었습니다."

'허, 정말 먹는 것이 그렇게나 좋으신가?'

오랜만에 산기슭에서 굽이굽이 언덕을 타고 흐르는 부드러운 바람을 맞으며 호열과 운영은 포만감에 젖어 주변 나무에 등을 기대앉아 편안한 휴식을 취하였다.

"휴… 운영아, 이제야 고향을 떠났다는 게 실감나는 것 같지 않느냐? 이렇게 객지에서 끼니를 때우고, 또 오늘은 노숙도 해야 할 것 같은데… 부모님 생각도 나겠지?"

"예, 아버지와 어머님이 보고 싶기도 하네요. 하지만 제가 성공해서 돌아갈 때까지 잘 계실 거라고 생각합니다. 저도 그날이 빨리 오길 바라고요."

"그래, 그날이 빨리 와야지."

'아, 난 돌아가도 반길 사람 하나 없구나…….'

호열은 운영을 보면서 부러운 마음이 드는 것을 어쩌지 못했다. 돌아갈 고향이 있다는 게, 기다리는 가족이 있다는 게 여간 부러운 것이 아니었다.

"참, 형님께 여쭈어볼 것이 있었는데……."

운영은 사실 어제저녁부터 호열에게 물어보고 싶은 것이 있었다. 하지만 말을 꺼내기가 쉽지 않아 물어보지 못하고 결국 잊어버리고 있었다. 하지만 간만에 휴식을 취하며 생각이 났고, 용기를 내기로 했다.

"응? 나한테? 뭔데 그러냐?"

호열은 나무에 기대앉은 자세로 운영을 바라보았다.

"예, 다름이 아니라… 형님께서는 왜 박 장군과 함께 가시지 않았습니까? 박 장군도 형님과 함께 갔으면 하는 것 같았고, 또 운이 좋으면 황제를 만날 수 있는 기회인데요."

운영은 박 장군이 황제를 알현하기 위해 사신으로 가고 있다는 것을 알았기에 호열이 잘만 하면 황제의 얼굴을 볼 수 있었지 않나 하는 생각을 하고 있었다.

"황제? 내가 황제를 만나서 뭐 하게? 그리고 너는 박 장군의 어떤 모습을 보고 그런 생각을 하게 된 것이냐?"

호열은 운영의 말이 이해되지 않았다. 아침에 떠나올 때도 박 장군에게선 아무런 말도 없었고 그런 느낌도 받을 수 없었는데 운영은 마치 호열이 박 장군의 제의를 거절한 것처럼 말하고 있지 않은가.

"바쁜 일정에도 불구하고 박 장군은 아침에 형님을 끝까지 배웅하지 않았습니까?"

"음… 그랬지, 그것이 어쨌다는 것이냐?"

호열은 운영의 말을 들으며 고개를 끄덕였다.

"예, 형님도 보셔서 알겠지만 박 장군은 우리가 안 보일 때까지 객점 안으로 들어가지 않고 서 있었잖아요. 또 어제는 형님이 어디까지 가는지 물어보기도 했고요."

"그랬었지. 참, 어제 같이 금릉까지 동행하자는 것을 내가 거절했었지. 그래, 그랬어… 하지만 그래도 그렇지, 박 장군같이 나라의 녹을 받는 사람이 나 같은 사람을 어서 믿고 함께 황제를 만나려고 하겠느냐?"

"형님, 그건 장담 못하지만 저는 충분히 가능성 있었다고 생각합니다. 어제 박 장군의 형님을 보는 눈빛이 예사롭지 않았어요."

박 장군의 눈빛이 호열이 아닌 운영을 바라보던 것이란 걸 모르는 운영은 호열에게 박 장군의 눈빛에 대해 기억해 내며 얘기하였다.

"그래? 음… 하지만 내가 황제를 만나게 되더라도 나에게 좋을 것이 뭐가 있겠냐? 괜히 귀찮은 일만 생기겠지. 암, 그렇고말고."

운영의 말에 답하며 호열이 고개를 끄덕였다. 호열에겐 황제를 만나는 것 자체가 귀찮은 일이었던 것이다.

　황제를 만나려면 온갖 예의란 예의는 다 갖추어야 하고, 또 주변에 있는 높은 사람들의 눈치도 보아야 한다는 것을 잘 알고 있던 호열은 나중에라도 황제를 만난다는 건 생각하기도 싫었다.

　"귀찮은 일이라니요? 전 오히려 좋은 일이라고 생각을 하는데… 형님, 저는 형님 말씀이 무슨 뜻인지 도무지 모르겠습니다."

　운영은 호열의 말을 들으며 고개를 갸웃거릴 수밖에 없었다. 다른 사람들은 어떻게든 한 번이라도 황제를 볼 수 있기를 바라는데 호열은 오히려 귀찮은 일로 치부를 하고 있으니 이해가 가지 않았던 것이다.

　"몰라? 내가 왜 황제를 만나기 싫은지 이해 못하겠단 말이냐? 음… 좋다, 그럼 설명할 테니 잘 들어봐라. 내 말이 옳은지, 아니면 틀린지."

　호열은 예전부터 운영이 조금 둔하다는 것은 알고 있었지만 이렇게나 둔한진 정말 몰랐다는 표정을 지으며 왜 황제를 만나기 싫은지에 대해 차근차근 심도있게 설명을 하였다.

　'그렇지, 황제를 만나려면 아무리 몰라도 많은 제약이 있겠지. 역시 형님은 뭐가 달라도 다르구나. 음… 하지만 아무리 생각을 해도 좋은 기회였는데……'

　"예, 형님 말씀 잘 알았습니다. 하지만 저는 단지 형님께서 박 장군과 함께 황도로 가 황제를 알현할 때 형님께서 황제의 환심을 살 수 있는 좋은 기회를 얻었을지 모른다는 말을 하고 싶었던 것입니다."

　"음… 환심, 환심이라… 황제의 환심을 산다? 운영아, 내가 왜 힘들게 황제의 환심을 사야만 하느냐?"

　호열은 운영의 말을 음미하다가 이해가 가지 않는다는 표정으로 운영을 쳐다보았다.

"형님, 정말 모르서서 그러는 것입니까, 아니면 알면서 그런 말씀을 하시는 겁니까?"

운영은 호열의 말을 이해할 수 없었다. 운영이 아는 호열은 아무리 귀찮은 일이라도 한 가지 조건이 들어가면 두 팔을 걷어붙이고 뛰어들 사람인 것이다.

"운영아, 네가 말하는 뜻을 몰라서가 아니라, 음……."

"예, 형님의 말씀 무슨 뜻인지 알겠습니다. 하지만 제가 형님께 이런 말을 하게 된 것에는 이유가 있었습니다."

"이유? 운영아, 그 이유를 말해 주면 안 되겠냐? 난 도통 모르겠구나."

호열은 운영의 말을 들으며 생각해 보았지만 왜 운영이 자신에게 그와 같은 말을 하는지 알 수가 없었다.

"예, 형님께서 이렇게까지 말씀하시니 해야만 할 것 같네요. 이런 말을 하는 것이 어떨지는 잘 모르겠지만 형님께서 박 장군과 함께 황제를 알현할 수 있었다면… 제 철없는 생각이지만 만약 형님께서 운이 좋다면 그렇게 갖고 싶어하시던 돈은 물론 덤으로 권력까지 힘들이지 않고 얻을 수 있을 것 같기 때문이었습니다."

돈이라면 정말 자다가도 벌떡 일어날 정도로 사족을 못 쓰는 호열이었다. 아무리 둔한 사람이라고 해도 호열과 한 달 정도만 같이 생활한다면 누구나 대번에 알 수 있을 정도로 호열은 돈에 남다른 집착을 보였다. 왜 그런지는 모르지만 그러한 행동을 보이는 데에는 호열의 남다른 사정이 있을 것이라 짐작만 하고 있었다.

"뭐? 돈과 권력? 운영아, 지금 돈과 권력이라고 했냐?"

'뭐야? 지금 이 소리가? 돈과 권력이라니?'

호열은 운영의 말에 귀가 번쩍 뜨였다. 운영의 말이 조금 이상한 쪽으로 가는 것 같기는 했지만 돈에 관련된 일이라 호열의 모든 신경이 그쪽으로 쏠리는 것이었다.

운영은 그런 호열을 바라보며 웃음 지었다. 그냥 생각했던 걸 말한 것뿐인데 운영의 말을 들은 호열은 충격을 받았는지 고개를 번쩍 치켜들며 반응을 보였던 것이다.

"예, 저번에 형님께서 항주에 내려가 장사할 거라고 말씀하셨잖아요?"

"그래, 그렇게 말했었지. 어떤 걸 할지는 잘 모르겠지만 장사를 하긴 할 거니까."

호열은 운영의 말에 고개를 끄덕였다. 언젠가 운영에게 그와 같은 말을 했던 기억이 난 것이다.

"예, 그럼 주제넘지만 형님께 제가 한 가지만 여쭙겠습니다. 형님께선 힘.들.게. 한평생을 사시면서 재물, 명예, 권력 중에서 겨우 재물만 취할 생각이십니까?"

"응? 그게 무슨……."

'도대체 지금 뭐라고 하는 거야? 무엇 때문에 내게 이런 말을 하는지 모르겠네.'

호열은 갑자기 머리가 무척 아프다는 생각이 들었다. 평상시 잘 사용하지 않던 머리를 갑자기 사용하려니 조금은 무리를 느꼈던 것이다. 그러나 생각하지 않을 수 없는 것이, 아무리 머리가 지근지근 아파도 운영이 말하는 뜻을 빨리 파악해야만 할 것 같은 불안한 마음이 들었기 때문이다. 만약 호열이 이 상황을 제대로 파악하지 못하고 잘못된 결정을 내려 일이 이상한 방향으로 진행된다면 그땐 아무리 땅을 치고 후회를 한다고 해도 모두 지난 일이 될 것이기에 최대한 머리를 돌릴 수밖에 없었던 것이다.

"당연히 아니지요. 형님 같으신 분이 한낱 돌덩이에 지나지 않는 재물만을 위해 평생을 쓰시겠습니까? 그렇지요?"

"응? 음… 그렇지, 내가 아무렴 그렇게 살겠느냐? 암, 그렇고말고. 아니지, 암."

호열은 이치에 맞는 운영의 말에 깊이 생각해 보지 않고 힘주어 고개를 끄덕였다. 아무리 돈을 가지고 싶었다지만 호열도 그것에 평생을 집착하며 살고 싶지는 않았기 때문이다.

"예, 그런 형님을 알기에 제가 주제넘게 그와 같은 말을 하게 된 것입니다. 그동안 형님과 생활을 하다 보니 조금은 형님에 대해서 안다고 할 수 있기에 아까운 생각이 들었거든요."

"음… 그래, 고맙구나."

'아, 도무지 저 녀석이 지금 무슨 말을 하는지 모르겠구나. 말을 빙빙 돌려서 얘기를 하니 도무지 정신을 차릴 수가 없네. 음… 이거, 너무 많이 커버린 것 같아. 나중에 한번 손을 봐주어야지. 암, 꼭 그래야 될 것 같아.'

호열은 고개를 끄덕이는 것처럼 운영의 위와 아래를 훑듯이 번갈아 가며 쳐다보았다.

'음… 형님께서 따로 생각이 있으셔서 그랬을지도 모르는데 내가 너무 주제넘게 나선 것인가? 하지만 너무나 아까운 기회였는데…….'

단순한 성격의 소유자인 호열의 표정에서 운영에 대한 곱지 않은 생각이 고스란히 배어 나왔다. 하지만 운영은 잘 알고 있으면서도 아무런 일이 없었다는 듯이 슬쩍 넘어가기로 했다. 지금 호열이 무슨 생각을 하는지 깊이 생각하지 않아도 뻔했으므로 괜히 건드리기 뭐했던 것이다.

"형님, 왜 그러세요?"

"아니다, 어서 계속 얘기해 봐라. 내게 하고 싶은 얘기가 무엇인지 한번 들어보고 싶구나."

호열은 운영의 생각이 궁금하였다. 너무 말을 어렵게 빙빙 돌려 꽤 씸하기는 하였지만, 한편으론 운영이 어렵게 얘기를 꺼냈다는 걸 알기에 그 진의를 알고 싶었던 것이다. 또 어찌 된 일인지 자꾸만 오늘처럼 운영과 편안하게 대화를 나눌 시간이 없을 것 같다는 생각이 들었기에 고개를 갸웃거리면서도 끝까지 들어보기로 했다.

크게 화를 낼 것만 같은 호열이 오히려 편안하게 얘기하라고 말하자 운영은 당황하면서도 천천히 옛 기억을 되새기며 하나하나 떠올려 보았다.

"옛? 예, 형님께서 그렇게 말씀해 주시니 편안하게 말하겠습니다. 음… 제가 어렸을 적에, 그러니까 제가 한 열여섯 정도 되었을까? 그때 아버님께서 저에게 해주신 말씀이 있었습니다."

"그래? 나도 어렸을 때 그런 일이 있었지. 그래서?"

"예? 형님께서도요?"

"그래, 난 아버지께서 돌아가시기 며칠 전의 일이었지만……."

"아, 죄송합니다."

"아니다. 어서 하려던 얘기나 계속해 봐라."

"예, 형님. 음… 그때 아버님께서 제게 하셨던 말씀이……."

그날은 살갗을 태울 것 같은 뜨거운 폭염은 아니었지만, 아무것도 안 하고 가만히 있어도 저절로 땀이 흘러내리는 찜통 같은 더위가 기승을 부리던 여름이었다. 바람 한 점 없는 움직이기 힘든 날씨에도 불구하고 운영은 아버지와 함께 나무를 하러 산을 오르고 있었다. 그때 운영의 나이 열여섯, 험한 세상을 살아가는 데는 조금 어리다고 할 수 있었지만 시각을 달리해 보면 거의 성인이라 할 만한 나이였다.

그날 운영은 오랜만에 아버지와 함께 대장간의 풀무질에 필요한 땔감을 구하러 산으로 올라가게 되었다. 그때처럼 장백산에 며칠 동안 찜통 더위가 계속된 적은 그리 많지 않았다. 겨울은 춥지만 여름엔 항상 선선한 바람이 불어 좀처럼 더위를 모르고 시원하게 나곤 했으니까.

어쩐 일인지 다른 날과 다르게 그날은 땔감을 쉽게 구할 수 있어서 일을 빨리 끝내고 쉴 수 있었다. 운영이 손에 도끼를 들고 산에 오르게 된 지 얼마 되지는 않았지만 그날처럼 하루 일과를 빨리 끝내고 편안하게 쉴 수 있는 시간은 그리 많지 않았다. 항상 하루 종일 빠듯하게 나무를 해야 간신히 어두워지기 전에 채울 수 있을 정도였던 것이다.

일을 일찍 끝낸 운영은 뜨거운 햇볕을 피해 나무 그늘에 앉아 땀을 식혔다. 그 옆에는 가지고 내려갈 나무들을 정리하고 있는 아버지 유검이 있었다.

"운영아, 오늘 많이 힘들었지?"

유검은 이마에서 시작해 얼굴을 타고 목까지 흘러내리는 땀방울을 한 번에 닦아내면서 운영의 옆자리에 앉았다.

"아니에요, 아버지께서 더 힘드시죠."

"허, 녀석, 벌써 이렇게 다 자랐구나. 아이구, 이 귀여운 녀석. 하하하."

유검은 덩치에 비해 귀엽게 말하는 운영의 얼굴에 텁수룩하게 수염이 난 자신의 얼굴을 비벼댔다.

"아버지, 하지 말아요. 아이, 따갑잖아요."

운영은 아버지가 수염으로 자꾸 얼굴을 비비자 너무나 따가워 비명을 지르며 괴로워했다. 그러나 유검은 그런 운영의 모습이 사랑스러운지 계속 비벼대며 웃고 있었다.

"하하하……."

"아, 하지 말아요……."

오랜만에 부자간의 즐거운 시간을 가지면서 운영과 유검은 연한 붉은색의 노을을 피워대며 서쪽으로 지기 시작하는 태양을 보았다.

유검은 오랜만에 기분이 좋았다. 그동안 사랑하는 아내의 지병 때문에 마음 고생도 많았고, 더구나 요즘은 대장간의 힘든 중노동으로 하루도 쉬지 못하고 바쁘게 살았다. 그렇게 하루하루를 간신히 넘기며 살다 보니 그동안 하나밖에 없는 자식과 얼굴을 맞대고 있을 시간이 별로 없었던 것이다. 운영과 유검 둘만의 시간이…….

운영의 기억 속 그날. 오랜만에 얼굴을 맞대고 앉아 있었던 그날처럼 아버지 유검의 얼굴에 윤기가 나고 활기가 넘쳐 보였던 적이 별로 없었다.

"운영아……."

"예? 왜요, 아버지?"

오랜만에 힘들게 일하고 쉬어서 그런지 몸이 나른해진 운영은 갑자기 아버지가 조용한 목소리로 자신을 부르자 깜짝 놀랐다. 평소의 목소리가 아니었던 것이다. 그래서 운영은 초롱초롱한 눈망울로 자신을 부르는 아버지를 쳐다보았다.

"음… 너는 앞으로 살아가는 동안 어떤 마음가짐으로 살기를 바라느냐? 아니, 어떻게 살 것이다라고 나름대로 생각한 것이 있느냐?"

"예? 마음가짐이라니요?"

운영은 아버지가 지금 무슨 소리를 하는지 이해 못하겠다는 표정을 지었다.

유검은 운영의 얼굴에서 '나는 아버지가 지금 무슨 소리를 하는지 모르겠어요' 하는 표정을 어렵지 않게 읽을 수 있었다. 이에 황망함을 느꼈는지 뒷머리를 살짝 긁으면서 말을 이어 나갔다.

"음… 너무 어려웠느냐? 허, 음… 그러니까… 그래, 이 아비가 얼마 살지는 않았지만 그 나름대로 경험한 것이 있는데, 가만히 생각해 보니 세상 사람들은 살아갈 때 누구나 세 가지를 추구하면서 일생을 살아가는 것 같더구나. 물론 아닐 수도 있지만……."

"세 가지요?"

"그래, 아비가 생각하기론 그 세 가지는 재물, 명예, 권력인 것 같구나. 대다수의 사람들 누구나 할 것 없이 가지고 싶어하는 것들이지. 이 아비 또한 마찬가지고."

"아, 예……."

운영도 아버지의 말에 수긍한다는 듯 고개를 끄덕였다. 아직 어리기에 어른들이 왜 그런 생각을 하며 사는지는 모르지만 운영도 돈의 필요성만큼은 잘 알고 있었던 것이다.

유검은 천진하게 고개를 끄덕이는 운영의 머리를 쓸어 넘기면서 등을 토닥여 주었다.

"허허, 녀석. 그래, 네가 알았다고 고개를 끄덕이니 그럼 다시 묻겠다. 아까 이 아비가 한 질문은 이 세 가지 중에 너는 어떤 걸 추구하며

살겠느냐는 것이었다. 그래, 너는 앞으로 살아가면서 무엇을 얻고 싶으냐?'

"예, 전… 그게, 음… 아버지, 잘 모르겠어요."

아직 어린 나이의 운영에게 아버지가 하는 말은 생각하고 대답하기가 너무도 어려운 질문이었다. 운영은 아버지가 자신의 지식 수준이나 나이를 생각이나 하고 물어보는 것인지, 도대체 무슨 생각으로 이런 어려운 질문을 하는지 모르겠다는 표정이었다.

"허허, 너무 어려운 질문이었더냐?'

유검은 운영이 자신의 질문에 인상을 쓰면서도 한참을 고민하는 것이 귀엽고 대견스럽게 보였다. 그의 입가에 미소가 지어졌다.

"예, 너무 어려워요."

운영은 뒷머리를 긁적이며 유검을 쳐다보았다.

"허허, 음… 어떻게 한다? 그래, 그럼 이 아비가 하나하나 설명을 해 줄 것이니 잘 생각해 보거라."

유검은 운영이 빠르게 이해할 수 있는 방법에 대하여 생각하다가 좋은 생각이 떠올랐는지 얼른 옆자리에 앉아 있던 운영의 어깨를 잡은 후 자신의 앞자리에 끌어당겨 앉히며 웃음을 지어 보였다.

"예, 아버지."

운영은 유검의 말을 경청하기 위해 귀를 쫑긋거렸다.

"음… 어떻게 설명할까? 그래, 이러면 되겠구나. 너도 알겠지만 너의 할아버지께선 하남에서 유명한 대장간을 운영하셨단다. 비록 배운 것은 없었지만 나름대로 열심히 일하신 덕에 재물만은 많이 모으셨지. 한때는 그 큰 하남 땅에서도 열 손가락 안에 드셨을 정도였으니… 그때는 정말 재물이 많았었지. 음… 그 많던 재물이 모두 다 이 못난 아

비의 잘못으로 남은 것 하나 없이 다 탕진되었지만 말이다. 허, 그건 너도 알고 있지?'

"예, 어머니께 말씀 들었어요."

"응? 그러냐? 허……."

'이런, 이놈의 마누라가 애한테 별소리를 다 하는군. 내 내려가기만 하면……!'

유검은 설마 운영이 이렇게 대답할 줄은 생각도 못하고 있었다. 그저 고개 정도만 끄덕이리라 생각하고 있었던 것이다. 그런데 운영은 천연덕스럽게 대답을 하고 있으니 유검은 순간 기가 막혔다.

"흠흠, 음… 그래, 어쨌든 어느 날 할아버지께선 산에서 기연을 만나 우리 집안의 가보인 유운이란 무공 기서를 얻게 되셨지. 그 다음은 너도 알 것이다. 그렇지?"

"예, 알고 있어요. 그런데 아버지는 왜 항상 그 책을 몸에 지니고 있으세요?"

"아, 이거 말이냐?"

유검은 가슴속에서 유운을 운영에게 보란 듯이 꺼내 들었다.

"예, 그 책이요."

"흠, 그건 말이다. 음… 그래, 이건 우리 가문의 하나밖에 남지 않은 가보이기 때문이란다. 우리 집안의 마지막 희망이지. 그렇기 때문에 이 아비가 이것을 해석해서 우리 운영에게 주려고 항상 몸에 지니고 다니는 거란다. 알겠지? 이 아비의 눈물나는 사랑을 깨달으니 새록새록 아비에 대한 존경심이 생기지?"

유검은 두 손으로 운영의 볼을 살짝 집고서는 양쪽으로 잡아당기며 말을 하였다.

"아야, 아파요! 에이, 내가 거짓말이란 걸 모를 줄 알아요? 한 번도 펼쳐 보지 않고 가지고만 다니시면서… 아버진 그 책을 읽지도 않잖아요."

운영은 유검이 책을 읽지 않는다는 것을 잘 알고 있었다. 그렇기에 아무리 유검이 말을 한다고 해도 고개를 저을 뿐이었다.

"응? 녀석, 다 보았느냐?"

"예, 제가 누구 아들인데요."

"음……."

'무서운 녀석, 어느새 그걸 보다니. 이거 큰일이구나, 어서 빨리 해석해야 하는데 도대체 알 수가 있어야지. 허… 그래, 이렇게 된 거 차라리 이 책을 운영에게 줘버릴까? 오히려 그 편이 좋지 않을까? 음… 그래, 이렇게 내가 계속 가지고 있어봐야 아무런 도움이 안 될 것 같으니 그 편이 좋겠다. 또한 이걸 계기로 운영이 글공부에 전념할 수 있을지도 모르는 일이니…….'

유검은 오래전부터 자신이 유운을 계속 가지고 다녀봐야 더 이상 진전이 없을 거란 걸 절감하고 있었다. 그래서 어려서부터 남달리 눈치가 빠르고 영리한 운영에게 넘기는 것이 나을 수도 있겠다는 생각을 하게 된 것이다.

하지만 유검은 선대의 무거운 짐을 아직 한참 뛰어놀아야 할 어린 아들에게 넘긴다는 것이 마음에 들지 않았다. 아니, 마음의 상처가 되고 있었다. 자신이 못나서 선대의 한(恨)을 사랑하는 자식에게 물려주게 되었다는 생각에 유검은 가슴 한복판이 칼로 도려내지는 아픔을 느끼고 있었다.

"흠흠, 얘기가 조금 빗나간 것 같구나. 운영아, 지금 내가 우리 집안의 가슴 아픈 얘기를 너에게 하는 이유는 재물이란 있다가도 없고, 또 없다가도 생기게 되는 것이란 말을 하기 위해서였단다. 흔히 사람들은 재물을 가리켜 부귀의 상징이라고 하지만 이 아비는 그렇게 생각하지 않는단다."

"응? 그럼 아버진 뭐가 좋으신가요?"

"응? 나 말이냐? 음… 그래, 아버지… 아니, 너의 할아버지께서 왜 어렵게 모은 재물과 편안한 삶을 마다하면서까지 그런 고생을 자초하셨는지 아느냐? 그건 명예를 얻기 위함이었다. 명예. 휴… 이 아비도 한때 그 명예라는 것을 얻으려고 무던히도 애를 썼었지… 흠흠, 또 얘기가 샜구나. 그래서 우리 가문은 아비가 지금 들고 있는 유운검법서를 해독하기 위해 노력을 아끼지 않았던 것이란다."

유검은 손에 들고 있던 유운을 운영이 잘 볼 수 있도록 펼쳐 보였다.

"아……."

"그래, 할아버지께선 항상 재물은 조금만 노력하면 쉽게 모을 수 있고, 또 언젠가는 없어질 수 있는 것이지만 명예는 아무리 노력을 한다고 해도 쉽게 없어지지 않는다고 생각하셨단다. 그래서 이 아비에게도 시간만 나면 항상 자신의 그러한 생각을 말씀하셨었지."

유검은 운영에게 말을 하면서도 두 눈은 지그시 감겨진 상태였다. 옛날 어릴 적의 기억이 떠올라 아버지에 대한 그리움이 느껴졌던 것이다.

"예… 아버지 얘기를 듣고 보니 할아버지 생각이 맞는 것도 같네요."

운영은 유검의 말을 들으면서 가문에서 중히 여기는 것이 재물이 아닌 명예라는 생각을 하게 되었다.

"그러냐? 허허, 음… 하지만 이 아비의 생각은 다르단다."

"옛? 그게 무슨 말씀이세요? 그럼 지금 말씀하신 것은?"

'응? 아니라니? 그럼 왜 내게 굳이 이런 얘기를 하신 거지? 그냥 이 거 해라, 이렇게 하는 게 어떠냐, 이렇게 하는 것이 좋겠다. 그래, 그거 해라. 그러면 편할 것을……'

운영은 아버지가 재물이 아닌 명예에 더욱 비중을 두고 말하는 줄 알았는데 아니라고 하니 어리둥절한 표정이 되었다.

"그건 말이다, 음… 내가 지금 하는 말이 옳다고 장담할 순 없지만 아비의 경험으로 하는 얘기이니 그냥 들어두어라."

"예."

운영은 아버지 유검이 이번엔 무슨 말을 할지 궁금하다는 표정이 되 어 진지하게 경청하기 위해 흐트러진 자세를 바로잡았다.

"이 아비는 말이다, 모두 사람 나름이겠지만 아무리 힘들게 노력해 서 명예를 얻는다고 해도 재물은 쉽게 따라오지 않는다고 생각한단다. 너도 이제 다 커서 알겠지만 재물이란 사람이 살아가는 데 최소한은 있어야 하는 것이지. 아무리 명예가 높다고 해도 재물이 한 푼도 없으 면 어떻게 살아가겠느냐? 아마 거지처럼 다른 사람들한테 구걸하며 살 아가겠지? 그 사람도 먹어야 살 수 있을 테니까. 안 그러냐?"

"음… 예, 그렇겠군요. 제가 거기까지는 생각 못했어요. 그럼 재물 을 모아야겠군요. 아버지, 그렇지요?"

이번에는 맞았다는 생각을 했는지 운영은 자신감과 더불어 확신에 찬 표정으로 유검을 쳐다보았다.

"허허, 글쎄… 내 생각이 항상 옳은 것만은 아니니까 뭐라고 대답은 못하겠구나. 하지만 내 말은 네가 꼭 재물에 욕심을 갖으라는 말이 아니란다."

"옛? 아버지, 지금 재물이 더 좋다고 했잖아요."

"글쎄… 내가 꼭 재물이 명예보다 낫다고 말을 했니?"

"음… 예, 아버지께선 그렇게 말씀하셨어요."

운영은 유검의 되묻는 말에 조금 생각하는 듯하더니 힘차게 고개를 끄덕였다.

"응? 음… 그리고 보니 네가 그렇게 생각할 수도 있었겠구나. 그런데 운영아, 아직 하나가 남았지 않느냐?"

"하나요? 음… 아, 권력이요?"

운영은 아직 하나가 남아 있었다는 것을 기억하곤 말을 하면서 확인하기 위해 유검의 얼굴을 쳐다보았다.

"허허, 그래, 권력. 아직 권력이 남았지."

"아버지, 그럼 권력은요? 권력이 제일 좋은가요?"

"허허, 권력이라……."

유검은 운영의 초롱초롱한 눈망울을 한동안 주시하다가 이내 고개를 돌려 막 산 넘어 석양이 붉게 지고 있는 하늘을 한참 동안 바라보았다. 그렇게 유검은 온 세상을 붉게 물들일 것만 같은 석양이 서서히 사라지며 점점 어두워져 가는 하늘을 쳐다보고 있었다. 밤이 찾아와도 더위는 사그라질 줄 모르는 듯 푹푹 찌는 하늘만 바라보며 그렇게 한참을 앉아 있었다. 그렇게 일각 정도 지났을까? 하늘만 쳐다보던 유검은 진지한 표정과 엄숙함이 배어 나오는 얼굴로 말을 이어 나갔다.

"운영아, 이 아비가 지금까지 살아오면서 느낀 것이지만 권력이란 참으로 묘한 것이더구나."

"옛? 묘하다니요? 왜요?"

운영은 다음에 이어질 말을 기다리며 아버지의 얼굴만을 바라보고 있었다. 하지만 아버지의 입에서 나온 권력에 대한 첫 마디 말에 고개를 갸웃거렸다.

"음… 권력이란 말이다, 정말 묘한 것이지. 사람의 마음을 송두리째 끌어들이는 묘한 매력이 있단다."

"사람의 마음을 끌어들이는 매력이 권력에 있다고요? 아……."

"그렇지, 권력은 남아로 태어났다면 한 번은 잡아보고 싶은 것이란다. 그러나 권력을 가진 사람이 그것을 잘 이용하여 세상을 이롭게 한다면 사람들의 칭송을 듣지만 잘못 이용하면 지탄의 대상이 되기도 하지. 세상 사람들 모두의 지탄을 받는다는 말이란다. 그만큼 얻기도 어렵거니와 행사함에 있어서도 항상 세상 사람들을 먼저 살피고 행해야만 하는 것이지. 그것이 권력이라는 것이란다."

유검은 말을 마친 후 두 눈을 지그시 감았다.

"에이, 그럼 권력도 좋은 것만은 아니네요. 사람들의 눈치를 보면서 살아야 한다면 그렇게 좋은 것만은 아니잖아요? 어떻게 사람들 눈치를 보며 평생을 살아요, 사내대장부가."

이젠 정말로 알 수 있을 거라 생각했던 운영은 고개를 갸웃거렸다. 가만 생각해 보니 셋 중에 한 가지도 제대로 결론난 게 없었던 것이다. 재물도 아니고, 명예도 아니라면 권력이라 생각을 했었는데 아버지 말을 들어보니 꼭 그렇지도 않은 것 같았기 때문이다.

"허, 글쎄… 아비의 생각으론 꼭 그렇지만도 않은 것 같은데. 운영아, 잘 들어보아라. 권력을 얻게 되면 명예는 당연히 따라온단다. 왜 따라올까? 허허, 권력이란 황제가 친히 하사하는 것이니 당연히 명예도 따라오는 것이지."

유검은 두 손으로 머리를 싸매며 혼자만의 생각에 잠겨 도리질하는 운영의 모습이 귀엽게 보여 머리를 쓰다듬어 주었다.

"아, 그렇구나. 그러면 재물은요?"

"재물? 물론 재물까지 같이 따라오지. 운영아, 이래도 권력이 좋지 않다고 하겠느냐?"

"음… 아, 권력을 얻으면 명예가 따라온다는 것은 알겠는데 어떻게 재물까지 따라와요? 왜 따라오는데요?"

"왜긴, 아까도 말했지만 권력이란 황제가 주는 것이란다. 나라의 관리가 되는 것이지. 관리가 된다는 것은 황제가 직책을 내려준다는 말인데 당연히 나라에서 녹봉(祿俸)이 나오지 않겠느냐? 어떠냐, 이 아비의 말을 들으니."

"아, 맞다. 역시 아버지가 최고야. 내가 모르는 것을 다 알고 있으니……."

유검은 자신의 말에 손뼉까지 치며 좋아 어쩔 줄 모르는 운영의 말을 듣고서 순간 뒷골이 땅하는 것을 느껴야만 했다.

'허, 이런… 그럼 여태까지 아비인 날 어떻게 알고 있었단 말인가? 항상 지 어미한테 호통 한번 못 치고 사는 공저가로만 보았단 말인가? 음…….'

유검은 운영의 말을 듣고서 과거의 기억들을 하나하나 생각해 보니 지금까지 자신이 아비로서 운영에게 어떠한 모습으로 보여지며 살아왔는지 조금은 알 수 있었다. 유검은 그렇지 않았지만 바로 옆에서 그러한 모습들을 지켜보며 자란 운영의 눈에 자신의 모습이 어떻게 보였는지 확인할 수 있는 좋은 기회였다. 하지만 유검은 운영이 어떻게 생각하든 별로 신경 쓰지 않았다. 다만 모든 것들이 행복하게 보일 뿐이었다.

"흠흠, 운영아, 권력의 좋은 점이 또 하나 있단다. 생각해 봐라. 이 나라 조정에 있는 사람들 중 어디 밥 빌어먹고 사는 거지가 있더냐? 아니지? 사람들이 모두 쉬쉬하지만 권력을 손에 쥐게 되면 알게 모르게 재물도 얻게 된단다. 또한 그런 것이 세상에서 당연시되고 있고."

"응? 어떻게요? 어떻게 재물을 알게 모르게 얻을 수 있나요?"

'이런, 내가 지금 어린애한테 뭘 말한 거야?'

"응? 음… 그건 말이다, 네가 나중에 권력을 얻게 되면 알게 될 것이다. 그러니 나중에 기회가 되면 꼭 알아보도록 하고 지금은 그저 열심히 공부하고 튼튼하게 자라면 된다. 알았지?"

유검은 운영에게 말을 하다가 자신도 모르게 세상의 좋지 않은 면을 말하게 되었지만 운영이 그와 같이 좋지 않은 건 미리 알게 할 필요가 없다는 생각을 하였다. 아니, 언젠가 알게 되더라도 지금은 그저 세상의 좋은 것들만을 보며 튼튼하게 자랐으면 하는 바람이 더 컸다.

"예, 꼭 그렇게 할게요. 참, 지금까지 아버지 말씀대로라면 재물과 명예, 권력, 이렇게 셋 중에서 권력이 가장 좋은 것이네요?"

"응? 음… 꼭 그렇다고 말하기보다는……."

유검은 혹시나 어린 아들을 앉혀놓고 괜한 얘기를 한 것이 아닌가? 하는 생각이 들었다.

젊은 시절. 한때 나라의 관리가 되기 위해서 무관 시험을 봤다가 떨어졌던 것이 항상 가슴속에 남아 있던 유검이었다. 그렇기에 운영이 커서 관리가 되었으면 하는 생각을 늘 가지고 있었다. 하지만 그런 말을 하면서도 유검의 마음이 편하지만은 않았다. 세상의 온갖 비리와 암투가 난무하는 곳이 바로 황실이란 것을 잘 알고 있기에 부모의 입장에서 기대보다는 걱정이 더 앞섰던 것이다.

"음… 아버지, 저 결정했어요. 커서 저도 한번 권력이란 걸 얻어볼 생각이에요. 그래서 저를 위해 매일 힘들게 고생하시는 아버지와 어머니께 효도할 거예요."

"허허, 글쎄… 그게 그렇게 쉽게 얻을 수 있을까?"

"뭐, 한번 해보지요. 우리에겐 이 유운이 있잖아요. 지금부터 열심히 노력해서 어느 정도 성취가 있다고 생각되면 한번 무과에 응시해 볼게요. 안 되면 다시 하면 되잖아요."

"그래, 그렇게 하려무나. 그것도 좋겠지. 하하하."

'허, 운영이 이 녀석, 벌써 이렇게 장성하였구나……'

유검은 다부지게 말하는 운영을 보면서 여간 대견스러운 게 아니었다.

세상을 붉게 물들이던 석양은 신기루처럼 모두 사라지고 산엔 어둠이 조금씩 내리고 있었다. 하지만 유검과 운영은 날이 어두워지는 것에 신경 쓰지 않고 하늘을 바라보고 있었다.

운영의 옛날얘기를 들으면서 호열도 어렸을 때의 기억이 새록새록 피어나고 있었다. 어린 시절 할아버지의 일들, 아버지가 기울어져 가는 집안을 살리기 위해 힘들게 조정의 관리들을 쫓아다니시던 일, 어머니의 병환, 아버지와 어머니의 한 많은 죽음… 생각할수록 저절로 눈시울이 뜨거워졌다.

호열은 그런 아픈 과거의 기억들은 되도록이면 생각하고 싶지 않았다. 아니, 영원히 기억 속에서 지워졌으면 하는 바람이었다. 영원히 기억하고 싶어도 기억할 수 없게…….

'그래, 어려운 살림 속에서도 할아버지나 아버지가 왜 그렇게 조정에 돈을 갖다 바쳤는지 이제야 알겠어. 왜 그렇게 힘들게 모은 재물을 그런 쓰레기들한테 갖다 바쳤는지. 그때는 할아버지나 아버지를 이해할 수도 없고 미웠었는데……'

호열은 운영의 과거 얘기를 들으면서 무엇인가 가슴 깊이 자리하는 것을 느꼈다.

'권력이라……'

호열은 지금까지 권력이란 것에 대해선 한 번도 생각해 보지 않았었다. 그냥 조정의 관리 하면 우선 생각나는 것은 동네 개보다도 못한 쓰레기라는 말뿐이었다. 그만큼 호열은 조정의 관리들에 대한 감정이 좋지 않았다.

호열의 어린 시절을 가난과 배고픔에 빠뜨린 것이 그들이었기에 약한 첩 제대로 지어 먹지 못하고 아버지와 어머니를 돌아가시게 한 것 또한 그들이었기에, 그렇기에 권력이란 말은 한 번도 호열의 머리 속에 들어오지 못했던 것이다. 아니, 혼자가 된 후로 하루하루를 어떻게 살아가야 하나 하는 뼈저린 생활고에 지쳐 생각하고 자시고 할 것도 없었다.

"형님, 이제 제가 왜 아까 박 장군의 일에 대해 말한 것인지 대강 아시겠지요?"

"음… 그럼 넌 내가 어제 박 장군의 제의를 거절하지 말고 따라간 다음 만나고 싶지 않은 황제를 만나 환심을 산 후에 무과에 응시했어야 했단 말이냐? 아니, 너도 같이 응시하겠구나. 흠, 어떻게 그런 행동을 하단 말이냐. 더구나……"

호열은 운영의 말에 약간 삐딱한 투로 말했다. 권력이란 어감에서 오는 좋지 않은 감정이 호열 자신도 모르게 섞여들었던 것이다.

"아, 아닙니다. 제가 박 장군을 따라갔더라도 무과에는 응시하지 않았을 겁니다. 제 말뜻은 형님께서 좋은 기회를 잡으셨으면 했다는 것이었습니다."

운영은 어제 호열이 박 장군의 제의를 거절한 것이 아까운 기회를 스스로 차버렸던 것이란 말을 하려고 힘들게 돌려 얘기한 것이었다. 하지만 그날 석양이 희미하게 지는 광경은 지금까지도 운영의 기억에 남아 있을 정도의 장관으로 기억되었다. 또한 아버지의 생생한 철학이 담겨 있었던 말들까지도……

"응? 너는 안 보고 나만? 허허, 너도 안 보는데 귀찮게 내가 왜 그런 걸 하냐?"

"하하하, 형님, 저도 어렸을 땐 무과에 한번 응시하고 싶은 마음도 있었지만 지금은 그렇지 않습니다. 전 나라의 녹을 먹고 남들의 부러움을 받으며 입신양명하는 것보다는 차라리 힘없는 사람들을 위해서 현실적으로 도움을 주며 협의를 세우고 싶습니다."

"협의? 협의라… 협의, 그 말이 좋다는 것은 알지만 쉽지 않을 것이다. 그런데 네가 그 길을 가겠단 말이냐? 혹시 아까 말한 재물이나 권력보다도 넌 명예를 얻으려고 하는 것이냐?"

"형님, 어찌 그런 말씀을… 저를 그 정도밖에 생각하지 않으셨다니 정말 섭합니다."

운영은 자신의 마음을 너무도 몰라주는 호열이 조금은 야속하게 느껴졌다.

"아아, 알았다. 그건 나중에 다시 얘기하기로 하자. 그나저나 박 장군은 이미 우리와 멀리 있으니 다시 만난다는 것은 어려운 일이지 않느냐? 그러니 그 문제는 이쯤에서 그만 하도록 하자꾸나."

"예, 형님. 알겠습니다. 하지만 나중에 만나시면 한 번쯤은 생각해 보십시오."

"그래, 알았다. 한 번쯤은 생각해 보겠다. 언제 만나게 될지는 모르겠지만……."

'그래, 권력이라… 권력, 그거 좋지. 암, 좋은 것이고말고.'

호열은 운영의 말을 들으면서 시큰둥한 표정을 지어 보였지만 속으로는 계속해서 권력이란 말만을 되풀이하고 있었다. 앞으로 호열이 어떻게 살아갈지는 아무도 모르지만, 이 순간만큼은 호열도 운영의 말에 심취하여 권력이라는 마물(魔物)에 빠져들었다. 앞으로의 인생 여정을 나름대로 그려보면서…….

제
2
장

여기가 어디야?

여기가 어디야?

사람들은 일종의 사회생활을 하면서 그 나름대로의 이익을 위해 무리를 이루며 살아간다. 처음 세상에 대해 아무것도 모르는 유약하기 그지없는 어린아이의 모습으로 태어나 세파에 찌들고 병들어 늙어 죽을 때까지 평생을……

또한 사람과 마찬가지로 동물 중에도 이러한 무리 생활을 하면서 살아가는 것들도 많이 있다. 그러나 호랑이와 같은 사나운 맹수들은 조금 다르다. 어릴 때는 모르겠지만 성장하면서 혼자 생활하게 된다. 스스로 자기의 영역, 자신만의 영역을 끊임없이 구축하는 것이다.

어쩌면 이런 현상이 자연의 진정한 섭리일지 모른다. 약한 동물들은 스스로를 보호할 힘이 없으니 자신을 보호해 주기를 바라며 힘들더라도 무리 생활을 하는 것이고, 강한 맹수들은 무리 생활이 오히려 거추장스러워 스스로 떨어져 나가 약육강식의 세계에 당당히 맞서 살아간다. 그것에 자신이 힘들여 잡은 먹이를 독식하려는 숨은 뜻이 있든 없든.

사람들도 이러한 것일까? 무리 생활을 하면서 안주하는, 아니, 이미 그런 차원을 넘어선 지 오래일 것이다.

인간은 동물들처럼 안주하는 차원을 넘어 자신들의 파벌을 만들고 주변의 힘없는 약자를 정복하고 복속시키는 짓을 서슴없이 저지른다. 처음엔 자신들의 힘이 없어 뭉쳤으나 나중엔 무리의 힘을 빌려 주변을 짓밟고 야망을 성취하려는 성향을 보이는 것이다. 이러한 것을 볼 때, 어쩌면 맹수들보다 비열하고 치사한 동물이 사람일지도……

어찌 되었든 간에 홀로 세월을 이기며 살아가는 강자에 비해 비열하든 치사하든 약자의 무리 생활이 가져다 주는 장점은 당연히 안정성에 있을 것이다. 그 예로 지금의 박 장군 일행을 보면 알 수 있다.

박 장군과 현운 장문인을 태운 마차는 주변의 철통같은 경계 속에서 한가롭게 호열이 지나왔던 산길을 지나고 있었다. 길이라고는 하지만 사람들이 오랜 세월 동안 산을 다니면서 임시로 만들어진 길이라 마차 한 대가 지나가면 마주 오는 사람들이 알아서 피해야만 하는 좁은 길이다. 그러한 관계로 마차를 호위하던 박 부장과 윤 무장, 조 무장은 함께 마차의 뒤쪽에서, 앞쪽은 현검 도장의 주도 아래 장백검과 사람들이 경계를 하며 가고 있었다.

"흠흠, 그나저나 장문인."

"옛? 허허… 예, 말씀하십시오."

현운 장문인은 아침에 잠깐 보았던 호열 생각을 하고 있다가 박 장군의 말소리에 깊이 잠겨 있던 상념에서 깨어나며 박 장군을 바라보았다.

"예, 음… 이거 어떻게 말씀드려야 할지……."

"허… 장군, 무슨 말씀이기에 그리하기 어려우십니까? 그냥 허심탄회하게 말씀하시지요."

현운 장문인은 깊이 상념에 잠겨 있던 박 장군에게 편안하게 말할 수 있도록 조용히 웃으며 배려하는 여유를 보였다.

"음… 예, 제가 성격상 돌려서 말하는 것을 못합니다. 그것이 저의 가장 큰 단점이지요. 그럼, 그냥 단도직입적으로 여쭈어보겠습니다. 장문인, 장문인께선 명나라를 어떻게 보십니까? 아니, 어떻게 생각하십니까? 장문인의 생각을 들어보고 싶습니다."

박 장군은 현운 장문인을 보면서 우물쭈물하다가 성격상 도저히 맞지 않았는지 나름대로 결심을 한 후 입을 열었다.

"옛? 그게… 허허허."

현운 장문인은 박 장군의 예상치 못한 물음에 바로 대답하지 못하였다.

"허허, 죄송합니다. 제가 너무 어려운 질문을 드렸지요?"

"음… 글쎄요. 명나라, 명나라라……."

현운 장문인은 박 장군의 말을 되새기며 조용히 눈을 감았다.

"예, 어려운 질문을 드려 죄송하지만 장문인의 고견을 들어보았으면 합니다."

"음… 허허, 제가 산에서 수도만 하며 살았는지라 세상 돌아가는 상황이나 정치는 잘 모르지만, 음… 글쎄요. 제 짧은 생각으로 지금의 명나라는 완전하게 나라의 기틀이 잡혔다고 볼 수 있습니다. 그동안 중원을 지배하던 원의 잔존 세력도 이미 모두 북쪽 만주로 물러갔고, 오히려 지금의 명나라는 주변 많은 나라들을 복속시키고 있는 상황이라

들었습니다. 또한 이번에는 한인(漢人)들이 직접 세운 나라이니⋯ 제 생각이 맞을지는 잘 모르겠지만, 예전의 기록들을 살펴봐도 적게는 이백에서 삼백 년, 아니면 한 오백 년 정도는 광활한 중원을 지배하지 않을까 생각됩니다."

현운 장문인은 조심스럽게 자신의 생각을 박 장군에게 전했다. 정확히 박 장군의 질문이 요구하는 뜻은 모르지만 현운 장문인은 나름대로 최선을 다해 자신의 생각을 말한 것이었다.

"아, 예⋯ 그렇겠지요. 장문인의 고견 잘 들었습니다. 음⋯⋯."

박 장군은 현운 장문인의 대답을 들으며 한 가지 알 수 있었다. 적어도 장문인의 입에서 한인이란 말이 나올 때 우리라는 말이 빠져 있다는 것을⋯⋯. 그것은 장문인이 적어도 한인은 아닐 거란 걸 알 수 있게 해주는 말이었다.

"허, 별말씀을⋯ 그냥 제 생각을 말했을 뿐입니다. 제가 한 말이 박 장군께 조금이나마 도움이 되었으면 합니다. 원시천존⋯⋯."

"허허, 도움이 되고말고요. 많은 도움이 되었습니다. 음⋯ 제가 장문인께 이런 곤란한 질문을 한 것은 다름이 아니라, 장문인께서도 아시겠지만 지금의 조선은 이제 막 자리를 잡기 시작한 나라입니다. 또한 새롭게 시작한 나라이다 보니 국력도 약하지요. 이런 형세는 아마, 음⋯ 허허, 당분간은 계속 지속될 겁니다. 그렇게 되겠지요. 그러니 제 답답한 마음도 풀 겸 해서 이렇게 장문인께 고견을 물어보았던 것입니다. 그래야 이렇게 명나라에 조공을 바치러 가는 제 입장이 과연 정당한 것인지 아닌지 생각할 수 있을 것 같아서요."

박 장군은 현운 장문인을 바라보면서 씁쓸함을 느끼지 않을 수 없었다. 박 장군으로서는 힘없는 약소국의 사신 신분으로 강대국에 조공을 받치러 가는 입장이 너무도 한스럽고 안타까웠던 것이었다.

"음… 너무 그렇게 스스로를 비약하지 마십시오. 장군의 옆엔 저렇게 든든한 젊은이들이 많이 있지 않습니까?"

현운 장문인은 창밖으로 보이는 젊은 무사들을 보면서 박 장군의 심정을 위로해 주었다.

"아, 그러고 보니 제가 어제 뛰어난 젊은이를 보았습니다. 다만 아쉬운 것은 그 젊은이가 조선인이 아니라 중원인이라는 것이지만 말입니다."

"허허, 그렇습니까? 저도 오늘 아침 박 장군을 만나기 위해 약속 장소로 가다가 뛰어난 젊은이를 보았었는데요. 그래서 약속 시간에 조금 늦어지게 되었던 것입니다."

"그렇습니까? 허허허, 정말 중원엔 인재가 많은가 봅니다. 정말 중원이 부럽군요."

현운 장문인과 박 장군의 처음 만남은 겉으로는 어색함이 감추어진 반갑고 화기애애한 모습이었다. 그러나 마차 안에서 둘만의 시간을 보내다 보니 박 장군의 호탕함과 진심이 담겨 있는 말과 현운 장문인의 청아한 분위기기 잘 어우러져 나중엔 서로 진지한 대화를 나눌 수 있는 사이로 발전하게 되었다.

산 중턱. 너비가 반 자도 안 되는 좁은 길 한가운데 이십여 명의 험악하게 생긴 사내들이 허리에 흉흉하게 보이는 도를 차고 서 있었다. 얼마나 험악하게 생겼는지 산의 제왕이라는 호랑이도 주변만 서성이다가 그들의 험악한 분위기에 꼬리를 말고 도망갈 정도였다.

"이게 어떻게 된 것이냐! 분명 그 녀석들이 이곳을 지나가지 않은 것이 확실하냐?!"

온몸에 곰 가죽을 두른 거한의 사내가 주변을 둘러보며 험악하게 인상을 썼다.

"옛, 저희들이 이곳에 진을 친 후로는 아무도 지나간 녀석들이 없었습니다. 그러니 걱정하지 마십시오."

"음… 그래, 그럼 조금만 더 기다려 보자. 자칫 장백검과 녀석들과 마주치면 안 되니까 신중에 신중을 기하고."

"옛! 그런 일은 일어나지 않을 겁니다. 그러니 안심하십시오."

"음……."

'이거, 저 녀석이 움직이면 되는 일도 안 되는데… 하지만 달리 방법이 없으니 어쩔 수가 없구나. 또 저 녀석만한 충복도 없으니 믿을 수밖에. 그리고 오늘은 만약을 위해서 산채의 인원을 모두 동원하였으니 괜찮겠지. 휴…….'

거한은 믿음직스럽게 말하는 심복의 말을 들으면서도 왠지 마음이 놓이지 않았다. 자꾸만 불안한 마음이 들었다. 하지만 마땅히 다른 대안이 없었기에 어쩔 수 없이 심복이 하는 대로 내버려 둘 수밖에 없었다.

"야, 너희들은 그 녀석들이 어디까지 왔는지 빨리 알아봐라. 그리고 너희들, 너희들은 각자 이 주변을 다시 한 번 확인해 봐. 혹시 이 근처에 있을지 모르니까."

"옛, 알겠습니다."

다른 사람들보다 체격이 조금 작은 사나이는 주변에 서 있던 사람들을 향해 일일이 할 일을 지적해 주고는 두목 옆에 서서 거만한 표정으로 주변을 둘러보았다.

"참나, 이거 정말 아니꼬와서 살 수가 없구먼. 저 모습을 보고 있자니 꼭 자기가 두목이 된 것 같은 모습이구먼. 여보게, 자넨 그렇게 보이지 않나?"

"그렇군. 자네의 말이 맞네. 정말 지겨운 녀석이야. 내 평생에 저 녀석처럼 사람의 비위를 잘 맞추며 아부하는 녀석은 처음 본다네."

"크크크, 그렇지? 내 눈은 정확하다니까."

심복의 명령에 따라 주변을 살펴보러 가던 두 명의 사내는 모기가 기어가듯 다른 사람들이 들을 수 없을 정도의 소리로 키득거리며 흉을 보고 있었다. 그러나 두 사람만이 심복을 자처하는 사람의 흉을 보는 건 아니었다. 다른 곳을 살펴보기 위해 움직이는 사람들 사이에서도 모두 이와 비슷한 상황이 전개되고 있었던 것이다.

'음… 아직도 다른 녀석들이 촉새를 좋게 보지 않고 있었는가? 이거, 이러다간 곤란한 문제가 일어날지도 모르겠는걸……'

거한은 비록 먹고 살기 위해 산으로 올라온 사람이었지만, 산으로 올라오기 전 청년 시절에 한 수 배운 것이 있어 일반 산적들과는 차원이 다른 산적이었다. 비록 삼십 명도 안 되는 무리를 이끌고 있어 주변에 있는 백여 명에 가까운 사람들이 있는 다른 산채보다는 그 규모 면에서뿐만 아니라 다른 모든 것들이 많이 부족하고 미비했지만 무리를 이끌고 있는 두목의 실력이 다른 큰 산채보다 우위에 있어 웬만하면 서로 얼굴을 붉히고 싸우는 일 없이 잘 지내고 있는 상황이었다. 또한 오랜 세월 동안 많은 우여곡절을 견디면서 서로 두터운 우의가 생기게 되어 지금에 와서는 주변 산채끼리 서로 왕래하는 일이 자주 있을 정도였다.

그러나 요즘 거한의 두목은 부하들을 보며 이마의 주름살이 늘어만

갔다. 아직 사십 대의 나이인지라 청년 때보다는 못하지만 활기가 넘치고 생생해야 할 나이인데 요즘은 항상 얼굴이 굳어 있었던 것이다. 다름이 아니라 산채 내부의 일 때문이었다.

이십 년이라는 오랜 세월을 한결같이 서로를 믿고 따라주었던 부하들이 서로 반목하고 질시하는 것이다. 이런 일이 예전에도 간혹 있기는 했지만 요즘처럼 외부로 확실하게 노출이 되지는 않았었다.

두목은 애써 모른 척하려고 했지만 아무리 신경을 쓰지 않으려 해도 항상 마음에 걸렸다. 또한 부하들의 불만이 쌓이게 된 직접적인 원인이 바로 가장 많은 세월을 함께 보낸 제1심복인 촉새였기에 그 마음은 더욱 무거웠다.

"응? 뭐냐, 무슨……?"

두목은 누군가 빠르게 다가오는 소리에 주의 깊게 살펴보니 일각 전 앞의 상황을 살피기 위해 보냈던 부하들이 달려오고 있었다. 그에 무슨 일인지 물어보려 조금 앞으로 나서려고 하였다.

"뭐냐, 왜 그렇게 달려오는 것이냐?"

"옛? 예, 다름이 아니라……."

두목의 옆에 있던 촉새가 두목이 막 뭐라고 하기도 전에 먼저 나서며 숨을 고르고 있던 부하들을 다그쳤다. 그에 두 사람은 두목의 얼굴을 본 뒤 조심스럽게 촉새의 앞에 서며 뛰어오게 된 상황을 설명하였다.

"음… 알았다. 너희들은 저쪽으로 가서 대기하고 있어라. 참, 그 녀석들이 너희들을 보지는 않았겠지?"

"옛! 여부가 있겠습니까, 장사 한두 번 하는 것도 아니고. 그런 실수는 하지 않았습니다."

"그래, 알았다. 그럼 너희들, 자리에 가서 준비해라. 두목, 그 녀석들이 온다는……."

"나도 들었다. 너도 어서 준비나 해라."

"옛? 예, 알겠습니다."

두목은 심복인 촉새가 자신보다 먼저 나서서 일을 처리하는 것을 조금은 못마땅하게 바라보고 있다가 생각지도 않게 퉁명스러운 말이 튀어 나가게 되었다.

'이런, 내가 실수를 했군. 촉새가 서운하게 생각하겠구먼.'

두목은 항상 자신을 먼저 챙겨주는 촉새를 아꼈다. 처음 산에 들어올 때부터 알게 된 사이인지라 이젠 서로의 얼굴만 보아도 상대방이 무엇을 원하는지 알 정도였고, 서로 술자리를 하는 사적인 자리에선 어깨동무할 정도로 친하게 지내는 사이였다. 그러나 얼마 전부터 조금씩 시작된 촉새와 다른 부하들 간의 신경전에 두목은 머리가 아플 지경이었다. 하지만 지금에 와서 부하들에게 뭐라고 할 수 없는 것이, 모두가 촉새에 대한 두목의 편애에서 시작된 일이었기 때문이다.

'휴, 모르겠다. 지금은 그저 빨리 일을 끝내고 잠이나 자고 싶구니…….'

거한의 두목은 잰걸음으로 자신의 자리에 가서 몸을 은폐하는 촉새를 보며 고개를 흔들었다.

북부 지방은 제법 따뜻한 햇살이 내리쬐는 초봄이라고 해도 차가운 바람이 불어서 그런지 날씨가 남부 지방보다 싸늘했다. 또한 호열과 운영이 걸어가고 있는 좁은 길처럼 산악이 즐비하고 주변에 울창한 나무들이 쭉쭉 뻗어 햇살을 막고 있는 곳이라면 더욱더 싸늘하게 느껴지기 충분했다.

　호열과 운영이 토끼고기로 간단하게 요기를 한 후 산길을 내려와 이곳까지 오는 동안 줄곧 주변의 경치에 흠뻑 취해 시간이 가는 줄 모르고 있었다. 그러다 울창한 나무에 햇살이 가려지고 바람이 그 사이로 불어오자 정신을 차리게 되었다. 그에 호열은 날이 더 어두워지기 전에 조금이라도 노숙하기 좋은 자리를 찾기 위해 운영을 재촉했고 자신도 사방을 두리번거리며 둘러보았다.

　"운영아, 아까 그 사람들 말이다. 차라리 그 사람들을 따라가서 부탁하는 것이 어떨까 하는데 네 생각은 어떠냐?"

　호열은 운영과 함께 길을 걸어가다가 오십여 장 앞에 사람의 기가 느껴져 중원으로 가는 상인들이거나 여행을 하는 사람들이겠거니 생각했다. 그런데 어찌 된 일인지 호열과 운영이 가까이 가자 그들이 앞쪽으로 줄기차게 뛰는 것을 느끼게 되었다.

　호열과 운영은 서로 말은 하지 않았지만 이상하단 생각이 들었다. 하지만 그 후로 아무런 낌새가 없어 적이 안심이 되었고, 사라진 사람들을 산속에 사는 사냥꾼 정도로 생각하게 되었다.

　"그 사람들이요? 이런 산속에서 처음 보는 우리들을 쉽게 받아들일까요? 아까도 도망치듯이 갔잖아요."

　"그건 그렇다. 아까 왜 그렇게 도망치듯이 갔는지 몰라. 우리가 그들에게 잘못한 것도 없었는데……."

　호열은 사라졌던 사람들을 생각하며 이해할 수 없다는 표정을 지었다.

　"응? 형님, 앞에 사람들이 많이 있는 것 같은데 어떻게 하시겠습니까?"

"어떻게 하긴, 우리가 길을 가는 것하고 그들하고 무슨 상관이라도 있느냐? 그들도 중원으로 가려다 잠시 쉬려고 모여 있는가 보지. 이런 산을 넘으려면 서로 무리를 지어 움직이는 편이 나을 테니까."

호열은 이미 처음 두 사람이 도망치듯 사라졌을 때부터 또 다른 무리가 앞에 있다는 것을 알고 있었지만 모른 척하고 있었다. 괜히 운영에게 알리지 않아도 상관없을 것 같았기 때문이다. 호열의 생각으론 상인들의 모임 같았다. 또한 얼마 지나지 않아 운영도 그 사실을 알게 될 것이기에 아무런 말 없이 있었던 것이다.

"하긴 형님 말씀이 맞는 것 같습니다. 어? 형님, 지금 앞에 있는 사람들도 아까처럼 길 옆으로 숨는 것 같습니다."

"응? 허, 그렇구나. 우리들이 산적으로 보이나? 후후후."

"하하하, 설마요……."

호열과 운영은 앞에 어떤 사람들이 기다리는지도 모르고 서로 한가하게 이야기를 나누며, 때로는 주변을 살펴보며 노숙할 자리를 찾기 위해 걸음을 옮겼다.

"하하하, 너희들은 잠시 멈추거라. 내 너희들에게 할 말이 있다."

"응? 뭐, 뭐야?"

"허, 형님, 산적인가 봅니다."

호열과 운영은 그들을 상인들로 생각하고 있기에 아무런 의심 없이 걸음을 옮기고 있었다. 그런데 상인이라고 생각한 사람들이 무시무시한 산적의 모습으로 호열 앞에 나타났으니…….

호열과 운영은 갑자기 나타난 사람들의 모습을 보고 혼비백산(魂飛魄散)했다. 모두 서른 명 정도 되는 인원이었는데 하나같이 험악한 얼굴에 큼지막한 칼을 흔들며 나타나는 모습이 지옥에서 막 뛰쳐나온 지옥 사자의 모습을 하고 있는 듯했기 때문이다.

"하하하, 잘 왔다! 우리들은 너희들처럼 힘없는 녀석들은 웬만해선 건들지 않지만 너희들이 오늘 날짜를 잘못 택했다고 생각하거라!"

"그래, 그렇지. 하하하!"

"거, 정말 말 한번 잘하셨습니다. 오늘은 좀 맘이 통하는 것 같습니다. 잘 들었느냐, 이놈들아! 하하하!"

촉새가 제일 먼저 호열의 앞으로 뛰어나오면서 산이 떠나갈 정도의 큰 목소리로 사자후를 토했다. 그에 다른 산적들이 가세한 후 맞장구를 치며 더욱 기승을 부렸다.

'음… 오랜만에 촉새 녀석이 말을 잘했군. 다른 녀석들도 마음에 들어하는 걸 보니 잘하면 서로 화해를 할 수도 있겠구나.'

두목은 촉새가 자신보다 먼저 앞으로 나서서 호열의 앞을 가로막자 적지 않게 걱정이 되었다. 가뜩이나 동료들로부터 미움을 받고 있는 상황에서 이번 일로 더욱 거리가 벌어질지 모른다는 생각을 했기 때문이다. 그러나 처음 예상과는 달리 촉새의 말 한마디가 동료들의 마음을 기쁘게 만들었고 반응 또한 호의적이었다.

호열은 지금 제정신이 아니었다. 호열이 산적을 무서워하는 이유는 따로 있었다.

목조 기술을 배운다고 목공들을 따라다니며 유랑 생활 아닌 유랑 생활을 한 적이 있었다.

그때 우연히 산적들을 만나서 호되게 고생이란 고생은 다 하고 죽을 고비를 간신히 넘긴 적이 있었기에 산적에 대한 호열의 생각은 무시무시한 기억으로 남아 있었다.

"우, 운영아, 안 되겠다. 어, 어서 도망치자……."

"옛? 도망이요?"

"운영아, 빨리……."

"형님, 걱정 마십시오. 제가 알아서 하겠습니다. 그러니 저만 믿고… 응? 형님? 형……."

호열은 운영의 말에도 불구하고 자리를 피했으면 하는 바람이 간절했다. 그래서 호열은 운영에게 빨리 피하라는 말만을 한 후 순식간에 모습을 감추어 버렸다. 아니, 모습을 감춘 것이 아니라 일순간에 호열의 모든 자취가 사라져 버린 것이다.

운영은 깜짝 놀라 주변을 빠르게 살피며 호열의 모습을 찾아보았으나 호열의 모습은 그 어디에도 없었다.

"음, 나는 이들을 이끌고 있는 사람이다. 아까 내 부하가 말했듯 나는……."

두목은 자신들로 인해 사방이 쥐 죽은 듯 적막함에 싸여 좋은 분위기에 나설 수 있게 되자 기분이 좋았다. 그러나…….

"헉! 뭐, 뭐냐? 한 놈은 어디로 사라진 것이냐?"

"두목, 사술(邪術)입니다. 저 녀석들이 사술을 씁니다."

"아… 두, 두목, 어떻게 하지요?"

산석늘은 눈앞에서 호열의 모습이 감쪽같이 사라져 버리자 하나둘씩 동요하기 시작했다. 그에 당당했던 처음의 기세는 어디로 갔는지 온데간데없이 사라져 버리고, 이젠 모두 두목의 얼굴만 바라보며 어정쩡한 자세를 취하고 있었다.

'음… 우리가 잘못 골랐구나. 이를 어쩌면 좋지? 이들은 무림인인 것 같은데…….'

두목은 지금 아무 생각이 없었다. 아니, 머리를 굴릴 생각조차 하지 못했다.

　솔직히 두목은 이번 일을 탐탁히 생각하지 않았다. 아침에 장백검파 사람들을 보게 되어서 그런지 불안한 마음에 기분이 좋지 않았던 것이다. 하지만 하루를 그냥 공칠 수 없다는 촉새의 부추김에 어쩔 수 없이 승낙을 해 여기까지 온 것이었다. 그러나 호열과 운영이 어떤 사람들인지 제대로 보지도 않고 선뜻 나서게 된 실수가 있었기에 두목은 참새들마냥 다음 명을 기다리며 바라보는 부하들의 얼굴을 차마 쳐다볼 수가 없었다.

　'음… 내가 미쳤지. 이런 산길을 둘이서 올 때면 일반 사람이 아닐 수도 있다는 것을 생각했어야 했는데… 내가 정말 큰 실수를 했구나. 그래, 이번엔 그냥 도망가는 편이 좋겠다. 그게 좋겠어.'

　두목은 단순히 힘만을 믿고 산적이 된 부하들이 아무것도 모르고 덤벼든다면 그땐 백이면 백 모두 차디찬 운영의 검날에 쓰러질 것을 잘 알기에 우선은 도망가는 것이 좋겠다는 생각을 하게 되었다.

　"모두 내 말을……."

　"지금 뭐 하고 있냐? 한 녀석은 도망가고 남은 녀석은 이제 한 놈뿐이다. 어서 쳐라!"

　"이런, 너, 지금 무슨 말을 하는……."

　두목이 막 물러가자는 말을 하려는 찰나에 촉새가 끼어들어 부하들을 선동하는 말을 하자 어디서 힘이 났는지 모두 칼을 높이 치켜들고는 고개를 돌려 힘이 잔뜩 들어간 무서운 눈빛으로 운영을 바라보았다.

　"그래, 녀석은 한 놈뿐이다. 어서 처치하자!"

　"와……!"

　"죽이자! 죽여라!!"

촉새의 말이 효과가 있었는지 산적들은 저마다 용기를 북돋기 위해 한마디씩 하며 칼을 들고 있는 손에 힘을 주었다. 그러나 소리만 요란할 뿐 아무도 먼저 나서는 사람이 없었다. 그에 촉새가 먼저 움직이며 운영의 앞으로 달려가자 그것이 촉발제가 되었는지 너도 나도 할 것 없이 운영에게 달려들었다.

'음… 이러면 안 되는데…….'

"휴, 어쩔 수 없구나. 나만 도망갈 수는 없지. 그래도 이십 년 동안 한솥밥을 먹었던 부하 녀석들인데…….'

두목은 촉새를 비롯한 부하들이 일심으로 운영에게 달려드는 모습을 보면서 호롱불에 달려드는 불나방 같다는 생각이 들었다.

운영이 무공을 익힌 무림인이라는 것을 알고 있기에 상황이 어떻게 전개될 것인지 충분히 예상할 수도 있었다. 하지만 부하들의 위급함을 모른 척할 수 없었기에 두목도 칼을 높이 치켜들고는 운영에게 뛰어들었다.

"와! 두목이다! 두목께서 칼을 드셨다!"

"어디? 아, 그래, 두목이 나섰으니 저 녀석을 죽이는 것은 이제 일도 아니다. 자, 싸우자……!"

족새는 두목까지 싸우려고 앞으로 나서자 적이 안심이 되었다.

처음에 두목이 나서지 않자 불안한 생각이 들었지만 상대는 한 명이었다. 주변에 믿을 만한 부하들이 많이 있어 용기를 내어 먼저 앞으로 달려나간 것이 주요하게 작용하여 어느새 촉새보다 먼저 모두들 달려나갔던 것이다.

"이런, 이 녀석들이! 음……."

운영은 자신에게 달려드는 산적들의 칼들을 하나하나 옆으로 쳐내면서 호열이 어디에 있는지 주변을 살피고 있었다. 비록 우락부락한 산적들이라고는 하지만 무공을 수련한 적 없이 힘만을 믿고 달려드는 사람들인지라 처음의 우려와는 달리 크게 힘들이지 않고 대처할 수 있었다.

하지만 실전 경험이 전혀 없는 운영은 이따금씩 실수를 하기도 했다. 아슬아슬하게 칼날을 피할 수 있었지만 등에 식은땀이 나는 것은 어쩔 수 없었다.

"이런, 너희들 모두 물러가지 못하겠느냐? 더 이상 달려든다면 나도 가만히 있지만은 않겠다!"

운영은 차마 사람들을 상하게 할 수가 없었다. 태어나서 지금까지 단 한 번도 사람을 상하게 한 적이 없었기에 무식하게 달려드는 산적들의 칼날을 조심스럽게 옆으로 쳐낼 뿐이었다. 그러나 두목의 가세로 사기가 충천하자 자신의 몸을 돌보지 않고 육탄 공세를 하며 달려드는 산적들이 생기기 시작하면서 적지 않게 당황하기 시작했다. 그에 운영은 더 이상 산적들이 함부로 달려들지 못하도록 사자후를 토해냈다.

"빌어먹을, 그냥 무시하고 죽일 수도 없고. 어떻게 하지? 음… 그나저나 형님께선 어디에 가신 것인가? 아무 일 없어야 할 텐데……."

운영은 이따금씩 육탄 공세를 하는 산적들을 피하기 위해 경공을 사용하면서도 호열에 대한 걱정이 가시지 않았다. 그렇게 운영의 신경이 분산되며 산적의 칼날이 머리카락을 자르며 지나가는 위험한 일도 조금씩 일어났다. 아주 위험한 상황이…….

그렇다 해도 사람을 상하게 할 수 없다는 생각에 운영은 더욱 죽을 지경이었다. 호열을 찾아야 마음 놓고 이곳을 떠날 수 있었기에 운영은 호열이 빨리 돌아오기만 바랄 뿐이었다. 되도록 빠른 시간 안에.

한편 산적들의 무시무시한 기세에 놀라 운영의 곁을 떠나 소리도 없이 사라졌던 호열은 아무런 소리도 없이 순식간에 이름 모를 숲 속에 나타났다.

"잉? 뭐야? 여기가 어디야?"

호열은 나타나자마자 호기심에 주변을 둘러보았다. 그러나 금방 호기심은 사라지고, 어이없다는 표정과 함께 황당하다는 표정이 잘 조화를 이룬 기묘한 표정이 되었다. 호열은 그렇게 일각 정도를 멍하니 서 있다가 다시 한 번 사방을 둘러보았다. 호열 자신도 어떻게 이런 일이 일어나게 된 것인지 쉽게 믿어지지 않았던 것이다. 아무리 곰곰이 생각에 생각을 해보아도 고개만 흔들 수밖에 없는 황당한 일이 발생했다. 운영을 떠나올 때만 해도 생각해 보지 못했던 그런 일이…….

제 3 장

오의광(娛意光)!

◆ 제3장 **어의광(唹意光)!**

　하늘로 높이 뻗어 있는 소나무와 자작나무로 사방이 둘러싸인 숲
속. 나무들이 너무 높게 뻗어 있어 세상을 밝혀주는 햇빛 하나 들어
오지 못하고 대신 칙칙한 어둠이 온 숲을 감싸 정적이 감도는 곳이었
다.

　오랜 세월을 보내온 나무들은 십여 명의 장정이 두 팔을 맞잡아 벌
리고서야 긴신히 둘러쌀 수 있을 정도의 우람함을 뽐내고 있었다.

　그보다 대단한 것이 그 앞에 있었다. 범의 아가리와 같은, 아니, 지
옥의 입구처럼 온몸에 소름이 돋아나게 하는 동굴이 그것이었다. 그곳
은 아침마다 습기로 가득 차 칙칙함을 자아냈고 햇빛에 얼핏 드러나는
내부는 얼마나 깊은지 그 깊이를 가늠할 수 없을 정도였다.

　"어떻게 내가 여기에 있는 거지? 허, 정말……."

　호열은 정말 어이가 없었다. 아무리 둘러봐도 너무나 생생하게 기억

에 남아 있는 곳이기에 황당하면서도 한편으론 허탈했다.

"허, 위급함을 피하기 위해 어의공을 써서 공간 이동을 해 온 곳이 하필이면 이곳이라니… 정말 어이가 없구나."

과거 늑대들을 피해 어쩔 수 없이 들어가야만 했고, 삼황을 만나 갖은 고생이란 고생을 겪은 뒤 간신히 탈출할 수 있었던 그 동굴 앞인 것이다.

호열은 앞에 떡하니 입을 벌리고 있는 동굴과 자신이 운명적으로 깊이 연결되어 있다는 것을 실감할 수 있었다. 그것이 선연이든 악연이든.

"그나저나 운영인 도망쳤을까? 아니지, 내가 도망칠 때 검을 꺼내는 것을 보았으니… 허, 무슨 배짱으로 그 많은 사람들을 상대하려는 자……. 이런! 혹시 무슨 일이 생기기라도 한 건 아닐까? 그러면 안 되는데……."

호열은 운영을 혼자 내버려 두고 도망쳐 온 것이 마음에 걸렸다. 어의공의 공간 이동으로는 호열 혼자만 움직일 수 있을 뿐, 만약 다른 사람을 같이 데려가다가는 상상하기도 싫은 끔찍한 일이 일어나고 말기에 어쩔 수 없이 혼자만 빠져나온 것이다.

"휴, 이제 어떻게 한다? 아무 일 없어야 할 텐데, 음……."

호열은 운영의 안위를 걱정하며 숲 속을 이리저리 정신없이 움직였다. 하지만 마땅한 생각이 떠오르질 않았다. 그렇게 한참을 서성거리다 나무에 등을 기대고 앉아 앞으로 어떻게 해야 하는지 차근차근 생각해 보았다.

그러나 해가 뉘엿뉘엿 서산 너머로 노을을 만들며 사라질 때까지도 생각나지 않았다. 그럼에도 호열은 포기하지 않고 생각에 생각을 거듭

했다.

"이런, 내가 왜 그 생각을 못했지? 내가 여기로 도망쳐 올 상황이 아니었잖아, 허……."

많은 시간을 투자하며 머리를 이리 굴리고 저리 굴리다가 결국 운영이 무공을 익혔다는 것을 깨닫고는 자신의 경솔함과 미련함에 허탈한 마음이 들었다.

"허, 정말 내가 이렇게 멍청할 줄이야. 운영이 녀석도 그렇지만 이젠 나도 내 한 몸 정도는 충분히 지킬 수 있는데."

호열은 운영과 마찬가지로 자신도 무공 비슷한 것을 익혔다는 사실을 깨달았다.

"그래, 운영이 녀석이 어떻게 됐나 얼른 가봐야겠다. 무슨 일이라도 나면 안 되지. 그런데… 그곳이 어디더라? 음……."

호열은 운영과 가던 길을 생각해 보았지만 도통 떠오르지 않았다. 해서 기억나는 곳까지는 어의공으로 간 다음 어의섭으로 찾아가야겠다고 생각했다.

"늦지 않아야 할 텐데… 얼른 가야겠다, 상황이 어떻게 됐는지 모르니까. 어디……."

호열은 자신이 가야 할 장소를 생각하고는 지체하지 않고 바로 의지를 발현시켰다. 그러자 빛도 소리도 없이 한순간에 그의 모습이 사라져 버렸다. 마치 그 자리엔 원래부터 아무도 없었던 것처럼…….

해가 서쪽 산 능선으로 기울어 가는 시각. 한눈에 보기에도 우락부락하게 생긴 삼십여 명의 장정들이 한데 어우러져 이리 움직이고 저리 움직이며 좁은 길목을 헤집고 있었다. 그 중심에는 한 손에 검을 든 청년이 있었고 삼십여 명의 커다란 칼을 이리저리 흔드는 장정들이 큰 원을 그리며 에워싸고 있었다.

얼핏 보면 장정들이 사방을 막은 것처럼 보이지만 실상은 청년과 오장의 간격을 둔 채 그가 가는 대로 움직이고 있었다.

묘한 상황에 처하게 된 운영이 생각했다.

'이들은 내가 자신들을 해하지 않을 거라는 걸 알고 있는 것 같다. 그래서 내 주위를 돌며 시간을 버는 것이겠지. 밤이 오길 기다리며……'

"이 녀석들! 어서 물러가지 못하겠느냐! 너희들이 물러가지 않는다면 더 이상 손에 사정을 두지 않겠다."

운영은 자신을 둘러싸고 있는 산적들을 훑어보면서 위협을 가했다. 지금까지 살아오면서 한 번도 이런 말을 하지 않았던 그였지만 신변에 위협을 느끼고 있었기에 최선을 다해 산적들이 덤비지 못하도록 노력하는 중이었다.

하지만 산적들은 '웬 개가 짖어대냐?' 는 식으로 생각하는지 꿈쩍도 하지 않았다.

'휴… 이거, 이렇게 가다간 끝이 없겠다. 그나저나 형님이 어디에 계신지 알아야 이곳을 떠나든지 말든지 할 텐데……'

험악한 산적들이 포위하고 있다지만 모두 무공을 익히지 않았기에 운영에게는 평범한 사람들과 다를 바 없었으므로 위협 거리는 되지 못했다.

처음 산적들이 사방에서 칼을 들이밀고, 호열이 갑자기 사라졌을 때는 크게 당황해 잦은 실수로 큰 위험을 당할 뻔했다. 그건 운영이 한 번도 위급한 일을 당하지 못해 생겨난 미숙함과도 같은 것이었다. 대신 허술한 실력의 산적들을 한 명 한 명씩 상대하면서 차츰 평정심을 찾을 수 있었고 초식 운용의 미숙함도 빠르게 보완할 수 있었다.

만약 산적들이 제대로 무공을 익힌 사람들이었다면 처음부터 상황은 달라질 수도 있었을 것이다. 다행스럽게도 산적들 중 두목만이 그나마 무공을 할 수 있는 상황이었다. 그런 산적들의 힘이란 운영에 비하면 마치 호롱불의 반딧불처럼 미미한 것이어서 아무런 위협도 되지 않았다. 그것은 산적들도 잘 알고 있을 것이 분명했다.

그럼에도 그 뒤 반 시진 동안 운영과 산적들의 대치 상황은 계속 전개되고 있었다.

"음… 거기, 당신이 두목이오? 우리 더 이상 이러지 말고 서로 그만두는 것이 어떻겠소? 당신들도 이미 내가 어려운 상대라는 것을 알았을 테니 그만 합시다."

운영은 자신과 칼을 맞댄 적이 있던 곰가죽머리 사나이를 응시했다. 아무리 둘러보아도 곰가죽만한 사람이 없었기에 운영은 당연히 그 사람이 무리를 이끄는 두목이라 생각한 것이다.

"내가 두목이네. 나도 자네의 말대로 그만두고 싶지만… 허허, 보는 것처럼 내 부하들은 자네를 꼭 죽이고 싶어하네."

두목은 운영의 말에 수긍하면서도 한편으로 부하들을 물러나게 할 수 없는 사정을 말했다. 그의 판단으론 당장 부하들을 물려야 한다는 쪽이었지만, 부하들의 생각은 그것이 아니었다. 먼저 숫자적 우위가 있었고 운영의 미숙한 대처 방식이 문제였다. 분명 부하들은 운영이 제 실력을 발휘한다면 다치거나 죽을 수도 있다는 것을 알고 있었지만 돌아가는 분위기가 충분히 그것을 극복할 수 있을 정도로 고조되어 있었던 것이다.

"당신이 그렇게 얘기를 하니 나로서도 더 이상은 할 말이 없소. 하지만 형님이 돌아오시면 상황은 확 바뀌게 될 것이오."

"응? 음……."

"이보시오, 두목. 아까 당신도 보아서 알겠지만, 형님은 나처럼 가만히 있지는 않을 것이오. 그러니 어서 당신의 부하들을 물리시오."

운영은 어떻게든 산적들이 조용히 물러가기를 바랐다. 호열이 무슨 이유로 급히 자리를 떠났는지는 모르지만 만약 호열이 다시 돌아온다면 상황은 급변할 것 같았다.

두목도 운영의 말을 들으며 더 이상 부하들을 방치하다간 돌이킬 수 없는 사태가 발생할지도 모른다는 생각을 했다. 그는 어떻게 할 것인가를 생각하다가 결론을 내렸다.

"음… 알았네, 내 자네의 제의를 받아……."

"두목, 안 됩니다. 다 이긴 싸움에서 왜 우리가 돌아간단 말입니까? 그럴 수는 없습니다."

지금까지 두목의 옆에서 돌아가는 상황을 주시하고 있던 촉새가 얼른 제지하고 나섰다. 그러자 부하들이 와다글거리며 덤벼들었다.

"그렇습니다. 이제 조금만 더 시간을 끌면 저놈이 지쳐 우리가 이기는 것인데 왜 먼저 물러나야 한다는 말입니까?"

"우린 겁쟁이가 아닙니다. 우리가 왜 저런 멍청한 녀석 때문에 호랑이 앞의 개새끼처럼 꼬리를 내리고 도망쳐야 한다는 겁니까? 우린 끝까지 싸워 저 녀석의 무릎을 꿇릴 겁니다."

"맞습니다! 걱정하지 마십시오, 두목."

"조금 있으면 저놈이 나가떨어질 것이니 우리가 이긴 것이나 진배없습니다. 조금만 기다려 주십시오."

촉새의 한마디에 주위에 있던 다른 부하들이 크게 호응하며 가세했다.

"뭐라고? 이런, 음……."

"허, 정말 어이가 없는 사람들이구만……."

그 모습을 지켜보고 있던 운영과 두목은 난감함에 서로의 얼굴만 쳐다보면서 할 말을 잃어버렸다.

두목은 무림인을 상대하면서도 자신감에 차 있는 부하들이 얄밉게 보였다. 아무리 어두워져도 무림인들에겐 장애가 될 수 없다는 사실을 부하들은 까맣게 잊어버리고 있으니 막막한 심정일 따름이었다.

"너희들은 뭐 하나? 어서 저 녀석을 쓰러뜨려라!"

"와~ 죽여라!"

어느새 주위가 어두워졌다는 것을 인지한 촉새의 한마디로 한동안 대치 상태에 있던 상황이 깨지고 말았다.

운영을 둘러싸고 있던 산적들은 촉새의 재촉이 떨어지자 마치 기다리고 있었다는 듯 동시에 달려들며 창과 칼을 휘둘렀다.

"이런, 이… 헉……."

운영은 바람을 가르며 가슴으로 찔러 들어오는 창을 피하기 위해 몸을 좌측으로 회전하여 피한 후 자세를 가다듬을 시간도 없이 다시 세로로 양단할 기세로 내려오는 칼과 도끼를 피하기 위해 머리를 살짝 좌측으로 기울여 피했다. 그 후에도 계속해서 주변에서 찔러오는 칼과 창을 피하기 위해 쉴 새 없이 몸을 회전시켜야 했다.

운영은 목숨을 위협하며 다가오는 칼과 창을 간발의 차이로 막으면서도 가끔씩 두목의 얼굴을 쳐다보았다. 두목에게 무언(無言)으로 호소하고 있었던 것이다. 하지만 두목은 그때마다 운영의 따가운 눈을 피해 부하들에게 시선을 돌려 버렸다.

"이보시오, 당신은 정말 부하들이 다치는 것을 원하시오? 그러고도 당신이 이들의 두목이오?"

"어찌 그런 것을 원하겠는가? 난 단지……."

'정말 이대로 보고만 있어야 하는 것인가? 이러다가 정말 큰일이라도 난다면? 휴, 나도 뭐가 뭔지 모르겠다. 저 젊은이가 무림인이라면 지금까지 내 부하들이 살아남지도 못했을 텐데 정말 뭐가 뭔지…….'

두목은 운영과 부하들의 접전을 지켜보면서 한숨만 내쉬었다. 이따금씩 부하들이 아슬아슬하게 운영의 목숨을 위협하며 기대하지 않았던 선전을 지켜보다 보니 지금까지 운영에 대한 자신의 생각이 틀렸을지도 모른다는 생각을 가지게 되었던 것이다. 다른 무림인들 같았으면 일찌감치 부하들이 몰살당하거나 함께 줄행랑치는 결과가 나왔겠지만, 지금은 오히려 부하들이 운영을 몰아세우는 상황이었다. 하나 운영이 간발의 차이로나마 위기를 계속 벗어나는 모습을 볼 때면 두목은 무의식적으로 손에 땀이 배어나며 힘이 들어가는 것을 느껴야만 했다. 그건 여지없는 무림 고수의 모습인 것이다.

어쨌거나 아직 이른 봄날의 싸늘한 날씨 속에 찬란하게 광활한 대지를 밝히던 태양은 서서히 붉은 노을과 함께 그 자취를 감추었다. 고요해야 할 숲 속엔 그때까지도 창칼이 부딪치며 어우러져 이루어내는 듣기 거북한 소음이 계속되고 있었다.

어둠이 짙게 깔리기 시작한 숲 속. 좁은 언덕길로 오십여 명이 넘는 사람들이 말과 마차를 탄 채 천천히 오르고 있었다.

"허허, 장문인께서는 정말 후덕(厚德)하시군요. 아랫사람들이 저렇게 잘 따라주니……."

"허허, 아닙니다. 장군께선 별말을 다 하십니다. 오히려 장군과 함께하는 수하들의 모습을 보니 기개가 하늘을 찌를 듯 높아 보입니다."

"그렇게 보이십니까? 허허허."

박 장군과 현운 장문인은 서로 알게 된 지 얼마 되지 않고 성격도 판이하게 달랐지만 엇비슷한 나이와 어려운 난관들을 헤쳐 나갔던 과거의 일들, 세상 돌아가는 일들을 허심탄회하게 이야기하면서 많이 가까워질 수 있었다.

"그런데 장문인, 아침에 뛰어난 젊은이를 만났다고 하셨는데……."

"아… 그렇습니다. 정말 뛰어난 젊은이였지요. 곁을 지나치면서도 한순간 숨이 멎는 줄 알았습니다."

현운 장문인은 아침 나절에 호열을 만나면서 느꼈던 심정을 상기하며 차분하게 가슴을 쓸어 내렸다. 지금 생각해 보아도 정말 놀랄 만한 기운이었다.

"얼마나 대단한 젊은이였기에 장문인 같은 분께서 그러십니까? 허허, 정말 보고 싶군요."

박 장군은 현운 장문인의 애기를 들으면서 운영의 얼굴을 떠올렸다. 운영이 객점을 떠난 시간대와 현운 장문인과의 일을 연관지어 생각해 보니 박 장군의 뇌리엔 운영밖에 생각나는 사람이 없었다.

'그렇지, 이런 외지에서 그 정도의 젊은 인재를 다시 보기란 쉬운 일이 아니지. 암……."

"저… 장문인, 혹시 그 젊은 사람의 인상착의를 알 수 있겠습니까?"

"아, 장군께서 궁금하신가 보군요. 그럼 그러지요. 내가 본 그 젊은

이는… 응? 뭐지? 이런 숲에서 웬… 사제, 이리로 좀 와보게."

현운 장문인이 호열에 대해 막 설명하려는 순간 숲 속 멀리서 쇠 갈리는 소리가 귀를 간지럽혔다.

"옛, 장문인. 무슨 일이십니까?"

현검 도장은 산문을 나온 뒤 마음에 맞는 박 부장이라는 도우를 만나게 되자 기분 좋게 얘기를 나누고 있었다. 그러다가 사형인 현운 장문인의 부름이 있자 마차 쪽으로 다가왔다.

"사제, 앞에서 지금 싸움이 벌어지고 있네. 그러니 사제가 한번 알아보고 오게나."

"어디, 음……."

현검 도장은 장문인의 말에 재빨리 천리지청술(千里地聽術)을 발휘해 보았다. 그러자 장문인의 말대로 이백여 장 밖에서 쇠 부딪치는 소리가 들려왔다.

"이런, 정말이군요. 정호, 정수는 나를 따라오너라!"

"옛, 사백님."

현검 도장은 정호, 정수 도장과 다섯 명의 제자들을 대동하고 빠르게 앞으로 나아갔다.

"허, 아무 일 없어야 할 텐데……."

"장군, 별일 아니니 걱정하지 않아도 될 겁니다. 원시천존……."

"허허허, 정말 그럴까요? 그렇다면 다행이지만……."

박 장군은 현운 장문인의 말에도 불구하고 불안한 마음이 들었다. 금릉으로 가는 여정이 만만치 않게 남았는데, 시작부터 일행의 앞길에 일이 생기는 것 같았기 때문이다.

날이 저물고 주변에 짙은 안개와 어둠이 깔리기 시작하자 점점 사기가 치솟는 산적들과 달리 운영의 마음은 초조해지기 시작했다. 금방 돌아올 거라 믿었던 호열은 시간이 지나도 나타나지 않고 있었다.

운영은 호열이 올 때까지만이라도 산적들과 상대하며 여유있게 실전 경험을 쌓고 떠나려고 했었다. 하지만 똑같이 반복되는 산적들의 공세에 지루해지고 있어 운영의 집중력은 처음과 달리 흐트러진 상태였다. 한번 집중력이 흐트러지기 시작하자 나중에는 시간이 지날수록 강성해지는 산적들의 기세에 눌려 간발의 차이로 목숨을 건지는 상황까지 겪게 되었다. 그렇게 등에 식은땀나는 상황을 몇 번 경험하게 되면서 운영은 산적들에게 화가 나기 시작했다.

"나도 더 이상은 못 참는다. 너희들이 다치거나 죽더라도 날 원망하지 말아라."

운영의 내공은 호열에 의해 강호에서도 몇 손가락 안에 꼽힐 정도였다. 하지만 산적들을 상대하면서는 한 번도 공력을 사용하지 않았다. 무공을 모르는 산적들이 자신으로 인해 크게 다칠지도 모른다는 우려에서였다.

그러나 이런 마음을 모르는 산적들은 운영을 가볍게 여기며 두목의 만류도 아랑곳하지 않고 있었다. 마치 호롱불에 몸이 타 들어가는지도 모르고 달려드는 불나방처럼 칼과 창을 높이 추켜세웠던 것이다.

운영은 산적들이 자신을 너무나 업신여기며 몰아붙이자 그동안 가슴속에 자리하고 있던 울분을 한 번에 털어버리듯 검에 기를 불어넣었다. 더 이상은 산적들에게 인정을 베풀지 않겠다는 생각이 운영의 가슴속에 자리 잡았다.

운영이 검에 기를 불어넣자 그동안 아무런 빛이 없던 검에서 사람의 가슴을 서늘하게 만드는 파란 불꽃이 피어나기 시작했다.

"헉, 저, 저건 뭐냐?"

"도, 도깨비불이다. 저 녀석이 사술을 쓴다!"

"헉! 저, 저건? 이런, 거… 검기(劍氣)를 사용하는 사람이었다니!"

운영의 검기를 보고 산적들과 두목은 혼비백산했다. 운영에게 창칼을 들고 달려들던 산적들은 그 자리에서 얼어버린 사람처럼 몸이 굳어버려 움직일 줄 몰랐고, 아직 달려들지 않고 있던 산적들은 벌린 입을 다물 줄 몰랐다. 또한 방관자의 입장에서 묵묵히 부하들의 결전을 바라보던 두목은 할 말을 잊어버리고 말았다.

그렇게 운영의 검기에 산적들은 물론 숲마저 침묵에 잠겼다. 어두운 숲 속을 밝히는 파란 불꽃에 의해서……

"여기가 맞나? 음… 응? 어라?"

호열은 운영과 헤어진 장소를 생각하며 어의공을 발휘해 공간 이동을 했다. 처음엔 정확한 장소가 생각나지 않아 근처까지 간 다음 찾으려는 생각을 가지고 있었는데 호열이 도착한 곳은 정확하게 앞서 떠난 곳이자 운영과 산적들이 접전을 벌이고 있는 곳이었다.

호열은 도착하자마자 주위를 둘러보다가 운영을 향해 검을 휘두르려다 굳어버린 산적의 눈과 마주치게 되었다. 아니, 산적이 운영을 향해 뻗고 있는 검끝에 초점이 맞춰진 것이었다.

"헉! 뭐, 뭐야?"

날카롭게 보이는 검이 자신의 얼굴과 정면에 닿을 듯 말 듯한 거리에 위치해 목숨을 위협하자 호열은 혼비백산하여 뒤로 넘어지고 말았다.

"헉! 그, 그놈이 돌아왔다. 사라졌던 놈도 돌아왔다."

자의는 아니지만 호열에게 검을 겨누게 된 산적은 놀라 넘어진 호열을 위협하기는커녕 도리어 뒷걸음질치며 목이 찢어져라 소리를 높였다.

운영의 검에서 파란 불꽃이 화려하게 절정의 빛을 발하기 시작하면서 산적들은 전의(戰意)를 상실하고 있던 터였다. 한데 운영에게 칼을 들고 돌진하던 자세로 멈춰 있던 한 산적 앞에 호열이 갑작스레 나타난 것이다. 산적들이 놀랄 정도로 호열이 화려하게 재등장한 것은 아니었지만 운영의 기세에 눌려 있던 산적들의 가슴에 철퇴를 가하기에는 충분했다.

"응? 저 녀석은 왜 저렇게 호들갑이야? 오히려 놀란 건 난데. 에구……."

호열은 뒷걸음질치는 산적을 보고는 이해할 수 없어하며 엉덩이에 묻은 먼지를 천천히 털고 일어났다.

"형님, 도대체 어디 갔다가 오신 겁니까? 한참 기다렸잖아요."

운영은 얼른 검기를 거두고는 호열에게 다가가 사정을 물어보았다. 호열에게 할 말이 많았지만 지금은 그런 것들에 그게 마음쓰고 싶지 않았다. 운영에겐 호열이 다시 돌아온 것만 해도 고마웠던 것이다.

"하하하, 많이 기다렸냐?"

호열은 얼른 옷에 묻은 먼지를 털며 멋쩍은 표정으로 운영을 바라보았다. 호열 자신이 생각하기에도 체면이 말이 아니었던 것이다.

"어디 다친 곳은 없고?"

호열은 한껏 걱정스러운 눈빛을 담고서 운영의 주위를 둘러보았다.

운영의 주의를 다른 곳으로 돌리기 위한 행동이었다.

"예, 이렇게 보여도 제 한 몸은 충분히 간수할 정도는 되잖아요. 모두 형님 덕분이지만……."

"하하하, 그래. 이젠 어디다 내놔도 걱정이 없겠다. 대견해."

호열은 주변의 산적들은 아랑곳 않고 크게 웃으며 운영의 어깨를 두드려 주었다. 정말 호열의 눈엔 운영이 대견하게 보였다.

호열은 대화를 나누면서도 주변의 돌아가는 상황을 파악하기 위해 곁눈질을 했다. 산적들의 손에 날카로운 칼과 창, 도끼 같은 무서운 무기가 들려 있었지만 운영이 어떻게 했는지 반쯤 정신이 나가 있는 상태였다. 자세히 보니 두목처럼 생긴 사람도 이러지도 저러지도 못하는 어정쩡한 자세로 서 있었다.

"그나저나……."

호열은 앞으로 운영이 어떻게 할 것인지 알고 싶어 물어보려 했다.

"이, 이보시오, 젊은이. 아니, 소협(少俠)! 우리들에게 아까 말했던 것을 지켜줄 수 있겠소?"

중간에서 산적 두목이 말을 끊으며 운영이 처음 했던 말을 상기시켰다. 그때와는 상황이 다르지만 지금이라도 물러가겠다면 보내주겠냐는 뜻이었다.

"두, 두목, 우리가 꼭 저 녀석들의 눈치를 보며 도망쳐야 합니까? 그냥 물러가면 되잖습니까?"

"이런, 넌 가만히 있지 못하겠냐? 아무것도 모르면 가만히 있어라!"

두목은 운영이 손에 인정을 두지 않는다면 자신들은 아무도 도망칠 수 없다는 것을 알고 있었다.

"옛? 예……."

지금까지 기세등등하던 촉새는 두목이 눈을 부라리며 호통을 치자 아무 말 못하고 고개를 숙였다.

　'이런, 아이고. 난 이제 죽었구나…….'

　촉새는 요즘 들어 부하들이 자신에게 좋지 않은 생각을 가지고 있다는 것을 알고 있었다. 두목은 아직까지 그런 생각을 하는 것 같지 않았지만 부하들이 노골적으로 불만을 드러내면 어쩔 수 없이 촉새를 멀리할 것은 자명한 일이었다. 그래서 촉새는 두목의 만류에도 불구하고 이번 일을 선두 지휘해서 필사적으로 두목의 눈에 들기 위해 노력을 했던 것이다.

　"음, 글쎄요. 난 아까 분명히 말했던 것 같은데요. 그런데 당신들이 내 말을 무시하고 공격하지 않았습니까? 그런데 이제 와 그런 말을 할 자격이 있다고 생각하십니까?"

　"음……."

　운영은 두목이 염치없는 사람이라고 생각했다. 자신들이 유리하다고 생각할 때는 운영의 말을 무시하더니 상황이 불리해지자 뒤로 물러나려는 것이다. 그런 산적들이 괘씸하긴 했지만 애써 산적들에게 겁을 들이대야 할 필요성을 느끼지 못했다. 솔직히 아직까지는 손에 피를 묻히고 싶지 않았던 것이다.

　"운영아, 저 사람이 무슨 말을 하는지는 모르겠지만 좋은 게 좋은 거라고, 우리 얼른 이 자리를 뜨는 것이 좋겠다. 우리가 알아서 떠나면 저 사람들도 알아서 하겠지."

　"음… 형님 말씀대로 하는 것이 좋겠군요. 그렇게 하겠습니다. 어서 가시지요."

　"그래, 그렇게 하… 응? 헉! 뭐, 뭐냐?"

호열의 의견에 따르기로 한 운영이 막 떠나려는데 검 한 자루가 숲 속에서 튀어나왔다. 그런데 그 검이 호열의 앞에서 멈추는 것이 아니라 옆을 아슬아슬하게 스친 후 아직까지 검을 겨누고 있던 산적의 옷소매를 자르며 나무에 꽂혔다.

"누구냐? 어서 나와라!"

"헉! 누, 누구냐?"

호열과 두목은 놀란 가슴을 쓸어 내리며 칼이 날아온 방향을 예의 주시했다. 그곳에서 홀쩍 여덟 명의 도사들이 뛰쳐나왔다.

"응?"

"헉, 이런……."

호열과 두목의 앞에 나타난 사람들은 장백검파의 도인들이었다.

호열은 많은 거리를 두고 뒤에서 따라오고 있을 것이라 생각했던 장백검파 사람들이 나타나자 놀랐고, 두목은 일어나서는 안 되는 상황에 직면하게 되자 하늘과 촉새를 원망하고 싶을 뿐이었다.

"하하하, 이제 걱정하지 마시오. 우리가 도와줄 테니……."

"음……."

'이럴 수가. 이렇게 되면 어떻게 해야만 한단 말인가?'

두목은 얼른 물러나야 한다는 것을 알고 있었지만 섣불리 움직일 수도 없었다. 잘못하다가는 정말로 줄초상을 치러야 하는 날이 될지도 모르는 일이었기 때문이다.

"안녕하십니까? 그런데 도장께서는 여기에 어쩐 일이십니까?"

호열은 현검 도장의 얼굴을 알아보고는 반갑지는 않지만 아는 척이라도 해야 했기에 천천히 곁으로 다가가 말을 걸었다.

"응? 누구? 아, 아침의 그 젊은이구먼. 원시천존……. 이렇게 다시 보게 되는구려."

현검 도장은 호열이 누구인지 알아보지 못하다가 곁에 서 있는 운영을 본 후에야 알아볼 수 있었다. 현검 도장에게는 호열보다 운영에 대한 인상이 깊이 남아 있었던 것이다.

"예, 그런데 어떻게 여기까지……."

"하하하, 이 근처를 지나다가 싸우는 소리가 들려서 이렇게 오게 된 것이네. 별일은 없었는가?"

"예, 우리는 괜찮습니다. 그러… 이런, 뭐 하는 짓이오?"

"모두 도망쳐라! 얼른!"

"응? 헉! 두, 두목!"

"와아, 도망쳐라!"

호열이 현검 도장과 얘기를 나누는 사이 두목은 장백검파 사람들까지 나타나자 완전히 굳어버린 부하들이 도망가도록 시간을 벌어야 한다는 생각을 하게 되었다. 그리고 모든 시선이 현검 도장과 호열에게 쏠려 있는 틈에 부하들이 도망갈 수 있기를 바라며 호열에게 검을 던지고는 뒤로 도망친 것이다. 부하들에게 쏠리는 시선을 자신에게 돌리기 위해 두목은 젖 먹던 힘까지 써가며 안간힘을 쓰고 있었다.

호열은 아무런 위협이 되지 못하는 칼을 피한 후 두목에게 시선을 돌렸다. 두목을 어찌해 보려는 생각은 없었다. 자신에게 칼을 던진 두목의 의도를 충분히 알 수 있었기 때문이다.

만약 현검 도장이 두목이 던진 칼에 상처입는 일이 생긴다면 그 날로 이 일대의 산적들은 장백검파에 의해 토벌을 당할 것이다.

"헉, 도장! 뭐 하는 짓입니까? 그만두시오!"

현검 도장은 자신이 앞에 있는 데도 불구하고 무례하게 칼을 던지고 도망치는 두목이 못마땅했다. 그는 바로 옆에 있는 제자의 검을 허공섭물(虛空攝物)로 취한 후 숲으로 도망치는 두목을 향해 검을 날렸다. 현검 도장의 손을 떠난 검은 붉은 검기를 발하며 두목의 지척까지 다다라 있었다.

"이런, 어의광(啾意光)! 사라져라!"

호열은 살기 위해 도망치려는 사람들을 보내주기는커녕 도인의 입장임에도 살생을 하려는 현검 도장이 못마땅했기에 바로 어의광으로 검기를 발하며 날아가던 검을 흔적도 없이 사라지게 만들었다. 현검 도장은 물론 장백검파 제자들과 운영이 지켜보는 가운데.

"헉! 뭐냐? 누구냐?"

깜짝 놀랐던 현검 도장은 곧 호열을 노려보았다.

"그대인가? 왜 그랬소? 왜! 감히……."

현검 도장은 자신의 행사를 중간에서 막은 호열을 눈에 힘을 주며 바라보았다.

호열도 현검 도장의 못마땅한 처사에 감정이 상해 있었기에 좋은 시선을 주지 않았다.

그렇게 현검 도장과 호열 간에 일촉즉발의 상황이 전개되자 장백검파 제자들은 자신들의 사백인 현검 도장의 뒤에서 검을 뽑아 든 상태로 한층 긴장해 있었고, 운영은 호열의 옆에 바짝 붙어 검에 파란 검기를 피워 올리며 긴장을 늦추지 않았다. 양쪽 손에 땀을 쥐게 하는 시간이었다. 한순간의 실수가 있다면 바로 치명적인 공세가 있을 것이다.

그렇게 양쪽이 대치하는 사이에 산적들은 모두 각자의 삶을 지키기 위해 안간힘을 쓰며 달리고 또 달렸다. 산채에서 기다리고 있을 아내와 자식들의 얼굴이 눈에 가물가물거리는 것을 애써 지우며 오로지 살아야겠다는 신념으로 똘똘 뭉쳐져 있는 상태였다. 어떻게든 살고 싶은 간절한 심정으로……

제 4 장

쉬, 정신 수양을 위한 방법이란, 음……

허, 정신 수양을 위한 방법이라, 음…….

태양이 떨어지면 어두운 밤이 찾아온다. 세상이 암흑으로 물드는 것이다. 그런 암흑에서도 더욱 어두운 곳이라면 불빛 하나 없는 산속일 것이다. 그러나 지금 그 산속에 주변의 어둠은 아랑곳하지 않고 주위를 밝게 밝히는 곳이 있었다.

장백검파외 호얼과의 내치 상태가 시작된 지 일각이 지났다. 주위는 완전한 어둠으로 물들여져 있었다.

주변엔 살얼음판을 걷는 것보다 더욱 긴장감이 감돌고 있었다. 하지만 검에서 일어나는 서늘한 검기에 의해 긴장감이 흐르는 상황과는 달리 검기에 의해 일어나는 빛은 어둠을 뚫고 환상적인 아름다움을 이루어내고 있었다. 운영의 유운검기가 만들어내는 파란 검기가 물결처럼 요동치고 있었고, 장백검파의 자허진기로 일어나는 자색의 검기들이 하나의 뭉게구름처럼 어우러져 환상적인 장관을 만들고 있었던 것이다.

"음… 왜 그랬는가? 그럴 이유가 있었는가?"

"글쎄요. 전 그들이 산적이든 아니든 제 앞에서 피 보는 일이 일어나지 않았으면 합니다."

"이… 음, 그렇다면 왜 산적들과 시비를 벌였는가? 자네들의 실력 정도면 그냥 지나칠 수도 있었을 텐데?"

"저도 그렇게 하려고 했었습니다. 그런데 도장께서 나타나신 겁니다."

호열은 현검 도장의 추상같은 질문에 전혀 위축되지 않고 여유있게 받아넘기고 있었다. 아침까지만 해도 현검 도장은 호열에 대해 별다른 생각이 없었다. 오히려 호열의 옆에 있던 운영에 대한 놀라움만 있었을 뿐이다. 그러나 막상 호열과 대치하면서 현검 도장은 한순간 숨이 멎는 것 같은 압박감을 느끼고 있었다. 도저히 항거할 수 없는 파천(破天)의 힘이 느껴졌던 것이다. 그래도 시간이 흐르면서 현검 도장의 전신을 압박하던 호열의 기운이 점점 사그라져 마음을 놓을 수 있었기에 다행이지 계속 호열에게서 거대한 기운이 느껴졌다면 현검 도장은 버티지 못하고 주저앉았을 것이다.

"음… 그것이, 그것이 무를 익힌 무인의 입에서 나올 말인가?"

"무인이라니요? 저는 제가 무인이라고 말한 적은 없는 것 같은데요?"

"뭐라고? 이… 허, 정말 할 말이 없네. 원시천존……. 이보게, 무릇 무인이란 육체적으로나 정신적인 면에서 일반 사람들보다 뛰어나네. 그래서 우린 우리들의 힘을 올바른 곳에……."

"사제, 사제는 지금 뭘 하고 있는 것인가?"

현검 도장은 호열의 말과는 다르게 강력하게 느껴졌던 기운을 상기하며 호열에게 자신이 가지고 있는 무인으로서의 도리를 알려주고 싶었다. 처음엔 보편적으로 무를 익힌 무인을 가리키는 말로 시작했으나 뒤로 갈수록 장백검파를 가리키는 우리라는 말로 이끌어 나갔다.

현검 도장은 장백검파를 이끌고 있는 한 명의 일원으로서 호열에게 장백검파뿐만 아니라 자신의 정당성을 피력하려는 생각이었다. 그러나 현검 도장의 얘기가 본론으로 들어가려고 할 때 높게 줄기를 뻗은 나무들 사이를 훌쩍 뛰어넘으며 현운 장문인이 나타났다.

"사부님, 어서 오십시오."

"장문인……."

"응? 음… 장문인께서 오셨습니까? 허허, 이곳은 아무 일 없습니다."

현운 장문인이 나타나자 장백검파 도인들은 지금까지 호열과 운영을 향하여 겨누고 있던 검을 거두고는 예로써 맞이했다. 호열과 운영도 현운 장문인의 너그러움을 알고 있기에 긴장감은 가지고 있었지만 크게 부담감을 느끼지 않고 검을 거둘 수 있었다.

"사제, 지금 이런 모습을 내게 보이면서도 아무 일 없다는 말이 나오는가?"

"옛? 그, 그것은……."

"음… 내 이번 일의 자세한 사항은 나중에 따로 듣기로 하겠네."

"아, 알겠습니다, 장문인……."

현검 도장은 현운 장문인의 표정과 행동에서 빠져나갈 여지가 없다는 것을 실감하곤 조용히 고개를 숙이며 뒤로 한 걸음 물러나 다른 제자들과 같이 어깨를 나란히 하고 섰다.

"음… 허허, 임 공자, 여기서 다시 보게 되는구려… 원시천존."

"그렇게 됐습니다. 그나저나 장문인께서는 어떻게 여기까지 발걸음을 하셨습니까?"

"허허허, 이보게, 나도 왔다네."

"어? 장군께서? 그럼?"

현운 장문인은 사제인 현검 도장을 보낸 후에도 계속해서 천리지청술을 발휘했다. 그런데 현검 도장이 도착했을 즈음 갑자기 그곳에서 숨 막힐 것 같은 기운이 강하게 일어나는 것이었다. 놀란 현운 장문인은 곧바로 경공을 발휘해 호열이 있는 곳까지 단숨에 달려온 것이다.

"아… 박 장군께서 아침에 장백검파 사람들과 함께 움직일 거라고 말했었지요? 제가 깜빡 잊고 있었습니다. 하하하."

"허허, 그나저나 이렇게 다시 만났으니 정말 반갑네. 그런데 무슨 일이 있었는가?"

"옛? 하하하, 그것이……."

호열은 박 장군이 물어오는 말에 어떻게 대답을 해야 할지 막막했다. 산적을 만나게 되어서 의동생도 내버려 두고 도망을 쳤다는 것에서부터 산적들로부터 도와주러 온 현검 도장과 장백검파 사람들과 시비가 붙은 것까지. 껄끄러운 일을 말하려고 하니 차마 입이 떨어지지 않았다.

"장문인, 그건 제가 말씀드리겠습니다."

"응? 음……."

현검 도장은 사형이자 장백검파의 장문인인 현운이 무엇 때문인지는 모르지만 아침에 처음 만난 호열을 좋게 생각하고 있다는 것을 알고 있었다. 그래서 호열이 먼저 입을 열기 전에 자신이 먼저 유리하게 말하는 것이 좋겠다 생각하며 장문인에게 허락을 구했다.

　현운 장문인은 자신의 눈을 바라보는 사제 현검의 얼굴을 바라보며 고개를 끄덕여 보였다.

　"아, 감사합니다, 사형… 이런. 죄송합니다, 장문인."

　"괜찮으니 어서 얘기해 보게."

　"예, 음… 그것이 어떻게 된 것이냐 하면……."

　현검 도장은 장문인의 명을 받은 후 바로 일곱 명의 제자를 거느리고 사건의 현장에 도착하면서 시작된 일련의 사건들을 현검 도장의 주관적인 입장에서 열심히 피력하였다. 때론 너무 감정적인 면이 곁들여져 있어 호열의 미관을 찡그리게 하기도 했지만 호열은 현검 도장의 일장연설이 끝날 때까지 입에 자물쇠를 잠그고 있는 것처럼 침묵으로 일관하였다. 그중에 호열이 현검 도장의 행사를 실력으로 막았다는 것은 현검 도장의 입 밖에 나오지 않았다.

　"허, 사제, 그것이 정말인가?"

　"예, 장문인. 그래서 제가 무인의 도리에 대해 막 말하려고 하던 참이었습니다. 그때 장문인께서 도착하신 것입니다."

　현검 도장은 자신이 할 말은 다 했다는 안도감에 굳어졌던 얼굴을 풀며 자신의 사리로 돌아갔다.

　"음… 임 공자. 지금 제 사제가 한 말이 사실입니까?"

　"무엇이 말입니까?"

　"음, 그것이… 사제의 말로는 임 공자가……."

　"허허, 장문인, 호열 공자, 무슨 얘기를 그리 심각하게 하고 있습니까? 그러지 말고 우리 이렇게 된 거 날도 어두워져 더 이상은 갈 수 없을 것 같으니 오늘은 그만 쉬는 것이 어떨까 하는데, 어떠십니까?"

허, 정신 수양을 위한 방법이라, 음…….　85

현운 장문인과 호열의 얘기가 길어질 것 같아 보이자 박 장군은 가까운 곳에 자리 잡고 노숙할 것을 권했다.

"음… 허허, 박 장군께서 그렇게 말씀하시는데 따라야지요. 그렇게 하겠습니다. 임 공자는 어떻게 하겠습니까?"

"옛? 음… 저야, 예… 그렇게 하시지요. 그럼 실례하겠습니다."

호열은 운영의 얼굴을 한번 쳐다본 후 주위를 둘러보자 현운 장문인과 박 장군의 제의를 거절할 명분이 없다는 것을 알 수 있었다.

"허허허, 그럼 너희들은 어서 준비를 하거라. 박 장군, 공자, 어서 저리로 가 잠시 기다리는 것이 어떻겠습니까?"

"예, 그럼……."

"허허, 그러지요, 장문인."

현운 장문인은 제자들이 모닥불 곁에 마련한 자리로 박 장군과 호열을 안내하며 같이 자리를 잡고 앉았다. 박 장군과 현운 장문인, 그리고 호열과 운영의 주위로 몇몇 사람들이 자리를 했고, 박 부장과 현검 도장의 주위로 조선의 사신들과 장백검과 도인들이 서먹서먹한 관계를 유지하며 함께 자리하고 있었다.

하루 동안 같이 움직이며 얼굴을 익혔다고는 하지만 서로 살아가는 인생의 목표가 다르고 살아온 환경이 다르기에 많은 얘기들이 오가지 않고 대체적으로 조용한 분위기를 유지하고 있었다.

"허허, 장문인께서 소림사에 가시면 장삼풍 진인을 뵐 수 있으니 정말 좋으시겠습니다. 저도 한번 그분을 뵙고 싶었는데……."

"허허허, 글쎄요… 빈도도 소림사에 가서 어떤 분이신지 직접 뵈려고 했습니다. 그런데 들리는 소문으로 그분께서는 아마도 참관하지 않으실 것 같습니다."

"그래요? 허, 안타까운 일이군요……."

현운 장문인과 박 장군 간의 얘기를 들으면서 호열은 나름대로 내일의 일을 생각하였다. 아침엔 급한 볼일이 있어 미리 떠난다는 말로 박 장군과 현운 장문인의 동행 제의를 거절했지만 내일은 명분이 없기 때문에 만약 동행하자는 제의가 들어오면 거절하기 힘든 상황이기 때문이다.

'음… 어떻게 한다? 이거 참… 그래, 내일 일은 내일 생각하지 뭐. 그냥 동행하는 것도 괜찮은 일이니 크게 신경 쓸 필요는 없겠지. 그나저나 소림사라… 소림사, 어디서 많이 들어본 것 같은데? 어디서 들었더라… 운영이 녀석에게 들었나? 허, 기억이 안… 그렇지, 운영에게서 들었었지. 하하하, 가만, 음… 끝에 사(寺)가 붙는다면? 소림이 사찰(寺刹)인가?'

운영에게서 예전에 들었던 기억이 있지만, 그때는 지금처럼 크게 신경을 쓰지 않았기에 다시 현운 장문인의 입에서 소림사란 말이 나오자 궁금함을 느끼게 되었다. 앞으로 중원에 들어가서 생활하게 될 것이기에 자연히 알아야만 할 것 같은 마음이 들었던 것이다.

하얀 연기를 피워 올리는 모닥불의 열기에 손을 지그시 대면서 조용히 앉아 있었지만 호열은 현운 장문인과 박 장군의 오가는 얘기에 정신을 집중하고 있었다.

"음… 우리들의 얘기에 흥미가 있는가?"

"옛? 하하하, 그냥 얘기가 귀에 들려오길래……."

박 장군이 넌지시 대화에 참여시키고 싶은지 호열에게 묻자, 호열은 시선을 다른 곳으로 돌리며 조용히 거부 의사를 밝혔다.

사회적 경험이나 지식이 없는 호열이 현운 장문인과 박 장군처럼 연륜이 풍부한 사람들과 대화를 나눈다면 많은 것을 배우게 되겠지만 정작 대화에 끼어들기에는 버거운 일이었다. 호열도 그런 정도는 알고 있었다.

"허허, 그런가? 음… 그럼 그렇게 하게. 참, 아까 장문인께선 얘기를 다 끝마쳤습니까?"

"허허, 글쎄요. 아직… 임 공자, 그리고 보니 아까 말하다 만 것이 있었구려. 허허."

"예, 그랬었습니다."

현운 장문인은 막상 얘기를 꺼내려고 하니 분위기가 많이 호전되어 좀처럼 조금 전에 있었던 현검 도장과 호열 간의 거북한 얘기를 꺼내기가 쉽지 않았다. 또한 호열에게 좋은 감정을 가지고 있었기에 더욱 그러했다.

"그나저나 장군, 장군께서는 어떻게 임 공자를 알고 계셨습니까?"

"옛? 허허, 저는 만난 지 얼마 되지 않습니다. 어제 만났으니까요. 아까 제가 오면서 말씀드렸던 사람이 바로 임 공자였습니다. 그 보기와는 다르게 나이가 많다는 사람 있지요?"

"아, 허허허, 이제 생각납니다. 그 사람이 바로 임 공자였군요."

현운 장문인은 박 장군과 함께 마차에 올라 많은 얘기를 나누는 도중에 있었던 간략한 내용을 상기하고는 고개를 끄덕였다.

"허허허, 그러는 장문인께서는 어떻게 호열 공자를 알고 계신 겁니까?"

"저 말입니까? 허허, 다 조사님께서 돌봐주신 덕분이지요. 원시천존."

"옛? 음… 허허허."

박 장군은 처음 현운 장문인이 무슨 뜻으로 말하는지 몰랐으나 이내 아침의 일을 떠올리며 고개를 끄덕여 보였다. 또한 현운 장문인이 얘기를 다른 곳으로 돌리며 말하기 꺼려하는 기색을 보이자 나름대로 말 못할 사정이 있을 것이라 대강 짐작할 수 있었기 때문에 더 이상은 깊이 물어보지 않았다.

"허허, 감사합니다. 음… 임 공자, 잠시 빈도와 얘기를 나눌 수 있겠습니까?"

현운 장문인은 처음 호열과의 만남에서부터 줄곧 다른 사람들을 대할 때보다 신중하게 처신하고 있었다. 거기다 생각보다 나이가 많다는 것을 알고는 좀 더 신경 쓰는 기색을 보였다.

"예, 말씀하십시오. 경청하겠습니다."

"음… 그래요. 그럼 크게 마음에 두지 마시고 대답해 주셨으면 고맙겠습니다. 흠흠, 아까도 말했지만… 저는 공자가 현검 사제의 말처럼 산적들을 도망치게 한 것이 사실인지 알고 싶습니다. 그리고 그러한 행동을 한 것이 사실이라면 음… 공자 같은 분이 그런 행동을 했다면 그에 합당한 이유가 있으리라 생각되는데… 공자, 그 이유를 말해 줄 수 있겠습니까?"

현운 장문인은 호열의 기분이 상하지 않도록 세심하게 주의를 기울이며 천천히 입을 열었다. 호열도 현운 장문인의 배려하는 마음을 알았기에 현검 도장에게서 받았던 기분 나빴던 일들을 훌훌 털어버리고 자신이 생각했던 것들을 성실하게 말해야겠다는 생각이 들었다.

"음… 장문인, 전 다른 것은 모릅니다. 다만 제 앞에서 사람의 피를 보고 싶지 않았을 뿐입니다. 그 사람이 다른 사람들에게 칭찬받는 좋은 사람이든, 아니면 산적이나 살생을 일삼는 흉악한 악인이라 하더라도 말입니다. 지금 제가 장문인께 하는 말이 이치에 맞지 않는다고 해도 제 대답은 이것뿐입니다."

호열은 어렵게나마 자신이 생각하고 있던 말은 다 했기에 현운 장문인과 주변 다른 사람들의 표정이 어떻게 변하든 신경 쓰지 않았다. 단지 당당하게 생각하고 있던 말을 다 했다는 것으로 만족할 뿐이었다.

"허, 피를 보고 싶지 않다라… 정말, 정말 좋은 말입니다. 무의 본질이 바로 그러한 것이지요. 살(殺)이 아니라 바로 활(活) 말입니다. 허허, 저도 비록 무를 익히고 있는 무인이기는 하지만 한때는 죽을 때까지 사람의 피를 보고 싶지 않은 것이 소원이었습니다. 그러나 그런 일이 가능할지 지금에 와서는 회의와 의문이 들고 있습니다. 도저히 무인의 삶을 살아가는 우리들로서는 불가능한 일이지요. 음… 하지만 저는 좋은 생각이라고 생각합니다."

현운 장문인은 호열의 대답을 들으면서 고개를 끄덕였다. 현운 장문인도 무를 익힌 무인이었지만 다른 한편으론 평생을 산에 기거하면서 도를 수행하던 도인이었다. 그렇기에 자연적으로 살생과 피를 혐오하는 마음이 생기게 되었던 것이다. 그러나 현운 장문인은 그러한 일들이 세속의 때에 물들면 불가능하다는 것을 알고 있었다. 그래서 이번에 산문을 나오며 평생을 몸담고 살아온 장백검파를 위해 모든 것을 희생하겠다는 굳은 다짐을 한 후 그러한 것은 훌훌 털어버리고 내려왔다.

"장문인, 저는 그렇게 생각하지 않습니다."

"응? 사제, 그게 무슨 말인가?"

옆에서 호열과 현운 장문인의 대화를 듣고 있던 현검 도장은 자신이 평소 지니고 있던 생각과 다른 말이 장문인의 입에서 나오자 참지 못하고 끼어들었다.

"예, 저는 장문인의 생각과는 조금 다릅니다. 만약 한 사람의 악인이 있다면 그는 많은 선한 사람들에게 피해를 입힐 것입니다. 그렇기에 저는 차라리 제 손에 피를 묻힌다 하더라도 한 명의 악인을 처단함으로써 선한 사람들을 구제할 수 있다면 그렇게 해야 한다고 생각합니다."

현검 도장은 말을 하면서도 굳은 얼굴로 호열을 쳐다보았다. 호열은 그런 현검 도장을 마주 보며 무인으로서 나름대로 확고한 자부심을 가지며 살아가는 현검 도장의 의지를 읽을 수 있었다.

"음… 그렇습니까? 장문인의 말씀이나 현검 도장의 말씀대로라면 무인의 삶을 살아가는 사람이라면 언젠가는 피를 봐야만 한다는 말이군요. 그것이 자의든 타의든 간에……."

"허허, 꼭 그렇다는 것은 아니지만 흠… 허허, 무인으로서 피해갈 수 없는 숙명과도 같은 것이지요. 원시천존."

'음… 호열 공자야말로 협(俠)을 아는 사람이구나. 무를 익힌 사람으로서 피를 보고 싶지 않다는 것은 생명을 중시 여기고 의(義)를 아는 사람들이나 할 수 있는 말이지. 음.'

현운 장문인은 호열의 삶에 대한 생각을 읽을 수 있었다. 호열이 원해서 말한 것이 아닐지라도 현운 장문인은 호열이 대협(大俠)의 자질을 충분히 지니고 있다는 것을 알 수 있었으며 또한 호열에 대한 생각이 한층 좋게 자리 잡는 계기가 되었다.

"허허, 호열 공자의 말을 들으니 대협으로 불려도 충분할 것 같소이다. 안 그렇습니까, 장문인?"

옆에서 현운 장문인과 호열의 대화를 듣고 있던 박 장군도 호열의 얘기를 들으면서 고개를 끄덕였다. 또한 다른 사람들도 그에 호응을 하였다. 모닥불 주위가 워낙 조용하다 보니 주변에 있던 다른 사람들도 모두 들을 수 있었던 것이다. 하지만 현검 도장은 여전히 못마땅한 표정을 보이고 있었다.

"무슨 그런 과찬을… 당치도 않습니다. 제가 대협이라니요."

"허허허, 아닙니다. 박 장군의 말씀이 맞습니다. 저도 임 공자의 성품엔 부족함이 없다고 생각합니다. 임 공자는 무엇보다 대협으로서 갖추어야 할 인(仁)과 예(禮)를 지녔으니 우리가 그렇게 부르는 것은 당연하지요. 안 그렇습니까?"

현운 장문인이 주위를 둘러보며 호응을 구하자 이에 주변에 앉아 있던 사람들도 하나같이 수긍을 하며 고개를 끄덕였다.

"예, 그렇습니다. 저희도 그렇게 생각합니다."

"이것 보시게, 모두 그렇다고 하지 않는가? 허허. 임 대협."

주변에 앉아 있던 사람들이 너도나도 할 것 없이 호응을 하자 박 장군은 그런 모습을 보곤 호열에게 어깨를 으쓱하며 두 손을 내밀어 보였다.

"하하하, 이런……."

'음… 박 장군이나 현운 장문인의 말대로 내가 인과 예를 갖추었나? 허, 그건 아닌 것 같은데. 음… 하지만 뭐, 어쩌겠어. 다들 나보고 대협이라고 부른다면…….'

호열은 현운 장문인과 박 장군은 물론 주변의 사람들까지 자신에게 대협이라고 부르며 수긍하는 모습을 보이자 얼굴이 순식간에 빨개지며 계면쩍은 모습을 보이지 않을 수 없었다. 하지만 싫지만은 않았다. 아니, 기분만은 정말 좋았다. 호열이 태어나서 처음 들어보는 거창한 호칭이었기 때문이다.

아버지가 돌아가시기 전, 그래도 호열은 열다섯 살까지는 주변으로부터 상스러운 욕은 듣지 않고 살았었다. 하지만 고향을 떠난 후로는 이 마을 저 마을을 전전하면서 하루라도 욕을 안 들은 날이 없을 정도였다. 그런데 지금 다른 사람들이 자신을 대협이라고 불러주고 있으니 호열은 순간 날아갈 것 같은 기분을 느꼈다. 하지만 호열은 그만 자신도 모르게 울컥 눈물을 보일 뻔했다. 하지만 얼른 자세를 바로잡고는 주변의 열화와 같은 성원에 못 이겨 대협이란 호칭을 기꺼이 받아들이기로 했다. 이제부터는 그런 호칭을 당연하게 생각하기로 마음먹은 것이다. 어차피 호열도 중원에 가서 생활하려면 익숙해져야 하니까……

"임 공… 허허, 음… 임 대협도 그렇지만 옆에 앉아 있는 젊은 소협도 대단히 뛰어납니다. 정말 대단한 젊은이입니다."

현운 장문인은 호열의 옆에 앉아 있던 운영을 바라보며 고개를 끄덕였다. 아침 일도 그렇고, 방금 전 일도 호열의 그늘에 가려 인식하지 못하고 있었는데 모든 일이 잘 마무리가 되어 마음의 여유를 되찾은 현운 장문인의 눈에 운영의 모습이 늘어왔던 것이다.

"장문인께서도 그렇게 보셨습니까? 저도 처음 운영이란 젊은이를 대하고서 설마설마 했었습니다. 하하하, 젊은 나이인 데도 불구하고 대단한 기운을 느끼게 하더라고요. 참, 아침에 제가 장문인께 뛰어난 인재를 봤다고 했었지요? 바로 저 정 소협입니다."

"옛? 예… 허허, 그렇습니까? 허허허."

현운 장문인은 처음 박 장군의 얘기가 무슨 뜻인지 몰랐다. 그러나 모든 상황을 정리해 보니 박 장군은 처음부터 호열의 얘기를 하던 것이 아니라 운영에 대해 얘기하고 있다는 걸 알 수 있었다. 박 장군이 호열의 뛰어남을 인식하지 못하는 것이 당연하단 생각을 하게 되었기 때문이다.

'응? 혹시 내 얘기를 하는 것인가?'

한참 어둠을 밝히며 타 들어가는 모닥불을 보면서 부모님 생각을 하고 있던 운영은 현운 장문인과 박 장군이 자신에 대한 얘기를 하는 것 같아 무슨 얘기가 오가는지 가만히 귀를 기울였다.

"소협, 소협! 정 소협!!"

"응? 옛? 저를 부르셨습니까?"

운영은 갑자기 자신을 부르는 현운 장문인을 보면서 손가락으로 자신의 얼굴을 가리켰다. 생각지도 않게 현운 장문인과 같은 높은 사람의 입에서 '정 소협'이라는 말이 나오자 운영은 확실한 대답을 구하는 것이다.

"허허, 그렇다네. 그래, 자네의 이름이 운영인가?"

"옛? 예, 정운영이라고 합니다."

운영은 현운 장문인이 자신을 부른 것이 확실하자 얼른 자리에서 일어나 포권을 취해 예를 갖추어 인사했다.

"허허허, 정말 젊은 나이에 뛰어난 성취를 얻었구먼. 대단하네, 정말 대단해… 원시천존."

현운 장문인은 운영을 보면서 무엇이 그리 대단한지 연신 원시천존이란 말만을 되풀이하였다. 그런 현운 장문인의 모습을 옆에서 지켜보고 있던 호열은 박 장군과 주변의 사람들을 둘러보면서 이해할 수 없다는 표정을 지었다. 운영의 무엇을 보고 대단하다 하는지 도저히 감이 안 오기 때문이었다.

'참나, 운영을 보고 뭐가 대단하다는 거지? 허, 정말 모르겠구만.'

호열이 주위를 둘러보니 다른 사람들은 모두 알고 있다는 표정인데 자신만 모르는 것 같은 상황이었다. 하지만 다른 사람들에게 물어보지는 않았다. 그냥 그렇게 가만히 있으면 자연적으로 다음 말이 나올 것이 분명하기에 일부러 애쓰며 나서서 물어볼 필요가 없었다.

"어떻습니까, 장문인. 정말 대단하지 않습니까?"

"허허, 예, 정말 대단한 성취를 이루었군요. 하지만 전 임 대협을 처음 대할 때 한순간 숨이 멎는 줄 알았습니다. 정말 얼마나 놀랐던지. 허허허."

"옛? 그게 무슨 말씀이신지?"

'응? 이번엔 난가? 도대체 뭐가 이렇게 복잡해?'

호열은 처음 현검 도장과 자신의 일로 현운 장문인이 얘기를 하다가 운영의 얘기로 슬며시 넘어가기에 잠시 뒷짐을 지고 물러나 흥미롭게 얘기를 듣고 있었는데, 얘기가 갑자기 자신에게 돌아오자 눈을 동그랗게 뜨며 현운 장문인을 주시했다.

박 장군도 운영의 얘기를 하고 있다가 갑지기 호열 쪽으로 방향이 넘어가자 '무슨 얘기인가?' 하는 표정으로 쳐다보았다.

"허허허, 아무리 다시 보아도 임 대협의 공부가 정말 대단합니다. 음… 무공은 아닌 것 같고, 무엇인지는 모르겠지만 대협을 보면서 전신에 힘이 다 빠지는 것을 느낄 정도였습니다. 정말 소름이 다 끼쳤지요. 임 대협, 도대체 무슨 공부를 하였습니까?"

현운 장문인은 호열과 처음 스치듯이 만났을 때의 일을 떠올리는 듯 옷소매로 가슴을 가리며 지그시 눌렀다. 아직까지 그때의 놀란 가슴이 진정되지 않는지 심장이 두근거리는 것 같았기 때문이다.

"옛? 공부는 무슨 공부요? 아하하, 그저 좀 특이한 심신 단련을 했을 뿐입니다."

호열은 현운 장문인이 말하는 것이 무엇인지 이해가 안 되어 얼버무리듯 대강 둘러댔다.

'음… 도대체 날 보고 뭘 느꼈다는 거지?'

"그냥 특이한 심신 단련이라. 음……."

'응? 형님께서 왜 장문인의 물음에 아무 말씀을 안 하시지? 그래, 다른 생각이 있으시겠지…….'

운영은 호열의 상황은 생각지 못하고 조용히 호열의 얘기를 들으면서 왜 자신이 뛰어난 무공을 익혔다고 말하지 않는지 의문을 갖게 되었다. 호열의 실력을 누구보다 잘 알고 있는 사람이 운영이었으니……. 하지만 운영은 호열이 무슨 생각인지 자신을 드러내지 않자 자신이 모르는 사정이 있겠지 하는 마음에 그냥 잠자코 있기로 했다. 어차피 호열이 철저하게 실력을 숨기지 않는다면 저들도 조만간 알게 될 것이기에 굳이 지금 나서서 얘기할 필요가 없다는 생각이 들었던 것이다.

"장문인, 그게 무슨 말씀입니까? 저기 정 소협은 제가 한눈에 보아도 대단한 성취를 이루었다는 것을 느낄 정도지만 임 대협은…… 전 아까 현검 도장의 일도 그렇고 모두 임 대협의 옆을 지킨 정 소협의 무공을 높이 사고 있었는데 임 대협을 처음 보시면서 소름이 끼칠 정도라니요? 장문인같이 뛰어난 분이 어찌?"

박 장군은 현운 장문인의 말을 들으면서 이해가 가지 않았다. 또한 현검 도장도 호열과 있었던 직접적인 일을 말하지 않았기에 늦게 도착한 박 장군은 호열을 지킨 것이 운영의 노력에 의해서 이루어진 것으로 알고 있었던 것이다.

"응? 장군, 아직 모르셨습니까? 허허, 이런… 옥(玉)을 옆에 두고도 모르셨다니. 원시천존."

현운 장문인은 박 장군이 아직까지 호열의 진정한 실력에 대해 모르고 있다는 것을 알고 있으면서도 도인답지 않게 큰 동작을 취하면서 박 장군을 쳐다보았다.

"옛? 장문인, 자세히 좀 얘기해 주십시오. 도무지 전……."

"허허, 그러지요. 음… 오늘 아침 장군을 만나러 가기 전에 전 길에서 임 대협을 보고서 한순간 전신이 마비되어 움직이질 못했습니다."

"옛? 왜, 왜요?"

"허허, 글쎄요… 저는 그때 임 대협에게서 대자연의 기를 압도하는 파천의 기운을 느꼈습니다. 아니, 꼭 파천의 기라고 하기보다는, 음… 그래, 차라리 대자연의 기도라고 해야 맞겠군요. 허허허."

현운 장문인은 호열과의 첫 만남을 회상하면서 고개를 끄덕였다.

"옛? 파천의 기운이요? 저한테 말입니까? 파천이라니……."

호열은 도대체 장문인이 무슨 말을 하고 있는지 모르겠다는 표정이었다. 파천의 기운이라니, 그런 말은 한 번도 들어보지 못했던 호열이었다.

"파천이요? 장문인, 그게 무슨 말씀이신지?"

"아, 그렇군요. 장군께서는 느끼지 못하셨을 것입니다. 하다못해 제 사제도 아직 모르는 것 같으니 어쩌면 그것이 당연한 것일지도… 허허허."

현운 장문인은 박 장군에게 얘기를 하면서도 자신의 얘기를 주의 깊게 듣고 있는 현검 도장의 얼굴을 응시했다. 그런데 현검 도장의 얼굴

허, 정신 수양을 위한 방법이라, 음……. 97

도 박 장군의 얼굴과 같은 표정을 하고 있었던 것이었다.

"음… 도무지 장문인께서 무슨 말씀을 하시는지……."

"허허허, 그렇겠지요. 음… 제가 지금까지 살면서 한 것은 없지만, 나름대로 도(道)만을 공부하며 열심히 살았습니다. 그래서 그런지 얼마 전 간신히 조그마한 성취가 있었습니다. 허허. 그렇지 않았다면 저도 아마 임 대협의 성취를 그냥 못 보고 지나쳤을 것입니다. 원시천존……."

"음… 조그마한 성취라……."

박 장군은 현운 장문인의 입에서 나온 조그만 성취라는 말을 음미해 보았다. 현운 장문인의 성격상 입에서 그런 말이 나오기란 여간한 일이 아닌데, 그렇다면 그와 같은 경지가 아니면 호열의 기운을 느낄 수 없다는 말이 되기 때문이었다. 그건 자연적으로 호열의 경지가 상당한 수준에 있다는 것을 증명해 주는 것이기도 했다.

"음… 우리 장백검파에는 오래전부터 대자연의 기를 느끼게 해주는 공부가 있습니다. 저도 얼마 전에 장서(藏書)를 보관하고 있던 곳에서 우연히 찾게 되었는데, 도통 무슨 말인지 그 의미를 모르고 있다가 요즘 그것에 다소나마 깨달음이 있어서 해안(解顔)을 가지게 되었습니다."

"해안이라……."

박 장군은 현운 장문인의 해안이란 말의 의미를 음미하면서 진정한 뜻이 무엇인지 파악하려고 하였다.

"예, 임 대협은 제가 뭐라고 딱 꼬집어 설명할 수 없는, 그런 알 수 없는 힘을 느끼게 했습니다. 그 알 수 없는 압박감이란… 허허, 지금 임 대협의 얘기를 들어보고서도 그것이 어디서 기인한 힘인지는 모르겠지만 말입니다."

현운 장문인은 박 장군에게 얘기를 하면서 한편으로는 호열에게 자세히 설명을 해주었으면 하는 눈빛을 보냈다. 하지만 호열은 그런 현운 장문인의 따가운 눈빛을 애써 모른 체했다.

"음… 알 수 없는 힘이라, 그럼 장문인의 말씀으로는 임 대협의 무공이 정 소협보다 대단하다는 것인데… 장문인, 맞습니까?"

"허허허, 예……."

"이런, 허허, 난 임 대협의 인품이 뛰어난 줄은 알고 있었지만 무공까지 높다니… 정말 대단합니다. 제가 정말 사람을 잘못 보고 있었군요."

박 장군은 호언장담하는 현운 장문인의 말에 자신의 실수를 얼른 인정했다. 또한 새삼스러운 눈빛으로 호열을 바라보았다. 무언가 깊은 뜻을 담은 눈빛으로.

호열을 처음 보는 사람은 겉모습만을 보고서 그가 평범한 사람이라 단정할 수 있을지 모르나, 호열의 맑디맑은 눈을 본다면 아마 자신의 생각이 잘못되었다는 것을 쉽게 알 수 있을 것이다. 호열의 겉모습은 보통 사람과 같이 정말 평범했다. 하지만 눈은, 눈만은 무한한 해인을 지닌 사람처럼 깊고 맑게 빛났던 것이다.

보통 눈이란 마음의 창이라고 한다. 사실 눈을 통해서 그 사람의 마음을 읽을 수 있다고도 하지만, 그런 사실을 알고 있으면서 마음을 읽으려고 노력하는 사람은 그리 많지 않을 것이다. 알고는 있으나 쉽게 실행할 수는 없는 것이기에.

호열의 눈이 그렇게 맑게 빛날 수 있었던 건, 그 누구도 갈 수 없고 그 누구도 가지 않았던 자신과의 고독한 싸움에서 승리한 자만이 가질 수 있는 자신감의 표출이었다.

'응? 내 몸에서 기운을 느꼈다고? 난 가만히 있었는데 무슨 기운을 느꼈다는 것이지? 혹, 어의심기(瘀意心氣)인가? 아, 맞다. 그거였어, 허, 이런… 잘못하다간 괜히 귀찮은 일이 생길 것 같은데? 음… 안 되겠다. 어서 기운을 조절하든가 해야지. 참나, 정말 귀찮네. 앞으로 그럼 계속 이렇게 신경을 쓰면서 살아야 된다는 거잖아? 으, 내가 미쳐.'

호열은 현운 장문인의 말이 무슨 소리인지 처음엔 눈치 채지 못했었다. 그러나 몸에서 알 수 없는 중압감을 느끼게 하는 기운이 발산되었다는 말을 곰곰이 생각하니 어떻게 된 일인지 금방 알 수 있었다. 그 힘의 발생지가 무엇인지.

하지만 얘기가 자꾸 그런 쪽으로 전개가 되면 호열이 꿈꿔온, 안락하고 편안한 삶을 누리겠다는 원대한 야망이 위태위태해지는 상황이 전개되는 것이다. 호열로서는 그것만은 절대로 막아야 하는 것이다.

'이런, 이러면 안 되는데… 내가 얼마나 사람들 눈에 띄지 않으려고 몸을 사리면서 여기까지 왔는데……'

아무나 알아볼 수 없는 것이기도 하지만, 사실 운영이네 마을 같은 깡촌에서 어느 인재가 있어 호열의 몸에서 뿜어지는 대자연의 기를 알아볼 수 있겠는가? 그러나 지금은 현운 장문인처럼 호열을 알아보는 사람이 있으니 호열은 걱정이 자꾸만 태산같이 늘어나는 것 같았다.

"허허, 예… 정말 대단합니다. 벌써 은연중에 슬며시 퍼지는 파천의 기운을 갈무리했으니… 안 그렇습니까, 임 대협?"

"음……."

'확실히 어의심기(瘀意心氣)로군. 그거였어. 음… 이거 어떻게 한다? 에라, 모르겠다. 될 대로 되라지 뭐.'

호열은 그동안 신경 쓰지 않았던 어의심기를 의지로 다스려 보았다. 그러면서 혹시 하는 생각을 가지고 있었는데 현운 장문인의 말을 들음으로써 확실하게 알 수 있었다.

"음… 정말 장문인의 눈은 속이지 못하겠군요. 역시 한 문파를 이끌어 나가시는 수장(首將)다우십니다. 앞으로 더욱 조심해야겠습니다."

호열은 현운 장문인을 보며 그동안 보이지 않았던 너스레를 떨었다.

"허, 조심은 무슨. 그런데 임 대협의 몸에서 뿜어져 나오던 그 기운은 무엇입니까? 어떤 무도를 수련해서 생긴 것인지… 이런, 허허허, 제가 그만 도리를 벗어났군요."

현운 장문인은 호열에 대하여 도가 지나친 호기심을 보였다는 것을 스스로 인정하며 얼굴을 붉혔다. 하지만 호열의 입에서 조금이라도 호기심을 충족시킬 수 있는 단서가 될 만한 대답을 듣고 싶은 마음은 변함이 없는지 평소 현운 장문인을 아는 사람들이 보았다면 고개를 갸웃거릴 정도로 적극적인 모습을 보였다.

"옛? 예… 그게, 음……."

'음… 이거 뭐라고 말해야 되지? 그래, 어차피 헌검 도장뿐만 아니라 다른 사람들도 조금은 알고 있는 것 같으니 어느 정도는 인성할 수밖에 없을 것 같구나. 하지만…….'

"음… 장문인의 말이 맞습니다. 장문인께서 제게 어떤 기를 느끼셨다면 그건 무도를 수련해서 생긴 기운이겠지요. 약간의 호신술 정도입니다. 별 볼일 없을 정도지요. 하지만! 그건 어디까지나 제 개인적인 일입니다. 그러니……."

호열은 아예 무공에 대해서는 모른다 말하려고 하다가 그래도 양심상 어느 정도는 얘기를 해주어야겠다는 생각에 약간의 길을 만들어두기로 했다. 그러나 다른 사람에 대해 묻지 않는 강호의 관행에 호열은 현운 장문인의 물음에 대답해 주지 않아도 되었지만 그러한 관행을 모르는 호열은 고민하지 않을 수 없었다. 그래서 나중에 어떻게 되든 어느 정도는 숨길 필요가 있다고 생각해 무를 익힌 것은 인정하더라도 그 이상은 절대 입 밖으로 꺼내지 않겠다는 결심을 하였다. 죽어도.

"미안합니다, 임 대협. 제가 너무 도리에 어긋나는 말을 한 것 같습니다. 정말 대단합니다."

"아닙니다. 제가 말하기 거북한지라… 장문인께서도 들어서 아시겠지만 저도 약간의 무공은 수련했습니다. 그리고 장문인께서 느끼셨던 그 기운은 제가 요즘 공부하는 것으로 일종의 정신 수양을 위해 하는 것입니다. 그걸 하면 어지럽고 산만해진 정신을 맑게 해주거든요. 하루 일과를 시작하는 아침이나 책을 읽기 위해 집중을 하면 정말 쓸모가 많은 것이지요."

"허, 정신 수양을 위한 방법이라……."

'저렇게까지 말하는데 더 이상은 못 물어보겠구나. 혹시나 해서 강호의 도리도 잊어버리고 물어보았던 것이었는데 어쩔 수 없지, 다음을 기약할 수밖에……. 하지만 정말 아쉽구나. 임 대협에게 요즘 내가 익히려고 하는 것을 물어보았으면 했는데… 그에게라면 구백 년 전 조사께서 말년에 창안하셨던 금단선공(金丹仙功)에 대해 조금이나마 실마리를 얻을 수 있을 것 같았는데, 허… 정말 내가 왜 이런 생각을 하게되었는지는 모르겠지만… 내가 너무 앞서 생각하는 것은 아닌지…….'

현운 장문인은 호열을 처음 보았을 때 왜 그렇게 자신이 놀랐는지 그때는 생각 못했었으나 박 장군과 간단한 대화를 하면서 서서히 여유를 찾을 수 있었다. 그렇게 마음의 여유를 찾은 현운 장문인은 호열에게서 받았던 그때 그 느낌에 대해 생각하였고, 지금에 와서 그것이 무엇이었는지에 대해 확신을 갖게 되었던 것이다. 이제야 깨달았다고나 할까?

현운 장문인은 호열이 말하는 정신 수양이라는 것이 자신이 지금 힘들게 공을 들이고 있는 금단선공과 유사한 느낌이 들었다는 것을, 꼭 그것이 아니더라도 유사한 무엇인가를 수련하고 깨달았기에 가능한 것이라는 생각이 들었다.

현운 장문인은 호열의 몸에서 발했던 기운의 진원지가 무엇인지 호열의 입에서 조금이나마 원하던 대답을 직접 들을 수 있길 바랬다. 하지만 세상일이라는 것에 쉽게 얻을 수 있는 것이 어디 있겠는가? 호열은 보기 좋게 구렁이 담 넘어가듯 그렇게 슬금슬금 어물쩍 넘어가서 이젠 더 이상 물어보고 싶어도 물어볼 수 없는 상황이 되었다.

현운 장문인이 알고 있는 금단선공은 장백검파에 오래도록 전해지는 것이다. 구백 년 전 장백검파를 창건한 조사 자허 진인이 말년에 폐관 수련을 하던 중 주변에 있던 한 고동(古洞)을 발견하였는데, 그곳에 있던 유적지에서 발견한 고서의 내용을 살펴본 자허 진인은 자신이 말년에 제자들을 위해 만들고 있던 무공의 후편으로 그 책을 덧붙이기로 했다는 사실이었다. 오로지 후인을 위해.

또한 사제들과 스승으로부터 들었던 내용과 비슷하지만 현운 장문인이 직접 살펴본 바로는 조사인 자허 진인도 그 당시 고서의 내용을 모두 해석하지 못했으나 고서에 쓰여져 있는 내용이 무엇이라는 것을 어느 정도는 알 수 있었다는 것이다. 그렇기 때문에 금단선공의 후반부라는 이름으로 남기게 되었다는 것 정도였다. 하지만 고서를 집필한 저자(著者)가 누구였는지 모르나 상고시대 동이(東夷)의 전설로 전해지던 광성자(廣成子)의 자연경(自然經)과 자부선인(紫府仙人)의 삼황경(三皇經)을 신선도라는 이름으로 한데 묶어 하나의 책으로 집필(執筆)해 놓았던 것이었다.

하지만 지금 그 신선도라는 책은 장백검파에서 이미 잊혀진 전설이 되어 사라진 지 오래였다. 금단선공의 후반부로 기록되어 있지만 장백 검파 사람들에겐 쓸모없는 것으로 기억되고 있었던 것이다.

현운 장문인은 호열의 확고한 대답을 듣고서 고개를 끄덕여 보였다. 호열의 대답에서 자신의 무례가 있었다는 것을 인정한 것이다. 그러면서 호열과 진정한 대화를 나눌 수 있는 시간을 차분히 기다리기로 했다. 서로 공통의 주제를 가지고 허심탄회하게 논할 수 있는 자리가 가까운 시간에 만들어지기를 바라면서……

이런 현운 장문인의 생각은 호열의 둘러대는 대답을 들은 후에 더욱 확고하게 되었다. 다음을 기약하기로.

제 5 장

역시 무림인들이란, 뭔가 그리 궁금했더고

◆ 제5장 **역시 무림인들이란, 뭐가 그리 궁금하다고**

아침이 밝았다. 모든 사람들이 새벽부터 일어나 분주하게 각자의 일들을 하고 있었지만 호열은 어제 일어났던 일들을 하나하나 생각하면서 밤을 지새다가 언제 잠들었는지 모르게 단잠이 들어 주변의 소란스러움도 모르며 자고 있었다. 그러나 운영은 짐을 나르는 일꾼들과 장백검과 도인들이 일어날 때 같이 일어나 호열과 자신의 짐을 하나둘씩 챙기며 하루 일과를 시작하려 하고 있었다.

"형님, 일어나세요. 벌써 아침이에요."

"음… 조금만, 조금만……."

"형님! 일어나셔야 합니다. 다른 사람들은 벌써 떠날 준비가 다 되었다고요."

"아, 알았어, 알았다고. 휴, 난 언제나 늦잠을 한번 제대로 잘 수 있으려나."

호열은 운영의 등쌀에 밀려 일어날 수밖에 없었다. 그러나 순순히 일어나지 않고 운영에게 툴툴거리다 못해 너무 일찍 일어나 자신에게 피해를 준 일꾼들에게까지 눈을 흘겼다.

"허허, 아직 젊어서 그런지 아침잠이 많으십니다."

현운 장문인은 힘들게 일어나는 호열을 보며 너털웃음을 지었다. 어제의 일도 있지만 앞으로 많은 시간을 같이 지내게 될 사이인지라 현운 장문인은 호열과 운영에게 친근함을 심어주기 위해 많은 배려를 하고 있는 중이었다.

"아, 예. 제가 다른 것은 다 좋은데 아침잠이 많아서요. 고치려 하는데 잘되지 않아서 고민입니다. 하하하."

호열은 현운 장문인을 보며 넉살스럽게 웃음으로 하루 일과를 시작하였다.

'응? 형님께서 고치려고 하긴 하셨는가? 음, 모르겠군. 난 그런 모습을 한 번도 본 적이 없었는데…….'

운영은 호열의 뒷모습을 보면서 고개를 저었다.

모든 사람들이 새벽부터 일어나 분주하게 움직여서 그런지 생각보다 빠르게 아침을 먹고 떠날 수 있게 되었다. 하지만 호열의 마음은 현운 장문인과 박 장군이 자신들과 함께 동행해 주기를 바랬기 때문에 행동하기가 여간 불편한 것이 아니었다. 처음엔 거절할까 생각해 보았지만 시간도 흐르고 말할 기회를 놓쳐 지금은 어쩔 수 없이 동행하게 된 호열이다.

"허허, 임 대협, 이렇게 같이 동행하게 되어 반갑습니다."

"아닙니다, 장문인. 저희야 나쁠 건 없지만 괜히 저희가 동행해서 여러분께 폐가 되지나 않을지……."

"허허허, 그건 걱정하지 마시게. 다 준비해 두었으니."

박 장군은 뭐가 그리 좋은지 현운 장문인과 호열이 서 있는 곳으로 오면서 너털웃음을 지었다.

"하하하, 예. 그럼 앞으로 잘 부탁드리겠습니다."

"부탁은 무슨… 허허, 내가 오히려 잘 부탁하네."

'음… 이로써 장백검파와 헤어진 후에도 무사히 금릉까지 갈 수 있는 길이 생긴 것인가? 허허허.'

박 장군은 장백검파와 헤어지게 된 후에도 현운 장문인의 인정을 받고 있는 호열의 무공에 기대를 걸기로 했다. 또한 운영의 실력에도.

제남에서부터는 정식으로 조선의 사신 복장을 하고 금릉까지 갈 생각이기에 크게 걱정할 우려는 없지만 호열과 운영처럼 든든한 배경이 생겼다는 것에 기분이 좋아졌던 것이다.

"옛? 아, 예……."

'아침부터 뭐가 저리 기분이 좋은가? 참나, 여하튼 그럼 나와 운영이 타고 갈 말은 어떤 것일까? 말을 타봤어야 어떻게 타는지 알지. 이기 괜한 장피만 당하는 건 아닌지 모르겠군.'

호열은 현운 장문인과 박 장군의 뒤를 따라가며 고민에 빠졌다. 한 번도 말이란 것을 타본 적이 없었기 때문에 말이란 것을 타게 되었다는 것에 흥분보다는 걱정이 앞섰다.

"응? 임 대협, 거기서 무엇을 하시는가? 자, 어서 마차에 오르시게."

박 장군은 마차에 오르다가 뒤쪽을 바라보니 무엇을 생각하는지 인상을 찌푸리고 있는 호열을 보게 되었다. 그에 의아한 생각이 들었지만 개의치 않고 호열을 마차에 오르도록 하였다.

"옛? 마차로요?"

호열은 박 장군이 마차가 있는 곳으로 걸어가는 것을 보고는 자신이 타고 갈 말이 과연 어떤 것일까 생각하며 한쪽에 고삐가 매어져 있는 말들을 하나하나 살펴보고 있었다. 그러다 갑자기 박 장군이 돌아보면서 하는 말에 호열은 깜짝 놀랐다. 기대도 하지 않고 있던 말을 듣게 된 것이다. 박 장군의 주변엔 현운 장문인을 비롯해 함께 온 다른 사람들이 많이 있었으므로 호열은 박 장군이 함께 타고 가자고 말할 줄은 생각도 못하고 있었다.

원래 마차는 여섯 명이 충분히 탈 수 있을 정도로 넓었다. 거기다 지금은 처음 마차를 타고 함께 가던 현검 도장과 박 부장이 말을 타고 가기에 자리는 넉넉했다.

"허허, 뭘 그렇게 놀라시는가? 자, 어서 마차에 오르시게. 빨리 올라야 출발할 것이 아닌가? 참, 정 소협도 같이 오르고."

"장군, 어찌 제가 마차에 오르겠습니까? 이곳에 다른 분들도 있는데……."

"아, 그건 신경 쓰지 마시게. 정 같이 타기 거북하다면 가는 길에 내, 아니, 우리의 말동무나 해주면 되질 않겠는가? 허허, 그러니 걱정하지 말고 어서 오르게. 그럼……."

박 장군은 옆에 있는 현운 장문인을 한번 바라본 후 호열과 운영에게 빨리 오르라는 말을 하며 먼저 마차에 올라 자리 잡고 앉았다.

"아, 예, 그럼 그렇게 하겠습니다. 감사합니다. 운영아, 마차에 타도록 하자꾸나."

"예. 알겠습니다, 형님."

호열은 박 장군의 말에 어쩔 수 없다는 표정으로 마차에 올랐고 운영이 뒤를 따랐다.

마차에 오른 후 현운 장문인과 박 장군은 호열과 운영에게 별다른 신경을 쓰지 않고 나름대로 서로의 일들을 상의하면서 시간을 보냈다. 다만 거의 대부분 입을 여는 사람이 박 장군인지라 박 장군이 입을 다물면 마차 안은 조용한 시간이 지속된다는 게 문제였다.

호열도 사람들 앞에 나서서 떠드는 성격이 아니었기 때문에 가끔씩 박 장군과의 질문에 대답하는 간단한 대화가 끝이었다.

그 후로 그렇게 며칠의 고단한 날들이 다 지나가고 일행들은 어느덧 멀리 북경이 바라다 보이는 곳까지 이르렀다.

동북 평원(東北平原)에 있는 점양(漸陽)과 조양(朝陽), 승덕(承德)을 거쳐 지금은 만리장성(萬里長城)을 넘어 북경까지 이백팔십 리 정도 떨어져 있는 산을 지나고 있었던 것이다. 또한 호열과 운영은 이곳까지 오는 동안에 현운 장문인과 박 장군의 친절한 설명을 들으며 태어나서 한 번도 가보지 못했던 여러 곳의 풍물들을 구경하고 들을 수 있었다.

만리장성은 동쪽 산해관(山海關)에서 서쪽 가관(嘉關)에 이르며, 그 길이가 이름처럼 약 만 리(萬里) 정도에 이를 것으로 보여 만리장성이라 이름 붙여졌다고 한다. 또한 장성(長城)의 기원은 먼 옛날 중원의 춘추시대(春秋時代) 때의 제(齊)나라에서 비롯되어 전국시대(戰國時代)에는 연(燕), 조(趙), 위(魏), 초(楚)나라 등 여러 나라가 장성(長城)을 구축하였다고 전해진다. 그러면서 약 천육백여 년 전 진(秦)의 시황제(始皇帝)가 천하를 통일하자 연, 조나라 등이 북변에 구축했던 성을 증축·개축하여 서쪽 감숙성(甘肅省)의 남부 민현(岷縣)에서 황하(黃河) 서쪽을 북상하여 음산(陰山) 산맥을 따라 동쪽으로 뻗어 요동(遼東)의 요양(遼陽)에 이르는 거대한 장성을 구축함으로써 흉노(匈奴)에 대한 방어선을 이룩하였다고 한다. 또한 다시 한대(漢代)에 이르러 무제(武帝) 때에는 영토의 서쪽 끝에 있는 돈황(敦煌)의 바깥쪽에 있는 옥문관(玉門關)까지 장성(長城)을 연장하였다고 한다.

진, 한(漢)나라 시대의 장성은 지금의 장성보다 훨씬 북쪽에 뻗어 있었는데 그것이 지금의 위치로 남하한 것은 거란(契丹)과 돌궐(突厥) 등의 침입에 대비하기 위해서였다고 한다. 많은 세월이 흐르며 당(唐)나라 시대에 들어와서는 장성의 훨씬 북쪽까지 그 영토를 넓혔기 때문에 방어선으로써의 장성이 필요하지 않았으나 오대(五代) 이후에는 장성 지대가 북방 민족의 점령 하에 있었기 때문에 지금까지 거의 방치되었다고 한다. 하지만 지금의 명나라 황제인 영락제(永樂帝)가 즉위를 한 후 북방에 많은 신경을 쓰면서 오늘날 다시금 장성의 보강이 이루어지고 있다는 것이다.

호열과 운영은 만리장성의 그 웅장함과 위압감에 얼마나 놀랐는지 모른다.

호열과 운영의 그런 모습을 보면서 박 장군은 자신이 알고 있는 범위 내에서 차분히 만리장성에 대하여 설명을 해주었다. 이러한 박 장군의 설명에 호열은 아무런 생각 없이 듣고 있었지만 운영은 한참 동안이나 입을 다물지 못했다. 그 장구한 역사를 간직한 장성에 일종의 경외감마저 느끼고 있었던 것이다. 또한 며칠 전에 지나온 점양을 만리장성과 함께 생각하니 많은 세월의 풍파를 간직하고 있는 마을이라는 생각이 절로 들었다.

점양은 한나라 시대부터 중원의 영토로 알려져 왔던 요하(遼河) 강하류 분지에 위치해 있는 곳으로 주로 하북성(河北省)과 산동성(山東省)에서 이주해 온 사람들이 살아왔고 지금도 살아가고 있었다. 점양은 약 사백 년 전까지는 거란족이 세운 요나라의 중요한 국경 마을이었으나 백이십 년 전 몽골족이 세운 원나라가 중원 전역을 정복한 후 원나라의 치하(治下)에 있으면서 처음으로 점양으로 지명이 바뀐 곳이었다.

"음… 정호야, 이곳에서 잠시 쉬었다가 가자꾸나."

현운 장문인은 굽이굽이 꺾이는 산길을 돌아 조그마한 공터가 나오자 일행들을 잠시 쉬도록 했다.

"예, 사부님. 자, 모두 이곳에서 잠시 쉬었다가 가자."

"옛! 알겠습니다!"

정호 도장의 한마디에 사람들이 일제히 대답하며 일사불란하게 움직였다. 박 장군 일행은 그들대로, 장백검파 사람들 역시 자기들 나름대로 편한 곳을 찾아 쉬기 위해 분주하게 움직였다. 그동안 같이 생활하다 보니 자연히 서로에 대해 익숙해졌던 것이다.

"자, 장군, 우리도 잠시 밖에 나가서 바람이나 쐽시다. 임 대협도 나가시지요."

"예, 그러지요. 허허허, 마차 안에만 있었더니 마침 답답하던 참이었습니다."

"예. 운영아, 우리도 나가자."

"예, 형님."

마차 안과는 달리 밖은 가슴까지 시원하게 해주는 상쾌한 바람이 불고 있었다. 벌써 삼월이 다 지나가고 사월 초입이라 날씨도 제법 따뜻함을 느끼게 했고, 바람 또한 상쾌하여 산들산들 불어오는 바람을 맞으니 정말 봄이란 게 실감이 났다.

"운영아, 이곳에 오니 정말 봄이 왔다는 것이 느껴지는구나."

"예, 지금도 고향엔 바람이 차가울 텐데 여기는 벌써 따스한 기운이 느껴지는군요."

"그렇구나. 정말 기분이 좋구나… 아, 정말 시원하다. 하하하."

"예, 저도 그렇습니다."

호열은 정말 오랜만에 신선한 바람을 맞듯이 두 팔을 벌리고 크게 숨을 들이켰다. 그동안 마차 안에 있으면서 현운 장문인과 박 장군의 얘기만 들으며 있어서 그런지 답답했었는데 시원한 바람을 맞으며 서 있으니까 모든 것이 바람에 사라지는 것 같은 상쾌한 기분을 느낄 수 있었다.

"아, 좋다. 휴, 음……."

"형님, 그렇게 기분이 좋으세요?"

"그럼, 당연하지. 이제 북경이 바로 코앞에 보이지 않느냐?"

호열은 운영을 바라보며 미소를 지어 보였다. 말로만 들었던 북경을 직접 볼 수 있다는 것에 절로 기분이 좋아졌던 것이다.

"하하하, 저도 기분이 좋습니다."

"그래. 자, 그럼 우리도 저쪽에 가서 앉아 쉬도록 할까?"

"예, 그렇게 하지요."

호열은 운영을 데리고 한적한 곳으로 가서 나무에 등을 기대어앉았다. 운영도 호열의 뒤를 따라 오랜만에 편안한 마음으로 자리 잡고 앉으며 주변의 경치를 감상하는 여유를 누렸다.

"음… 운영아, 너는 지금 네 자신의 성취가 어느 정도라 생각하고 있느냐?"

"옛? 아, 글쎄요. 아마… 형님께서 처음 말씀하셨던 초절정 초입의 경지에 있지 않을까 합니다. 하지만……."

"응? 하지만 뭐?"

"예, 제 생각에는… 휴, 제가 가만히 생각해 보니 꼭 그렇지만도 않은 것 같다는 생각이 듭니다. 그 예로 저보다 성취가 떨어지는 현운 장문인도 제가 무공을 가지고 있다는 것을 알아보지 않았습니까? 그건 제가 내공은 초절정의 경지에 이르렀지만 그 기운을 제대로 다스리지 못하고 있는 것이기에 그런 것 같다는 생각이 들었습니다. 제가 알기론 무공이 높으면 높을수록 다른 사람이 알아보지 못한다고 들었거든요."

운영은 호열의 말에 깊이 생각하다가 힘들게 대답을 하였다.

"아, 그런 것이 있었느냐? 허허, 음……."

'이런, 운영이 녀석의 말대로라면… 그럼 내가 아직까지 내 어의심기를 제대로 다스리고 있지 못하다는 말이잖아? 허, 음……'

호열은 운영의 말을 들으면서 자신의 부족한 부분에 대해 다시 한번 신중하게 생각해 보기로 했다.

"예, 저도 그 점에 대해 나름대로 많은 생각을 했었습니다. 다른 것이 있는지… 그러나 역시 결론은 형님께 말씀드린 것밖에는 없었습니다."

"그러하냐? 그래, 그랬어. 허, 나도 얼마 전까지는 내 힘을 모두 내마음대로 다스릴 수 있다고 생각했었다. 그런데 그게 아니었어. 은연중 내뿜어지는 기는 어쩔 수 없었던 거야. 이제라도 알았으니 다행이지만… 운영아, 너도 조심하거라."

호열은 운영의 확신에 찬 말을 듣고선 고개를 끄덕였다. 호열도 한편으론 운영과 같은 생각을 하고 있었기 때문이다.

"예……."

"그래, 다른 사람이 자신의 성취를 알 수 있다는 것은 분명 기분 나쁜 일이지. 그만큼 나중엔 부담으로 작용하게 될 것이 분명하니 너는 항상 이런 내 말을 깊이 새겨 자신을 채찍질하도록 해라.”

호열은 운영에게 자신을 감추라는 말을 하면서도 실은 호열 자신의 머리 속에 주입하고 있었다. 그동안 모르고 있었기에 현운 장문인이 알아볼 수 있었다는 것을 상기하며 다시는 그러한 일이 없도록 해야겠다는 결심을 하게 되었다.

“예, 형님의 말씀 깊이 새겨 부단한 노력하겠습니다.”

“그래야지. 음… 아, 운영아. 넌 지금 유운을 모두 십이 성 발휘할 수 있느냐?”

“옛? 예… 다만 유운검법 후 일초식인 유운만리(流雲萬里)만이 제 마음대로 잘 안 됩니다.”

운영은 호열의 갑작스러운 물음에 놀랐다. 그러나 호열에게 사실대로 말했다.

“응? 그게 무슨 말이냐? 내가 듣기론 저번에 연거푸 세 번이나 시전을 했다고 하지 않았느냐?”

호열은 운영과 마을을 떠나기 전을 상기하며 무슨 말인지 모르겠다는 표정으로 되물었다.

“예… 그랬었지요. 하지만 그건… 휴, 형님, 나중에 알고 보니 그땐 제 공력에 의해 억지로 펼쳐진 것이었습니다. 깨달음이 있어 펼쳐진 것이 아니었구요.”

운영은 너무 미안한 마음에 고개를 들지 못하였다.

“아, 그러하냐? 역시… 깨달음이 필요하구나. 그랬어…….”

‘역시 깨달음이었어, 운영도 나와 같은 생각이었어… 그동안 운영이 녀석도 그렇고, 나도… 허, 모두 억지로 얻었던 힘을 사용함에 있어 깨달음이 그리 크게 작용하지 않았는데 그 힘을 사용할 수 있게 된 지금엔 오히려 크게 작용하니 이건 무슨 경우인가? 진짜 힘들구나, 그 끝이 없으니. 도대체 하늘은 왜 내게 이런 시련과 고달픔을 주시는가. 아…….'

호열은 얼마 전에 자신의 생각이 잘못되었다는 것을 알 수 있었다. 호열은 삼황에게서 얻은 어의심공(唹意心功)과 어의공령(唹意空靈), 그리고 자신이 만든 어의심기(唹意心氣)를 모두 제어할 수 있다고 생각했는데 그것이 아니었던 것이다. 다만 사용할 수 있었던 것이다. 호열은 지금에 와서야 그 차이를 알 수 있었다. 여태까지 호열은 어의심기를 정밀하게 사용할 수 있게 된 것이지, 정작 그 본질이나 의도는 몰랐던 것이다. 아니, 그런 것이 있다는 것조차 몰랐었다.

호열은 그만두고라도 일반 사람들이 운영처럼 막대한 내공을 얻으려면 피를 말리는 꾸준한 노력이나 연마를 필요로 함은 물론 천운(天運)이 따라야 하겠지만 지금 호열에겐 깨달음이 필요했다. 깨달음!

'그래… 사용할 수 있는 것과 다스리는 것은 하늘과 땅 차이보다 더 큰데 난 지금까지 그걸 몰랐다니… 휴, 언젠가는 가능하겠지. 암…….'

호열은 억지로 깨달음을 얻으려고 노력하지 않기로 했다. 깨달음이란 한순간에 찾아올 수도 있지만 평생을 살아도 얻을 수 없는 것을 경험을 통해 잘 알고 있었기 때문이다. 생각하고 싶지 않은 경험이었지만 동굴에서 그렇게 살아남으려고 애를 썼었어도 거듭 실패한 경험도 있고, 또한 모든 것을 포기하면서 깨달음을 얻을 수 있었던 경험도 있기 때문이다. 그러나 더욱 큰 비중을 차지하는 것은 생각하는 것 자체가 고달픈 호열의 개인적인 사정과 항상 주변에 박 장군과 현운 장문인이 있다는 넉넉하지 않은 여건 때문이었다. 혼자 있는 것이 아니라 다른 사람들과 같이 동행하고 있다는 것이 호열은 마음에 걸렸다.

"예, 그러니 전 지금 초절정에 오를 수 있는 공력은 얻었지만 깨달음은 그에 못 미치는 경지에 있을 겁니다."

"음… 네 말이 옳다. 맞는 말이야."

"아, 여기들 있었구먼. 임 대협, 정 소협, 그래 무슨 얘기들을 그렇게 재미있게 하고 있었는가? 나도 좀 끼워주게나."

박 장군은 현운 장문인과 함께 호열의 곁으로 오면서 손을 흔들어 보였다. 박 장군과 현운 장문인은 각자 일행들을 이끌고 있는 수장들이었기에 밑에 사람들에게 앞으로의 일들을 지시하면서 분주한 시간을 보냈다. 그에 호열은 운영과 둘만의 시간을 보낼 수 있었는데 그토록 바쁘게 움직이던 박 장군과 현운 장문인이 지금 곁으로 다가오고 있는 것이다.

"장군께선 일들을 다 보셨습니까? 바쁘신 것처럼 보였는데 여긴 어쩐 일로… 무슨 일이 있습니까?"

"허허허, 아니네. 우리들의 일은 모두 끝났네. 그것보다 두 사람의 대화가 재미있어 보여서…….."

"재미있기는요. 그냥 앉아 있었는걸요."

호열은 박 장군의 말을 잘 받아넘기면서 운영의 얼굴을 슬쩍 쳐다보았다. 아무 말 하지 말라는 무언의 눈빛을 보낸 것이다.

"허허허, 아니야. 저기서 보니까 한창 재미있게 얘기를 나누고 있기에 내 장문인과 함께 왔다네. 저긴 너무 얘기가 없어. 또 얘기를 해도 재미가 없고…….."

"아, 하하하. 예, 그럼 이리로 와 앉으시지요."

호열은 박 장군과 현운 장문인이 편하게 앉을 수 있도록 자리를 만들어주었다.

"허허, 고맙네. 자, 앉으십시다, 장문인."

"예, 그러지요."

"음… 좋구먼, 날씨도 따뜻하고. 안 그렇습니까, 장문인?"

"허허허, 예. 이제 정말 봄인 것 같습니다."

"허허, 그렇지요? 정말 바람이 따뜻해… 허, 나도 이제 나이가 들었나 보구먼, 이렇게 자리에 앉아 있는 것이 좋으니……."

"별말씀을 다 하십니다. 그건 누구나 좋아하는 겁니다. 누가 편안한 것을 싫어하겠습니까?"

박 장군의 말에 나름대로 고개를 끄덕이면서도 호열은 듣기 거북하지 않게 좋은 말을 하려고 노력했다.

"허허, 그런가? 괜히 임 대협이 나 좋으라고 그런 말을 하는 것이 아니라?"

"예, 제가 왜 그런 말을 하겠습니까? 하하하. 그런데 두 분의 표정을 보니 여기에 그냥 오진 않으신 것 같은데, 무슨……?"

호열은 현운 장문인의 얼굴을 한번 쳐다본 후 박 장군을 지시하며 용건을 물었다. 그동안 같이 지내면서 박 장군의 성격을 잘 알기에 괜히 기다리고 있으면 시간만 간다는 것을 잘 알고 있는 호열이 먼저 물어보았던 것이다.

"허허, 역시 임 대협은 눈치가 빠르구려. 그렇다네. 용건이 있기는 있지. 음……."

"하하하, 눈치가 빠르기는요. 음… 저희들에게 무슨 하실 말씀이 있으신가요?"

"허허, 서두르기는… 내가 그냥 왔겠나? 다 그만한 이유가 있으니 여기에 왔지. 허허허."

박 장군은 호열이 관심을 보이자 너털웃음을 보이며 속으로 쾌재를 불렀다. 옆에서 보고 있던 현운 장문인도 호열이 볼 수 없을 정도로 미미하게 고개를 끄덕이는 것을 운영은 볼 수 있었다.

"하하, 장군께선 오늘 기분이 좋으신가 봅니다."

"허허허, 그렇게 보이는가? 그렇다네, 기분이 좋지. 암……."

"뭐가 그리 기분이 좋으십니까? 저도 궁금하군요."

"허허허, 그냥 봄이라 날씨가 좋아서 그렇다네. 임 대협은 좋지 않은가?"

"하하하. 음… 장군, 그렇게 말 돌리지 마시고 그냥 편안하게 말씀하십시오. 기다리다가 지치겠습니다."

호열은 더 이상 박 장군이 말 돌리지 말고 용건을 말했으면 했다. 박 장군의 행동으로 보아서는 중요한 일이 있어 왔다는 것을 어렵지 않게 느낄 수 있었기 때문이다.

"음… 그러지. 휴… 내 대협에게 긴히 할 말이 있어서 왔다네. 내 얘기를 듣고 대협이 어떠한 결정을 내리느냐에 따라서 내가 기분이 좋을 수도 있고, 그렇지 않을 수도 있지."

"옛? 허, 무슨 말씀인지 잘 경청해야겠군요. 부담스러운데요."

"이런, 경청은 무슨… 이제 며칠만 더 가면 저기 멀리 보이는 북경에 도착을 할 것이네."

"그렇지요. 한 하루하고 반나절 정도만 가면 도착할 것 같습니다."

호열도 박 장군의 말에 공감을 했다. 아직 한 번도 가본 적은 없지만 눈짐작으로도 거리는 짐작할 수 있었다.

"그렇지. 그전에 내 대협에게 긴히 부탁할 것이 있어서 이렇게 장문인과 함께 왔다네."

"하하, 부탁이라니요. 장군께서 저 같은 미천한 사람한테 무슨 부탁이 있겠습니까?"

"아니네, 그렇게 말하지 마시게나. 이건 정말 중요한 일이네. 대협이 나와 같은 한민족(韓民族)! 한동포! 란 마음이 있다면 지금 내가 말하는 부탁을 꼭 들어주시게."

"허, 도대체 무슨 부탁이시기에 이렇게 절 곤란하게 만드십니까? 너무 이러시면 제가……."

"허허, 그런가? 음……."

박 장군은 호열의 대답을 듣고서 곧 실수를 깨달았다. 박 장군이 생각하기에도 너무 서두르는 경향이 있었던 것이다. 말로는 호열에게 서두르지 말라고 했으면서 정작 서두르고 있는 사람은 박 장군이었으니. 박 장군은 자신도 모르게 긴장을 하고 있었던 것인지 이마에 약간의 땀방울까지 맺혀 있었다.

박 장군은 조용히 이마에 맺혀 있는 땀을 손으로 훔치고서 차분하게 마음이 가라앉기를 기다렸다가 다시금 조용히 얘기를 꺼냈다.

"음… 무슨 말씀이신지 어서 그냥 얘기해 보십시오. 그 다음의 일은 그때 생각해 보겠습니다."

호열은 박 장군의 얘기를 듣고 난 다음 자신이 어떻게 처신을 해야 할 것인지 결정해야겠다는 생각을 하였다. 박 장군도 그런 호열의 생각을 읽었지만 현재로써는 호열의 말대로 따를 수밖에 없었다.

"음… 그래, 대협과 알고 지낸 시간이 얼마 되지는 않지만 대협도 내 성격을 잘 알고 있으니 내 단도직입적으로 말하겠네. 다름이 아니라… 이번에 금릉에 도착해서 황제를 알현하게 될 때 말인데, 음… 대협이 나와 같이 가주었으면 하는데… 어떠한가?"

박 장군은 이마의 식은땀을 닦으면서 호열의 눈치를 살폈다. 어떤 말이 나올지 기대가 되었기에 더욱 그러했다.

"옛? 그게 무슨 말씀이십니까? 황제를 알현하러 같이 가다니요? 제 가요?"

호열은 박 장군의 말을 듣고는 너무 놀랐다. 아니, 생각지도 못한 말을 들었기에 황당함이 더욱 컸다.

"그렇다네. 저쪽에 앉아서 옆에 계신 장문인과 그 얘기를 가지고 서로 상의를 했는데, 장문인의 말대로 임 대협의 실력이 뛰어나다면… 허허, 우리에게 많은 도움이 될 것이란 생각을 하게 되었지. 임 대협, 꼭 부탁하네. 그러니……."

"제가 박 장군님께 도움을요? 하지만 전 사신도 아닌데요?"

호열은 박 장군의 말을 들으면서도 이런 일이 있게 옆에서 조언을 한 현운 장문인을 쳐다보았다. 그러나 현운 장문인은 인자한 표정을 지으면서 담담하게 호열의 눈빛을 받아들일 뿐이었다.

박 장군이 호열에게 이런 얘기를 하는 건 모두 현운 장문인의 생각이었다. 현운 장문인은 호열과 운영의 힘이 지금 황도로 가는 박 장군에겐 큰 도움이 될 것이라는 것을 잘 알고 있었던 것이다.

사실 현운 장문인은 그동안의 여정에서 박 장군에 대한 신뢰가 두텁게 쌓였다. 그렇기에 머지않아 따로 헤어지게 되면 정식으로 명 황실에 협조를 요청하지 않은 상황에서 혹시 무슨 일이라도 생기지 않을까 하는 걱정이 들었다. 더 나아가 현운 장문인이 이런 생각을 하게 된 동기는 호열 때문이었다.

현운 장문인은 박 장군에게서 호열이 장사를 하기 위해 항주로 가고 있는 중이란 말을 들었다. 그렇게 되면 호열과 운영의 재능을 살릴 수 없을 뿐만 아니라 아까운 인재들을 잃을 수도 있다는 생각이 들었다. 그에 현운 장문인은 아까운 인재를 잃는 것보다는 강호무림이 아니라도 황실에 들어간다면 그것이 더욱 좋겠다는 생각을 하게 되었다. 마음에 들지는 않았지만 아무리 그래도 호열과 운영이 장사하기 위해 항주로 가는 것보다는 일이 잘되어 박 장군 일행과 함께 황실로 들어가게 되었으면 하는 바람이 더 컸던 것이다. 아니, 그런 생각을 하면서도 오히려 약간의 걱정이 앞섰다. 온갖 암투가 난무하는 황실에서 살아남으려면 지금과 같은 호열과 운영의 성격으론 어렵다는 생각을 하게 된 것이다. 하지만 호열과 운영의 뛰어난 실력을 그냥 모른 척하기에는 너무나 아깝다는 생각이 현운 장문인의 머리를 지배했다. 뛰어난 인재가 세상을 등지고 살아가야만 한다는 것이, 아니, 세상을 등지려고 한다는 것이…….

그래서 생각다 못해 현운 장문인은 박 장군에게 이런 생각을 말하게 되었는데 마치 현운 장문인의 말을 기다렸다는 듯이 박 장군은 크게 반기며 한걸음에 이리로 오게 된 것이다.

호열은 지금 박 장군의 생각이 누구에게서 나왔든 크게 상관하지 않았다. 다만 지금의 상황이 함부로 결정하지 못할 정도로 난감하다는 것만 생각할 따름이었다. 자칫 한 번의 실수로 평생을 후회와 회한으로 얼룩지기는 싫었기에.

"그건 괜찮지. 음… 그보다도 내가 임 대협에게 이런 말을 하는 이유는 다름이 아니라, 지금의 명나라 황제께서는 왕도(王道)를 추구하시기는커녕 패도(覇道)를 추구하고 계시지. 현재 나라 안팎의 사정이 그렇기는 하지만 원체 당금 황제의 성격이 호방하고 대범하시다는 소문을 들었다네."

"예… 음……."

박 장군은 호열의 표정을 살피며 계속 말을 이어 나갔다.

"그게 무슨 말이겠는가? 그 말은 문(文)보다는 무(武)를 높게 생각하신다는 말이지 않겠는가?"

"그, 그렇다고 볼 수 있겠지요. 예, 그렇습니다."

"그렇지. 그러니 현운 장문인과 같은 분이 인정하는 임 대협과 정 소협이 우리와 같이 입성한다면, 그렇게 되면 황제께선 우리 조선의 국력을 높이 사실 것이 아니겠는가? 지금과 같이 우리가 마냥 고개를 숙이고 들어가지 않아도 될 것이고… 우리 조선에도 이러한 뛰어난 인재가 있는데 명나라에게 힘으로 밀려 어쩔 수 없이 고개를 숙이고 들어가는 것이 아니라는 뜻을 황제에게 보여주자는 것이지."

"아, 음……."

호열은 박 장군의 말을 들으면서 무슨 뜻인진 이해가 갔다. 하지만 정작 고개를 끄덕이게 할 정도는 아니었다. 이미 조선으로 나라가 바뀌었지만 호열에겐 고려나 조선이 모두 멀게만 느껴졌던 것이다. 고려는 어릴 때의 힘든 기억만이 남아 있었고, 조선은 아예 기억에도 없었으니…….

"우연히 이런 생각을 하게 되었지만 나중에 금릉에 도착해서 황제를 대면할 때 임 대협과 정 소협이 우리들과 같이 황궁에 들어가 주었으면 하는 것이 솔직한 바람이라네… 임 대협, 허락해 주시겠는가?"

"음……."

'음… 장군의 말을 듣고 보니 그럴듯하군. 하지만 그렇게 했다가 잘못해서 황제의 눈 밖에 나기라도 한다면? 그러면 큰 낭패가 아닌가. 이

거 큰일이군. 안 되지, 암… 괜히 사서 고생할 필요는 없겠지.'

"어떠한가? 그렇게 해주겠는가?"

호열의 모습을 지켜보던 박 장군은 호열의 모습에서 어떤 식으로든 결정이 났다는 것을 알아보고는 바로 그 대답을 듣기를 원했다.

"음… 장군, 장군의 얘기를 들어보면 좋은 생각이지만… 그러나 한 가지 생각하지 못하신 게 있는 것 같습니다."

"응? 그게 무엇인가?"

박 장군은 호열에게서 자신이 기대했던 대답이 나올 것으로 알고 있었다. 그러나 듣기 원하던 대답 대신 엉뚱한 말이 튀어나오자 박 장군은 눈을 크게 뜨며 호열을 쳐다보았다.

"그건, 음… 저는 크게 상관이 없겠지만 운영은 휴… 운영인 명나라 사람입니다. 당연히 우리 고려… 음, 조선의 말을 못한다는 것이지요."

'어라? 정말 놀라운 순발력이 아닌가. 역시……'

호열은 정말 이런 생각이 어떻게 순식간에 자신의 머리에서 떠오를 수 있는지 스스로 놀라고 있었다. 또한 박 장군과 현운 장문인의 차가운 눈치를 보지 않고 모면할 수 있는, 호열의 애국심과 민족애에 호소하여 빠져나가지 못할 것만 같은 난처한 상황에서 발뺌을 할 수 있는 완벽한 핑곗거리라고 생각했다.

"음… 허, 그렇군. 그건 생각을 하지 못했었군."

박 장군은 호열의 말을 듣고서 자신이 생각하지 못한 큰 허점이 있다는 것을 알 수 있었다. 이젠 그 뒤의 문제도 생각해 보지 않을 수 없었던 것이다.

"예, 그것이 가장 큰 문제입니다. 장군의 말씀대로 같이 동행하는 것은 어렵지 않지만 만약 황제께서 운영에게 친히 물어보시기라도 한다

면… 음… 그렇지요. 그렇게 되면 조선의 말을 못하는 운영으로서
는……."

호열은 여세를 몰아 박 장군의 생각을 확실하게 돌리려 했다. 그렇
지 않으면 언제 다시 현운 장문인이 끼어들지 모르는 상황이기 때문에
가만히 옆에서 보고 있는 현운 장문인이 여간 신경 쓰이는 게 아니었
다.

"그렇지, 그건 좀 생각을 해보아야겠군. 음……."

박 장군은 가만히 자신의 수염을 어루만지며 고민하기 시작했다. 얼
마나 진지한지 호열은 아무 말 못하고 지켜보기만 해야 했다.

"예, 그러니 그 문제는 아마……."

"허허허, 장군. 뭘 그리 걱정하십니까? 제가 보기엔 그렇게 걱정할
문제가 아닌 것 같습니다."

"예? 걱정할 문제가 아니라니요?"

"응? 장문인, 무슨 다른 생각이라도 있으신 것입니까?"

여태까지 아무런 말 없이 듣고만 있던 현운 장문인의 갑작스러운 말
에 호열과 박 장군은 동시에 고개를 돌리며 되물었다.

"장군, 임 대협, 잘 생각해 보십시오. 황제께서 왜 가만히 서 있는 정
소협에게 말을 거시겠습니까? 그냥 박 장군과 같이 동행하는 아랫사람
정도로 생각할 것인데 말입니다. 또 물어보신다고 해도 명나라 말로
하면 되는 것이지요. 꼭 조선 말로 할 필요는 없는 것 아닙니까? 안 그
렇습니까?"

"옛? 그게 무슨 말씀이십니까? 명나라 말로 하면 된다니요?"

"예, 저도 장문인의 말씀이 무슨 뜻인지 이해가 가지 않습니다. 자세
히 좀……."

호열도 호열이지만 박 장군은 어두운 얼굴에서 기대감 어린 얼굴로 확연하게 변하며 현운 장문인을 쳐다보았다.

"허허허, 예… 장군과 임 대협은 조선 말을 할 줄 아니까 아무런 문제가 없지만 정 소협은 아니지 않습니까? 그러나 정 소협은 황제를 만나기 전에 조선에서 명나라 말을 배웠다면 되지 않겠습니까? 그럼 아무런 문제 없는 것 아닙니까? 그렇지 않습니까? 원시천존."

"옛? 그, 그러다가……."

"그렇군요. 그런 방법이 있었군요. 정말 다행입니다. 장문인처럼 뛰어난 분을 만나게 된 것이 이처럼 고마울 수가 없습니다. 허허허."

박 장군은 현운 장문인의 두 손을 마주 잡고 한껏 기분 좋게 웃음을 보였다. 그러나 그런 모습을 지켜보는 호열은 보이지 않게 인상을 쓸 수밖에 없었다.

"하, 하지만……."

"허허, 임 대협, 아무 걱정을 말게. 날 그렇게도 못 믿는가?"

"아닙니다, 아닙니다. 제가 어찌 음… 하지만 사안이 사안인만큼 어떠한 실수도 없었으면 하는 것이 제 솔직한 바람입니다."

'이거 정말 큰일 나겠구나. 음… 또 다른 핑곗거리는 없나? 잘 생각해 보자. 아, 없잖아. 이런… 그래, 이렇게 된 거 우선은 시간을 벌자. 그래, 지금은 그게 최선인 것 같다.'

호열은 아무리 생각에 생각을 거듭하여 자신의 머리를 학대해 보았지만 더 이상은 위기에서 벗어날 방법에 대해 생각나는 게 없었다. 그래서 차선책으로 시간이나 벌어보자는 생각을 하게 되었다. 지금은 생각나지 않지만 혹 나중이라도 잘 생각하다 보면 떠오를지 모른다는 간절한 소망을 갖고서.

"그렇지, 나도 그렇게 생각한다네."

"그렇지요. 만에 하나 실수라도 하는 날이면 모든 것이 물거품 됨은 물론 장군님이나 조선, 그리고 저나 모두 좋지 않은 일이 일어날지 모릅니다."

"그렇겠지… 그러나 말일세, 우리들도 잘해야 하지만 정 소협만 잘해준다면 그리 큰 걱정은 없을 것이라네. 또한 우리도 황성에 들어가면 지금과 같이 모두 명나라 말만 할 것이니 대협도 그렇게 하면 되는 것이고, 그럼 들킬 염려는 없지 않겠는가?"

"그건, 음… 그렇겠지요."

'허, 이러면 안 되는데. 무슨 좋은 방법이 없나? 그래, 그럼 별수없이 아까 전에 생각했던 방법대로 시간을 벌어보자. 그러자면 음… 그래, 운영이! 운영이 녀석에게… 히히히, 정말 난 뛰어난 머리를 가졌어.'

호열에겐 더 이상 박 장군의 말에 거부할 명분이 없었다. 그냥 처음부터 거부를 했으면 지금과 같은 상황은 없었겠지만 같은 동포라는 것과 박 장군의 인간적인 면에 호감을 갖고 있어 거부할 수 없던 것이 화근이었다. 하지만 호열은 포기하지 않고 앞으로의 일을 운영에게 기대해 보기로 했다. 황제를 만나러 가야 하는 위험천만한 위기에서 모면하게 해주기만을 기대하면서.

"임 대협, 그럼 내 부탁을 들어주시겠는가?"

"음… 저, 장군. 죄송하지만 그 문제는 저 혼자서 결정할 문제가 아닌 것 같습니다."

"응? 그게 무슨 말인가? 혼자서 결정할 문제가 아니라니? 임 대협. 이보게, 이 사람아! 꼭 그렇게 해주어야 하네. 내가 이렇게 부탁함세."

박 장군은 이제 되었다는 심정으로 호열의 확답을 듣기를 원했지만 호열이 자꾸만 거절하려는 기미가 보이자 안 되었던지 호열의 두 손을 꼭 잡으며 자신이 원하는 대답을 끌어내기 위해 안간힘을 썼다. 그동안의 생활로 박 장군은 호열이 무척이나 귀찮은 일을 싫어한다는 것을 알고 있었지만 그에 못지않게 정에는 약한 모습을 보인다는 것 또한 어느 정도 알고 있었다. 그래서 어떻게 하든 호열의 동정심을 유발시킬 수 있다면 이번 일이 가능할지도 모른다는 생각을 갖고 있었던 것이다.

"장군, 장군의 말씀 잘 알겠습니다. 하지만 아까도 말씀드렸지만 이건 제 아우와 의논을 한 다음에 말씀드리는 것이 좋을 것 같습니다. 우선은 운영과 함께 움직이는 일이니까요."

호열은 박 장군의 애처로운 모습에서 순간 마음의 동요를 일으켰지만 그런 약해지려는 마음을 다잡은 후에 모든 것을 운영에게 넘기기로 했다.

"음… 그렇군, 그래… 우선은 정 소협의 동의를 구해야만 하겠지. 그럼 그렇게 하시게… 하지만 꼭! 좋은 결과가 있었으면 좋겠구먼."

박 장군은 호열의 말을 듣고선 더 이상 어쩌지 못한다는 것을 알 수 있었다. 박 장군은 그 문제에 대하여 뒤로 한발 물러나면서도 호열로부터 좋은 소식이 전해지기를 바랐다.

"예, 장군. 제가 한번 동의를 구해보겠습니다. 그러니……."

"알았네, 그 문제는 그럼 나중에 얘기를 하도록 하세나."

"예, 그럼……."

'휴, 간신히 시간을 벌었구나. 역시, 음… 하지만 어떻게 한다? 그래, 내일 일은 내일 생각하자. 오늘은 오늘이고, 내일은 내일이니까…

혹시 모르지. 오늘 생각나지 않은 좋은 방법이 내일 생각날지도……'

호열은 어떻게 하든 이 위기를 모면하고 싶었다. 동굴에서 나온 지 얼마 되지도 않아 문제를 일으키고 싶지는 않았던 것이다. 거기다 만나러 가는 사람이 일반 사람도 아니고 광활한 중원 대륙을 통일한 명나라 황제였으니 생각이고 뭐고 없이 이건 처음부터 아예 생각할 문제도 아니었다.

어떠한 일이 있어도 이번 일은 안 되는 것이다. 아니, 아예 하기 싫었다. 어떻게 황제를 속인단 말인가? 그건 잘 돼도 문제고, 또 잘못되면 더욱 큰일이었다. 만약 호열이 박 장군의 청을 들어주게 되면 그걸 빌미로 호열과 운영은 박 장군에게 끌려 다니게 될 것이 자명한 일이기에… 예전에 한 배를 탔다는 미명 하에 항상 어려운 일이 있을 때마다 같이 끌고 들어갈 것은 안 봐도 확연히 알 수 있었기 때문이다.

호열은 그러한 사실들을 잘 알면서도 쉽게 거절할 수 없다는 것이 이렇게나 속 뒤집어지는 일인지 몰랐다. 할 말을 다 못하는 자신의 우유부단함이 호열은 싫었다.

"음… 그럼 그 문제는 그렇다 치고, 정말 정 소협의 무공이 그렇게 높은가?"

박 장군이 호열에게 온 목적은 처음부터 한 가지가 아니라 두 가지였다. 처음의 것은 박 장군의 일이었고, 다음은 같이 온 현운 장문인의 일이었다. 사실 현운 장문인의 일이라곤 할 수 없었지만 무공을 익히지 않은 박 장군으로서는 관심 밖의 일이었기에 그렇게 생각한 것이다. 호열에 관한 것은 시간이 조금 걸릴 것 같았기에 얘기의 중심은 운영으로 넘어가고 있었다.

"옛? 하하하, 그게 궁금하셨습니까?"

"허허허, 궁금했다기보다는……."

"궁금하셨으니 이렇게 현운 장문인과 함께 오신 것이겠지요. 안 그렇습니까, 장문인?"

호열은 그동안 박 장군과 얘기를 나누면서 왜 현운 장문인이 같이 왔나 생각하고 있었는데 박 장군의 말을 들어보고는 대번에 알 수 있었다. 사실 박 장군은 그렇다 치고 현운 장문인은 같은 무인으로서 운영의 실력을 직접 견식하고 싶었던 것이다.

호열은 현운 장문인도 쉽게 알 수 없을 정도라는 걸 알고 있었기에 직접 그 실력의 정도를 알고 싶었지만 그 문제는 박 장군도 쉽게 허락을 구할 수가 없었다. 그것은 현운 장문인도 마찬가지였다.

하지만 운영의 실력은 궁금하기 그지없었다. 아직 확실히는 알지 못하지만 현운 장문인은 운영의 모습에서 호열과는 다른 강인한 기운을 느낄 수 있었다. 또한 현운 장문인은 어쩌면 각고의 노력을 한 자신보다도 더 뛰어난 기운을 운영이 간직하고 있을지 모른다는 생각을 하고 있었다. 그것은 현운 장문인뿐만 아니라 같이 온 장백검과 문인들도 같은 생각을 가지고 있었다.

"허허, 역시 임 대협은 눈치 하나는 빠르구먼."

"하하하, 제가 눈치가 빠른 것이 아니라 뻔한 것이니까요."

박 장군은 박 장군대로, 현운 장문인은 장문인대로 운영의 실력을 직접 보게 된다면 어느 정도 호열의 실력을 가늠할 수 있을 것이란 생각을 하고 있었다. 그것은 앞으로 많은 일들이 일어나겠지만 많은 도움을 얻을 수 있을 것이란 확신으로 이어질 것이 분명하기 때문이다.

그동안 박 장군은 현운 장문인의 말을 전부 믿을 수가 없었다. 그러나 운영의 실력을 본다면 현운 장문인의 말을 정식으로 인정할 것이 당연하기에 박 장군은 자신의 눈으로 직접 확인하고 싶었다. 또한 현운 장문인도 자신의 눈이 맞는지 확인하고 싶은 마음이었다. 무공의 고하(高下), 그것이 강호의 삶이고 법이었으므로.

강호에서의 지위는 연륜이나 그 문파의 세력보다는 그 사람의 실력이 가장 우선한다는 것을 알고 있었기에 현운 장문인은 운영의 실력을 직접 느낌으로써 호열의 실력을 가늠할 수 있으면 하는 바람이었다.

"허허, 그런가?"

"예, 음… 그럼 장군, 장문인, 두 분께선 운영의 실력을 어떻게 보십니까? 아니, 두 분께선 왜 운영의 실력을 알고 싶어하시는 것입니까?"

호열은 박 장군과 현운 장문인의 의도를 알고 싶었다. 그래서 처음엔 거북하지 않게 돌려서 말하려고 했으나 어떻게 말해야 할지 난감하기도 했고, 또 말주변도 없어서 직설적으로 물어볼 수밖에 없었다.

"그건, 음… 허허, 이거 아까 얘기를 다시 하는 것 같은데, 임 대협도 알겠지만 지금 우리 조정 형편이 그렇게 편하지만은 않다네. 실로 어지러울 지경이지… 그러나 명나라의 인가를 받는다면 얘기가 달라지지. 정식으로 다른 나라에게 인정을 받는 것이니까. 더군다나 명나라 같은 대국에서 인정을 받는다면 더욱 그렇고. 만약에 그렇게만 된다면 우리 조정의 앞날이 천년반석 위에 올라선 것과 같다네. 그래서 내 아까 이곳으로 오면서 어떻게든 지푸라기라도 잡아볼 심정으로 대협에게 매달려 보려고 왔었던 것이라네. 그래서 정 소협의 실력이 어느 정도에 있는지도 알고 싶어졌고……."

"음… 예, 알겠습니다. 저도 장군님과 같은 한민족(韓民族)의 피가 흐르고 있으니 그 문제는 어떻게 결정나든 제가 도와드릴 수 있는 건 당연히 도와드려야지요."

"정말 고맙네, 고마우이."

"아닙니다. 오히려 제가 쉽게 도움을 드리지 못해 죄송할 따름입니다."

"허허, 내 임 대협의 말만 들어도 힘이 솟는 것 같구먼. 정말 좋은 성과가 있었으면 좋겠네, 정말……."

진정한 사나이의 마음에서 우러나오는 우국충정(憂國衷情)에 스스로 도취되었는지 박 장군은 하늘을 보면서 눈가에 이슬이 약간 묻어나고 있었다. 하지만 박 장군은 곧 자신의 그런 추태를 깨닫고 화제를 다른 곳으로 돌리려 했다. 사내대장부가 눈물을 보였으니 아무리 가슴속에서 우러나오는 우국충정으로 인한 것이라고는 해도 주변엔 지켜보는 시선들이 너무나 많았던 것이다.

"예, 음… 응? 이… 허."

'이런, 나도 모르게 반승낙을 한 것이나 진배없게 되었잖아? 허…….'

호열은 자신도 모르게 박 장군의 눈물에 넘어간 자신을 돌이켜 볼 수 있었다. 너무나 순식간에 두 손을 마주 잡고 고개를 끄덕였던 것이다. 호열은 한동안 자신의 실수를 후회했다. 얼마간의 시간을 벌었다는 안도감에 도취되어 마음을 놓고 있었던 것이 그렇게도 후회막급이 아닐 수 없었다. 그러나 이미 시간은 지나간 후였으니…….

"허허, 장군, 축하드립니다. 이제 임 대협께서 옆에 계시니 든든한 후원자를 얻은 것입니다. 원시천존."

옆에서 조용히 호열과 박 장군과의 대화를 듣고만 있던 현운 장문인은 처음 목표로 하고 있던 것이 무사히 넘어오자 입가에 엷은 미소가 어렸다. 또한 호열이 다른 말을 하지 못하도록 못 박을 필요성이 있다는 생각에 얼른 나서며 호열의 가슴에 대못을 박았다.

'이런, 허… 내가 두 노익장들에게 완전히 당했구나.'

"하하하, 그럴 리가요. 제가 장군님께 무슨 큰 힘이 된다고……."

호열은 현운 장문인의 말을 듣고서 땅을 치고 후회하는 심정이 되었다. 그러나 얼굴만은 최대한으로 표정 관리를 해야 했다. 이미 반승낙을 했으니 지금 얼굴을 찡그려 어색한 관계가 되기는 싫었기 때문이다.

"아닙니다. 제가 비록 아직까지 도를 깨닫지 못해 선견지명은 얻지 못했지만 박 장군께서 하시는 일에 임 대협께서 많은 도움이 된다는 것은 장담할 수 있습니다. 아무쪼록 두 분이 많은 시간을 함께하셨으면 합니다. 원시천존."

현운 장문인은 호열에게 자신이 할 말은 다 했다는 듯 합장을 하며 두 눈은 지그시 감았다.

"허허, 감사합니다. 장문인… 음, 그나저나 정 소협은?"

"옛? 아, 그게……."

"허허, 미안하네. 내 이렇게 나이만 먹어 벌써 몸은 늙고 병들었는데도 장수(將帥)라는 위치에 있어서 그런지 마음만은 아직도 이팔청춘인가 보네. 아직도 무도에 욕심을 버리지 못하고 있으니……."

박 장군은 호열의 반승낙을 얻었으면서도 그에 만족하지 못하고 운영의 얘기를 꺼내어 두 눈으로 확인하고 싶어하는 것을 부끄럽게 생각했다. 그러나 현운 장문인은 호열의 승낙을 얻은 것이 되었다는 심정으로 두 눈을 감은 상태로 있었지만 박 장군은 확실하게 하고 싶었다.

"아닙니다, 장군께선 아직 젊으십니다. 그러니 그렇게 말씀하지 마십시오."

많은 전쟁을 치르며 죽을 고비를 수없이 넘긴 박 장군의 마음이 배어 나오는 말에 호열은 또다시 고개를 끄덕일 수밖에 없었다.

"허허, 대협, 그렇게 말해 주니 정말 고맙네."

"별말씀을……."

'그래, 왜 이 생각을 못했을까? 아, 운영의 실력이 저들의 기대보다 떨어진다면? 당장은 어떨지 모르지만 박 장군의 부탁을 내가 힘들게 거절하지 않아도 스스로 취소하게 될지 모르잖아? 그래, 그러면 되겠군. 하하하, 그런 좋은 방법이 있었다니. 역시…….'

호열은 분위기가 자꾸 운영이 한 번쯤 시범을 보여주었으면 하는 방향으로 진행 중이자 군이 자신이 나서지 않아도 될 것 같았다. 호열은 운영을 보면서 살며시, 정말 살며시 눈치 주는 것을 잊지 않았다. 제발 실수를 하기 바랐다. 미안하지만 박 장군과 현운 장문인의 기대에 못 미칠 정도로만 해달라고 운영에게 계속 눈짓을 보낸 것이다.

그런 호열의 간절한 노력이 전달되었는지 운영은 마치 '알았어요' 하는 것처럼 살며시 입가에 웃음을 보여주었다.

호열의 이런 생각과는 달리 운영은 처음 박 장군과 현운 장문인이 자신들이 있는 곳으로 오자 무슨 일인지 궁금해하다 호열과 박 장군의 얘기를 듣곤 깜짝 놀랐다. 박 장군은 웬만해선 명나라 말로 얘기를 잘하지 않았는데 오늘은 처음부터 명나라 말만 했던 것이다. 은연중 호열과 얘기를 나누면서 틈틈이 운영을 바라보는 것이 마치 운영이 얘기를 옆에서 들어주었으면 하는 느낌을 주었다.

'역시 생각했던 대로 형님이 내게 이 문제를 떠넘기시는구나. 허, 정말 못 말리겠어. 어떻게, 음… 이거 정말 어떻게 한다? 박 장군님의 얼굴을 봐서라도 거절할 수는 없는데 형님의 눈치를 보니 나중에 내 핑계를 대고 거절할 것은 분명하고, 음… 응? 형님의 눈치가… 저건? 그래, 내가 이번 시범에서 최선을 다하지 않았으면 하시는군. 정말 고민이구나. 음… 아니지, 이렇게 되면 이번 일은 어차피 내게 완전히 넘어온 일이니까 내가 결정을 하면 되는 것이지. 그래… 형님껜 미안한 일이지만 박 장군님의 부탁을 승낙해야겠구나. 그것이 지금은 형님께 꾸중을 들어야 하겠지만 나중엔 형님한테 많은 도움이 될 것이니. 또 나한테도… 옛날부터 기회가 되면 나도 한번 황제의 얼굴을 보았으면 했으니까. 그래, 승낙하자. 형님, 정말 죄송합니다.'

운영은 한창 난감해하는 호열과 안간힘을 쓰는 박 장군과의 얘기를 들으면서 호열이 과연 어떻게 이 상황을 대처해 나아갈까 관심을 기울이고 있었는데 역시 운영의 생각대로 호열은 그 문제를 자신에게 떠넘기면서 모면하려고 하는 것이다. 이미 처음부터 호열의 반응을 예상하고 있었기에 크게 놀라지는 않았지만 그 화살이 자신에게 올 것이라는 것은 운영도 설마설마 하고 있었다.

운영이 호열과 알고 지내온 시간은 얼마 안 되지만 호열의 성격을 누구보다 잘 알고 있었기에 그렇게 크게 놀라지는 않았다. 운영이 알고 있는 호열은 되도록 귀찮은 일은 피하고 보자는 사람이었다. 그것이 자신의 일이든 남의 일이든 간에… 남의 일은 아예 신경을 쓰려고도 하지 않지만.

"음… 장군님의 의중은 잘 알겠지만 그것 역시 제가 결정할 문제가 아니라 운영이 결정할 문제인 것 같습니다."

호열은 바로 승낙하지 않고 한 번 더 박 장군의 마음을 끄는 노력을 아끼지 않았다. 운영의 실력을 보려는 박 장군의 간절한 마음을 알고 있기에 가능한 것이었다.

"허, 그렇지. 당사자의 의사가 우선이란 것을 내가 잠시 잊고 있었구먼. 음."

박 장군은 호열의 말은 듣고서 고개를 끄덕였다. 그러나 눈빛은 이미 호열에게서 운영으로 넘어가 있었다.

"형님, 한번 해보겠습니다."

"응? 운영아, 정말 그렇게 하겠느냐?"

호열은 운영이 나서자 속으로 쾌재를 불렀다. 그러나 얼굴만은 사뭇 진지한 표정을 유지하고 있었다.

"예, 그렇지 않아도 요즘 몸이 근질근질했었거든요. 매일 마차 안에만 있다 보니⋯⋯."

운영은 호열에게 보란 듯이 두 팔을 풍차처럼 돌리며 앞으로 나섰다.

"그래? 음, 네가 그렇게 생각했다면⋯ 그래, 그럼 그렇게 하도록 해라. 너무 무리하지는 말고⋯⋯."

'녀석, 눈치는⋯ 역시 이 형님의 마음을 너무 잘 안다니까. 아이구, 이 귀여운 녀석.'

"예⋯⋯."

서로 간의 기나긴 줄다리기 대화가 끝나자 시범을 보이기 위해 자리에서 일어난 운영은 자세를 바로잡고 준비하며 공터가 있는 곳으로 걸어가 섰다. 멀리서 박 장군과 현운 장문인을 주시하고 있던 많은 사람들은 운영이 움직이자 어떻게 알았는지 모두 운영의 주위로 몰려들기 시작했다. 그러나 바짝 다가서지 않고 약간의 거리를 두며 질서정연하게 한자리씩 자리를 잡았을 뿐이었다.

'이런, 갑자기 왜 몰려드는 거야? 무슨 구경이라도 났나?'

호열이 주위를 둘러보자 운영의 주위로 박 장군과 현운 장문인을 비롯한 모든 사람들이 모여 있었다. 무사들은 물론 짐을 운반하는 짐꾼들까지.

그들 중 주위의 몇몇은 아예 운영에게서 시선을 떼지 못하고 있었다. 호열은 그들이 누구인가 하고 유심히 보자 대번에 누구인지 알 수 있었다. 그들은 이번에 현운 장문인이 견문을 넓혀주고자 직접 장백검파에서 데리고 나온 사람들로 차후 장백검파를 이끌고 나갈 중요한 인재들이었다. 그중 제일 관심을 보이고 있는 사람은 현운 장문인의 수석 제자로서 정호라는 도명을 가진 사람이었다.

정호 도인은 사부가 인정하는 호열, 그 의동생의 실력이 어느 정도인지 직접 확인하고 싶었다. 도대체 어느 정도이기에 사백인 현검 도장은 물론 장백검파의 최고수이며 현 장문인인 현운 도장의 인정을 받는지 알고 싶었던 것이다. 그러한 생각에 정호 도장은 주변에 있는 다른 사람들의 시선은 아랑곳하지 않고 마치 평생의 대적을 관찰하듯이 운영의 행동을 하나하나 주의 깊게 관찰하고 있었다.

'역시 무림인들이란, 뭐가 그리 궁금하다고… 그래, 역시 무림인들도 관리들처럼 귀찮은 사람들이야, 정말……'

제6장

저런 칼을 이기어검(以氣御劍)이라고 부르는구나, 이겨참

저런 것을 이기어검(以氣御劍)이라고 부르는구나, 이거 참

사람의 수명에는 거스를 수 없는 한계가 있다. 아무리 지혜나 무공이 인간의 한계를 극복했다고 전해지는 많은 사람들도 그 자신의 수명은 어쩌지 못했다.

옛날 아주 오래전, 진나라의 신시황이나 춘추 전국 시대의 제갈무후, 그리고 당나라의 유일한 여황제였던 측천무후(測天武后)나 대제국을 이룩했던 원나라의 징기스칸도 그러했다. 또한 세상에 이름을 날리며 스스로 하늘의 이치를 깨달았다는 공자나 맹자 등 이름만 들어봐도 쉽게 알 수 있는 많은 사람들 역시 인간의 마지막 한계인 수명이라는 것만은 극복하지 못했다.

한계, 정말 세상은 이렇듯 사람들 나름대로 미리 한계라는 것이 정해져 있는지도 모른다. 그렇지 않고서야 똑같은 사부에 똑같은 수련에 똑같은 시간을 수련하는데 누구는 일류도 못 되는 삼류나 이류에 머물고 누구는 절정이나 최절정, 또는 그것을 훌쩍 뛰어넘어 초절정의 경지에 올라서게 되니……

초절정. 말이 초절정의 초입이지 실제로 그러한 경지는 지금 현운 장문인이 도달해 있다는 최절정의 경지하고는 하늘과 땅 차이만큼, 아니, 그보다 더 큰 것이다.

강호에서 칼밥을 먹고 있거나 먹어본 사람들 중 아무에게나 물어보아도 거의 대부분 이런 말을 할 것이다. 세상에 너무나도 흔한 삼류나 이류 정도는 아예 말할 것도 없고, 그래도 일류 정도는 되어야 고수 소리를 들을 수 있다고.

그러나 그런 일류고수들도 열심히 수련한다고는 하지만 백에 한 명, 아니, 천에 한 명 정도가 절정고수의 반열에 올라서게 된다. 하지만 그에 더하여 최절정이나 초절정은 이것의 수배에서 수천 배나 어려운 일인 것이다. 무공을 수련하는 사람의 천부적인 자질과 끊임없는 자기 노력은 물론 천운이 두루 갖추어진 사람만이 이룰 수 있는 것이 이른바 최절정이나 초절정이라는 무도의 경지이다.

무공이 일류 정도의 경지에 오르게 되면 근력을 이용한 무공이 아니라 기를 사용할 수 있게 된다. 물론 그전에도 기를 사용할 수는 있지만 그건 기라고 말하기보다는 많은 무인들이 용(用)이라고 말한다. 지금에 와서는 그것이 정형화된 학설로 굳건히 자리를 잡고 있다.

그렇게 힘들게 수련에 수련을 해서 자신의 기를 자유자재로 다스릴 수 있는 경지를 절정의 경지라 하고, 이때 자신만의 독특한 기가 생성된다. 그러한 현상은 아무리 똑같은 무공을 익혔다고는 하지만 사람사람이 모두 각자의 성격이 다르기 때문에 일어나는 것이다. 다만 그 기의 변화가 크게 나타나는 것이 아니라 아주 약하게 반응을 하는지라 무도에는 크게 작용하지 않고 있는 실정이다.

또한 이렇게 자신만의 기를 끌어올릴 수 있는 최고의 수준까지 다다랐을 때의 경지를 최절정이라고 부르고 있다. 여기까지가 기를 용(用)으로 다스리는 경지인 것이다. 하지만 세상에 알려져 있는 무도의 끝이라는 초절정의 경지는 기를 용이 아니라 마음으로 다스리는 경지이다. 한마디로 기의 무예가 아니라 심도(心道)의 무예로 들어서는 경지라고 할 수 있었다.

마음, 기를 용이 아닌 마음으로 다스리는 경지. 그런 경지는 아무리 몇십 년을 무도를 걸으며 살았던 사람이라도 쉽게 다다를 수 없는 것이다. 하물며 그 밑에 있는 사람들이야 말이 필요 없지만.

사람의 수명에 한계가 없다면 누가 먼저 도달하느냐의 차이가 있을 뿐 지금과 같이 소수의 무인들만이 궁극에 오를 수는 없었을 것이다. 그만큼 초절정의 경지는 올라서기도 힘들지만, 또한 그만큼 명성과 명예, 권력과 재물 등 주어지는 것도 많았다. 그러하기에 지금도 이름없는 곳에서, 아니면 명문대파에서 많은 무인들이 청운의 꿈을 품고 끊임없이 수련에 수련을 하는지도…….

비록 그 무도가 다르다고는 하지만 지금의 호열을 세상에 알려져 있는 상식으로 비유해 말하자면 최절정의 경지에 있다고 할 수 있었다. 어의심공을 이용한 어의심기가 가히 최절정의 경지에 올라 있는 상태인 것이다. 하지만 호열이 초절정의 경지에 올라서기 위해서는 꼭 필요한 깨달음, 일종의 심도를 얻어야만 하는 상황이었다. 그 방법은 일반 무인들이 알고 있는 것하고는 너무나도 다른, 아무도 가보지 못한 길이고, 또한 알지도 못하는 길이었다. 그러므로 그 무도의 끝에 이르기 위해서는 호열 자신만의 고독하고 혹독한 여정이 필요한 상황

저런 것을 이기어검(以氣御劍)이라고 부르는구나, 이거 참 143

이었다.

어느새 호열의 주위로 모여든 사람들은 지금 숨죽이고 한 사람을 뚫어지게 지켜보고 있었다. 그러나 모든 사람들이 관심을 가지고 바라보는 대상은 호열이 아닌 운영이었다.

그들도 이번 운영의 시범을 직접 자신의 눈으로 본다는 것이 평생을 살면서 앞으로 있을까 말까 한 기회라는 것을 직감으로 알고 있었던 것이다.

이미 자타가 인정하는 현운 장문인이 운영의 실력을 간접적으로나마 인정하였으니 조금이라도 무공을 익힌 무인들은 운영의 시범을 보고서 하나라도 자신이 모르는 새로운 깨달음을 얻을 수 있을까 하는 마음에서 주의 깊게 바라보는 중이었다. 그들의 시선은 일반 사람들은 평생 보기 힘든 볼 거리를 볼 수 있게 된다는 기대감에 하나라도 더 볼 수 있도록 모든 신경을 운영의 행동거지 하나하나에 쏠려 있었다.

넓은 산중턱. 새록새록 막 피어나기 시작한 초록색 물결이 넘실대는 망망대해에 혼자 서 있는 듯 운영은 차분하게 마음을 가다듬고 천천히 검을 뽑아 들었다. 그리고선 앞으로 크게 한 바퀴 돌린 후 다시 두 손으로 굳건히 검을 잡아 앞가슴 앞에 수직으로 세우며 조용히 멈추어 섰다.

운영의 두 눈은 약간 반개를 하고 있었는데, 날카로운 검날을 보는 것이 아니라 자신의 얼굴이 훤히 들여다보일 듯 넓고 투명한 검면을 뚫어지게 보고 있었다. 마치 검을 통해 자신의 내면을 바라보는 것처럼 운영은 움직이지 않고 검을 바라보았다.

그렇게 아무런 변화 없이 몇 각의 시간이 흘러갔다. 주변에 모여 있던 사람들은 운영이 움직이지 않고 서 있기만 하자 여기저기서 조금씩 웅성대기 시작했다. 하지만 그런 움직임을 보이는 사람들은 박 장군을 따라왔던 사람들이고, 장백검파 사람들은 이마에 식은땀을 흘리며 여전히 눈을 떼지 못하고 있었다. 그러나 어느 순간, 그렇게 아무 변화도 없을 것 같던 운영의 검에서 서서히 보는 사람의 눈을 시리게 할 정도의 파란 기운의 불꽃이 타오르듯 일어나더니 영원히 고정되어 있을 것만 같았던 운영의 손을 벗어나 조금씩 하늘로 떠올랐다.

그러나 그것도 잠시, 천천히 떠오르던 검이 갑자기 공중으로 솟구치듯 눈 깜짝할 순간에 하늘로 떠올랐다. 그렇게 공중으로 솟구치던 검은 아직까지 정면을 주시하며 움직이지 않고 있던 운영의 손짓에 순간 방향을 바꾸더니 약 삼십 장 밖에 서 있는 나무를 향해 돌진하였다. 둘레가 어른 넷은 있어야 겨우 맞잡을 수 있는, 그렇게 몇백 년을 모진 풍파와 고된 세월 앞에 당당하게 서 있던 잣나무의 몸통을 운영의 손에 의해 움직인 검이 그대로 관통한 것이다. 하지만 그에 멈추지 않고 다시 하늘로 올라간 검은 하늘을 한 바퀴 크게 선회한 후 운영의 손 앞에 와서 소용히 멈추어 섰다. 처음 운영의 손을 떠났었던 그때보다 한층 이글이글거리는 기운을 내뿜으면서.

"헉! 원, 원시천존… 허허, 정말 놀랍구나. 내 장백에서 태어나 육십해 평생 동안 검 하나만을 바라보면서 살았어도 이루지 못했던 이기어검(以氣御劍)을 보게 되다니, 음… 그러나 아직 진정한 초절정의 경지에는 이르지 못하고 초입의 단계에 머물고 있는 것 같으니… 허, 원시천존……."

현운 장문인은 운영의 시범을 보는 동안 떨렸던 가슴을 간신히 진정시키며 연신 도호를 외웠다.

"이, 이럴 수가… 정말 이기어검이란 말인가? 정말? 아, 어찌……."

현검 도장도 차마 벌어지는 입을 다물 수가 없었다. 그러나 눈만은 아직까지 하늘에 떠 있는 검을 바라보고 있었다.

"허, 음… 정말 대단하군. 저것이 초절정의 초입에 이른 사람의 경지인가? 전설의 어검술(御劍術)이라니… 실로 내 직접 보지 못했다면 믿지 못했을 것이다. 아… 아직까지 내가 본 것임에도 믿어지지 않는데 어떻게 믿을 수가 있겠는가……."

박 장군은 현운 장문인의 말을 듣고서 운영이 말로만 들었던 초절정 초입의 경지에 이르러 있다는 것을 알 수 있었다. 그러나 전설에서나 들어보았던 어검술을 보았기에 박 장군은 입을 다물지 못하고 있었다.

"아, 저것이 바로 초절정에 들어선 사람만이 펼칠 수 있다던 이기어검이구나. 정말 대단하다. 나보다 젊은 나이에 벌써 저런 경지에 이르렀다니……."

"아… 대, 대단하다. 정말 대단해."

주변에서 구경을 하던 정호 도장은 물론 많은 사람들이 운영의 신기에 가까운 검술을 보면서 놀란 나머지 한마디씩을 하였다. 그러는 도중엔 몇몇 사람들은 놀란 가슴에 벌어진 입을 다물고 싶어도 쉽게 다물지 못하고 있었다. 운영의 검은 이미 검집으로 들어가 찬란하게 빛나던 빛이 사라지고 없는데도.

'음… 저런 것을 이기어검이라고 부르는구나. 이거 참… 보기는 좋은데 뭐가 이렇게 말들이 많아? 왜 사람들은 외우기 힘들게 하나하나에 이름을 붙이는지 알다가도 모르겠단 말이야. 음… 그나저나 저 녀석이 하지 말라는 눈치를 줬는데도 이렇게 일을 저지르다니. 허, 이걸 어떻게 한다? 음…….'

운영을 보며 투덜거리는 호열을 빼고는 모두 운영이 펼친 이기어검으로 인해서 한동안 입을 다물지 못했다. 무인들은 그렇다 치고 다른 일반 사람들도 평생을 살면서 처음 목격하게 된 일이었으니…

무공을 모르는 일반 사람들이 앞으로 꿈에서나 볼 수 있을 이런 진풍경을 언제 또 볼 수 있겠는가? 이들은 나중에 고향으로 돌아가게 된다면 평생 술자리에서 지금 자신들이 본 운영의 모습을 크게 떠들고 다닐 것이다. 예전에 이런 사람과 함께 여행을 하며 많은 시간을 보냈었다고…….

그러자면 지금 한순간이라도 운영에게서 시선을 떼면 안 됐기에 주변엔 바늘 떨어지는 소리도 들을 수 있을 정도로 누구 하나 움직이는 사람이 없었다. 마치 이곳의 사람들에겐 지금 모든 시간이 정지된 것처럼 정적만이 감돌 뿐이었다.

초절정. 말이 초절정고수지 당금 무림에 그 정도 경지에 들어선 무인은 그리 많지 않았다. 그 예로 현재 중원무림의 백도 정파에 삼성(三聖)으로 불리는 사람들과 흑도에 이마(二魔)로 불리는 사람들이 있다. 하지만 모두 백 세가 넘은 것으로 추성되는 사람들이었다.

삼성은 가장 연장자이며 성불(聖佛)로 추앙받는 소림사의 혜정(慧精) 노사와 이미 살아 있는 신선으로 불리며 많은 사람들의 추앙을 받고 있는 무당파의 삼풍 진인 장삼풍, 그리고 백오십 년 전부터 마치 안개에 가려진 듯 신비 속에 자리 잡고 있는 천하제일검가(天下第一劍家) 현원세가(玄遠世家)의 전대 가주였던 천승검(天乘劍) 현원덕호(玄遠德虎) 등 세 사람을 가리킨다.

그러나 양(陽)이 있으면 음(陰)이 있듯 무림에 백도가 있다면 흑도가 있다. 흑도 사파(邪派)에서도 정파의 삼성과 같이 추앙받는 사람들이 있었는데 그들은 이마로 불리고 있었다.

이마는 무림이 처음 자리를 잡기 시작한 후 거의 무력(武曆) 팔백칠십육 년 동안, 아니, 훨씬 그 이전부터 스스로 중원무림에 영원한 마(魔)의 종주(宗主)를 자처하고 있는 마교의 전대 교주(教主) 천마(天魔) 혁무량(赫武亮)과 마도는 아니지만 패도(覇道)를 지향하며 젊은 시절 한때 원나라와 맞서 싸우면서 중원의 많은 젊은 사람들에게 영웅이란 칭송을 들었던 패왕성(覇王城)의 전대 성주인 혈마(血魔) 독고신검(獨孤神劍)이 있었다.

삼성과 이마. 이들 다섯 명은 오래전에 이미 강호에서 물러난 사람들이지만, 그 영향력은 사라지지 않고 지금의 무림을 움직이는 사람들에게까지 미치고 있었다. 또한 현 무림계에서 살아 있는 신으로 추앙받으며 많은 사람들에게 존경과 선망의 대상이 되고 있었다.

그렇게 이미 초절정의 경지에 올라선 사람들이 다섯 명이었다. 세상에 알려지기론… 그런데 지금 또 다른 한 명의 초절정고수가 세상에 모습을 드러낸 것이었으니…….

제 7 장

음…… 동쪽의 끝이라……

◆ 제7장 음··· 동쪽의 끝이라······.

원나라가 물러가고 한민족(漢民族)이 세운 명나라가 들어서면서 중원 전역에서 활발한 변화를 보이고 있었지만, 그중 가장 급속한 변화와 발전되는 한 단면을 볼 수 있는 곳을 꼽으라면 누구나 단연 북경이라고 할 것이다.

북경. 광대한 화북평야(華北平野)의 북연부(北緣部)에 소오내산(小五臺山)·군도산(軍都山)·연산(燕山) 등 동·서·북의 삼면이 높은 산지에 의해 둘러싸인 분지가 펼쳐져 있는 곳. 또한 해하(海河)의 지류인 영정하(永定河)·조백하(潮白河)가 각각 북서쪽·북동쪽 산지에서 분지로 흘러드는 곳. 북경은 그 주머니 모양의 평지와 두 하천의 중간에 위치하고 있었다.

북경에 사람이 살기 시작한 것은 약 오십만 년 전부터였지만 그 장구한 역사가 기록된 것은 약 삼천 년 전부터였다. 그러나 북경이 최초로 중원의 수도로 등장한 것은 거란족이 세운 요나라가 남경이라는 이름으로 도읍을 정하면서부터였다. 그러나 남경이라는 이름은 삼백구십 년 전에 연경으로 바뀌었으며, 이백팔십 년 전 요나라를 멸망시킨 금나라는 다시 중도(中都)로 개칭하였었다. 그러나 영원한 제국은 없는지 금나라를 몰아내고 세상에 가장 거대한 왕조를 세운 원나라는 다시 대도(大都)라고 명명하였는데, 그 시대 원나라에 의해서 북경은 제대로 된 제국의 수도다운 면모를 갖추게 되었다.

원나라 때 북경의 주민 구성은 아주 복잡하였다. 요나라와 금나라의 각기 다른 민족들과 원나라를 따라서 북경에 들어온 몽골인들, 중앙 아시아의 아라사인과 돌궐·아랍인 등의 족속들과 구라파 상인·로마의 선교사·티베트의 라마 불교 승려들이 한데 어우러져 같이 살고 있었던 것이다. 하지만 그렇게 세계를 정복하여 영원한 대제국으로 남을 것 같던 원나라도 그 성세가 채 갖춰지지도 못하고 삼십오 년 전에 한족(漢族)이 세운 명나라에 의해 멸망하였다.

원나라를 몰아낸 명나라는 강소성(江蘇省)의 금릉을 수도로 정하여 옛 원나라의 수도였던 북경을 외면했었다. 그러나 일 년 전에 세 번째 황제로 등극한 영락제가 수도를 금릉에서 다시 북경으로 천도한다고 공포한 후, 현재 북경은 고궁(故宮)을 보수하는 등 대규모의 역사를 벌여 도시의 모습을 크게 개조하고 있었다.

명나라는 건국 초기에 전란으로 황폐화된 농업을 회복하고, 북원의 침입을 방지하기 위해 홍무 사 년에 삼만 호를 북경으로 이주시켰다. 그 후 다시 다섯 번에 걸쳐 산서(山西)·태원(太元) 등지에서 많은 농민들을 만리장성 일대로 강제 이주시켜 농사를 짓게 하며 변방을 지키게 하였다. 이외에도 수도의 천도를 위해 여러 번에 걸쳐 금릉·소주(蘇

州) · 절강(折江) 등 강남의 부자들과 산서(山西)의 수만 호 백성들을 북경으로 이주시켰다. 또한 현재 북경을 다녀가거나 정착한 여진족 · 장족 · 몽골족 · 위글족 · 조선족과 서남 각지의 장족 · 묘족 · 요족 등 소수 민족도 많이 살고 있었다.

이와 같은 정세 속에 한창 어수선한 분위기가 북경 전역을 감돌고 있었다. 그에 아무리 관리들이 거리를 정리한다고 하더라도 그 한계가 있었기에 아무리 대로라고는 하지만 분주하고 어수선하였다.

이처럼 사람들이 빽빽하게 오가는 어수선한 거리를 박 장군과 호열을 태운 마차가 주변의 호의를 받으며 아슬아슬하게 나아가고 있었다.

호열과 박 장군 일행이 만리장성을 넘어 이곳 북경에 도착한 지 벌써 반나절이 지나고 있었다. 백여 년을 넘게 문을 꼭꼭 걸어잠그고 장백산에서만 생활하면서 세상에 등한시했던 장백검과 사람들은 오랜만에 세상 밖으로 나와서인지, 북경에 도착하자마자 할 일이 있다는 현운 장문인의 말에 그 문인들을 비롯해 모두 어디론가 사라지고 없었다. 이에 일행들은 무슨 일인지 궁금함을 가지게 되었지만, 그동안의 여정에 힘이 들었던지 오랜만에 편히 쉬면서 기다리기로 하고 근처 북경객점(北京客店)으로 들어갔다.

당금 황제인 영락제가 이곳을 다시 수도로 정한다고 한 뒤 북경은 하루도 분주하지 않은 날이 없었다. 상점은 말할 것도 없고, 이곳에 자리 잡고 있던 많은 사람들이 새롭게 변할 북경을 기다리고 있는 것이었다. 그에 모두 나서서 예전 원나라의 황실이 있던 곳을 다시 웅장하게 세우는 공사를 한창 진행 중이었으며, 시내의 각 도로는 물론 전쟁으로 인해 황폐해지고 허물어진 성곽을 보수하는 등 이곳저곳이 하루라도 조용한 날이 없었던 것이다.

상황이 이렇다 보니 일행들은 자연히 조용한 곳을 찾게 되었는데, 그곳이 바로 북경객점이었다. 북경객점은 북경에서 그럭저럭 유명하다고 잘 알려진 곳이었다.

처음 일행들이 북경객점으로 들어갔을 때 일층이 많은 사람들로 자리를 메우고 있었기에 어쩔 수 없이 이층으로 올라가게 되었다. 이층은 그래도 일층보다는 사람들이 드문드문 있어 일행들이 편안하게 앉아서 쉴 수 있는 공간이 있었다. 박 장군 일행들은 각자의 짐을 정리하며 창밖으로 분주하게 움직이는 사람들의 모습을 보면서 나름대로 새롭게 변화하는 북경을 주시하고 있었다.

한편 호열은 편안하게 자리에 앉아서 쉬고 있었다. 그러나 무슨 일인지는 모르지만 장백검파 사람들이 주변의 사정을 살피지 않고 독자적인 행동을 하자 기분이 상해 있었다. 하지만 정작 갈 길이 바쁜 박 장군 일행이 허락한 일이었으니. 그저 하릴없이 빈둥거리는 호열과 갑자기 주위 사람들의 시선을 한 몸에 받게 된 운영은 객점 한곳에 앉아서 그들이 오기를 기다릴 뿐이었다.

호열과 운영이 자리를 잡은 북경객점은 삼층으로 되어 있었는데 일층과 이층은 일반 사람들이 차와 식사를 할 수 있는 곳이고, 삼층은 고관대작들이나 부호들이 편안하게 머물 수 있도록 고급스러운 분위기를 만들어놓고 있었다. 또한 건물 내부 뒤쪽으로 꽤 넓은 정원이 자리하고 있었으며, 드문드문 보이는 객실들이 있는 것으로 보아 이곳에서도 꽤 유명한 곳이란 것을 알 수 있었다.

호열이 조선에서 건너와 중원에서 보고 느낀 것이 하나 있었다. 이곳에서도 조금 행사를 하려면 돈이 있어야 된다는 것이었다. 중원의 유명하다는 객점은 조선과는 달리 모두 이층이나 삼층, 심지어는 조선에서 볼 수 없었던 오층이 넘는 높은 구조로 되어 있는 건물도 있었다. 처음 장백촌에서 그런 건물들을 볼 때는 마냥 신기하고 이상하게 생각되었는데, 북경까지 오는 동안 여러 차례 그러한 건물들을 보게 되니 지금은 별다른 감흥을 느끼지 못하고 있었다. 그냥 대단하구나 하는 부러운 시선만 이따금씩 주고 있었을 뿐.

박 장군과 그 일행들은 한쪽에 자리 잡고 약간의 차를 마시면서 한가로이 시간을 보내고 있었다. 운영이 무공 시범을 보인 후로는 박 장군도 호열에게 하는 것처럼 운영에게 반존대를 하며 대우해 주고 있었다. 나이 차이가 많이 나더라도 사회생활에선 무엇보다 능력이 우선시된다는 것을 여실히 보여주는 모습이었다. 또한 그때 이후로 운영은 몰라보게 박 장군이나 현운 장문인과 친해져 있었다. 이따금씩 조금 서운한 점도 없지 않았지만, 운영의 눈부신 무공 시범 때문인지 처음보다는 많이 호전되어 있었다.

호열은 오랜만에 가져 보는 한가로운 시간인지라 운영을 데리고 사람들의 시선을 피해 안쪽 자리에 둘이서 앉을 자리를 찾아 둘만의 시간을 갖게 되었다. 그동인 사람들의 따가운 시선을 받으며 이곳까지 와서 그런지 호열은 온몸에 힘이 하나도 없는 것 같았다. 운영도 운영이지만 호열은 하루 반나절밖에 되지 않는 시간 동안 고개를 추켜세우며 온몸에 힘이란 힘은 다 주고 왔었다.

"운영아……."

"옛? 형님, 왜 그러세요?"

"음… 다름이 아니라 너한테 물어보고 싶은 것이 있어서 그런다. 그동안 우리 둘만의 시간이 없어서 물어보지 못하고 있었는데 이렇게 시간이 남으니……."

호열은 무거운 얼굴을 하곤 운영을 바라보았다.

"예, 형님. 무슨 일인지 말씀하세요."

운영은 호열이 굳은 얼굴로 바라보는 이유를 알 수 있었다. 그러나 아무런 내색 없이 담담하게 마주 바라보았다.

"음… 우리, 아니, 네가 시범을 보인 그날 있지 않느냐?"

"옛? 아, 예. 그날이 왜요?"

"넌, 음… 왜 그날, 음… 왜 그렇게 무리해서 네 실력 이상의 무공을 발휘한 것이냐?"

호열은 무감각하게 바라보는 운영을 보면서 한순간 흥분하여 큰 소리가 나올 뻔하였다. 하지만 곧 주변의 상황을 의식해서인지 호열은 조용한 목소리로 말하려고 노력했다. 그러나 운영을 쳐다보는 눈에는 핏발이 선 상태였다.

"아, 왜요? 그게 무슨 잘못이라도 있나요?"

"뭐? 꼭 네가 무슨 잘못이 있다기보다는, 음… 단지 나는……."

호열은 너무나 담담한 운영을 보며 한순간 할 말을 잊어버렸다. 너무나 담담하기에 오히려 황당함을 넘어 어이가 없었다. 그에 호열은 자신도 모르게 다음 말을 잇지 못했다.

"예, 말씀해 보세요. 무슨 말씀이신지."

"음… 그래, 내 생각으로는 네가 그날 왜! 사람들에게… 아니, 박 장군과 현운 장문인의 앞에서 평소 없던 실력까지 다 짜내며 무리를 했냐는 것이다. 그날 넌 분명 평소 실력 이상을 보여주었다. 음… 난 그 이유가 궁금하구나."

"하하하, 예, 형님 말씀대로 그날 제가 좀 무리를 하긴 했지요? 하하하."

운영은 따가운 호열의 시선을 애써 돌리며 멋쩍은 웃음을 보였다.

"그, 그렇지. 그래… 그랬어. 그날 네가 좀 무리를 하기는 했어. 그 것도 아주 많이……."

호열은 운영이 잘못을 인정하자 금세 얼굴이 활짝 펴졌다. 아예 인 정하지 않을 것 같았던 운영이 너무나 쉽게 수긍을 하자 조금은 맥이 빠지는 것 같았지만, 다른 한편으론 오히려 편하게 말을 할 수 있게 분 위기가 돌아가게 되어 좋기도 했다.

"예, 무리를 하긴 했지만 성과가 있긴 있었잖아요."

"응? 성과? 무슨 성과?"

"하하하, 형님. 제가 그날 박 장군님을 비롯한 많은 사람들에게 강한 인상을 심어줘서 박 장군님이 나중에 형님보고 기필코 같이 황도로 가 자고 해서 형님이 승낙을 하셨잖아요. 그렇지요?"

그날 박 장군은 운영의 시범을 본 후 흥분을 감추지 못하고 호열에 게 매달리며 호소를 하는 바람에 호열은 울면서 고개를 끄덕였었다.

"그래, 바로 그렇지. 그게 바로 내가 말하는 귀찮은 일이다. 어떻게 일을 그런 식으로 처리를 하냐?"

"형님, 그게 어째서 귀찮은 일입니까?"

운영은 호열의 말이 무슨 말인지 마치 모르겠다는 듯이 그 내용을 다 알고 있으면서 능청을 떨었다. 호열은 그런 운영을 보며 답답하다 는 표정을 지을 수밖에 없었다.

"귀찮은 일이지. 암… 당연하고말고. 네가 아직 어려서 세상을 모르 나 본데 대다수의 사람들은 그런 걸 보고 귀찮은 일이라고 말한다. 알 겠냐?"

"왜요? 오히려 좋은 일 아닌가요?"

"아니지, 아니고말고. 어떻게 넌 그렇게도 생각이 없냐?"

호열은 알아듣기 쉽게 설명을 하는데도 운영이 이해를 못하는 것 같아 보이자 가슴이 답답했다. 평소엔 똑똑해 골머리를 썩이더니 오늘은 그와 반대로 대화가 안 되고 있었다.

"왜요? 왜 그런 것이지요? 전 잘 모르겠습니다."

"음… 그건 네가 그날 내 예상과는 다르게 너무나 잘! 해주어서 저기에 앉아서 마냥 웃고 있는 박 장군의 청을 내가 승낙하지 않으면 안 되는 분위기를 만들었지 않느냐? 그래서 우리가 박 장군 일행과 함께 황도로 가게 되었고. 그래도 너는 머리에 떠오르는 것이 없냐?"

호열은 검지손가락으로 자신의 이마를 찍는 등 이마에 핏대를 세우며 열띤 설명을 하였다. 그러나 그런 호열의 모습을 바라보는 운영의 눈은 담담하기 그지없었다.

운영은 운영의 나름대로 생각하는 바가 있어서 그날 자신이 미처 깨닫지 못했던 것을 사용했었다. 그래야만 좀 더 사람들에게 깊은 인상을 줄 수 있겠다는 생각에서 무리를 한 것이다. 이왕 하는 거 사람들의 뇌리에 영원히 남을 만한 시범을 보여야겠다는 생각을 하며 최선을 다했던 것이다.

"하하하, 형님. 형님… 형님! 아, 음… 제가 얼마 전에 이런 얘기를 한 적이 있었지요? 재력과 명예, 그리고 권력에 대해서 형님과 함께 진지한 얘기를 한 적이 있었잖아요. 기억나세요?"

운영은 흥분해 있는 호열을 차분하게 가라앉히며 천천히 말을 이었다.

"흠흠, 미안하다. 내가 조금 흥분을 했구나. 그런데 그 일은 지금 왜 꺼내는 것이냐?"

"예, 다름이 아니라… 제가 그날 최선을 다한 것은 형님께 기회를 주기 위해서입니다."

"기회? 무슨 기회?"

"예, 기회지요. 기회고말고요…….”

'휴, 이제야 내 생각대로 되는구나. 기회가 왔을 때 형님을 몰아붙여야 얘기가 쉽게 되겠지? 허, 우리 단순한 형님, 이 아우를 너무 원망하지 마세요. 제가 지금 이러는 것은 다 형님을 위해서니. 제가 나중에 다 합쳐서 꾸지람을 듣도록 할게요…….'

운영은 처음 생각했던 대로 분위기가 서서히 넘어가자 간신히 마음을 놓을 수 있었다. 호열의 성격을 알지 못했다면 생각지도 못했을 일이지만 운영은 분위기가 자신에게 넘어오기를 기다리며 침착성을 잃지 않고 있었다.

"음… 그래, 그 기회가 무엇인지 한번 들어나 보자. 어서 얘기해 보거라."

"예. 음… 그날 전 최선을 다했습니다. 그건 형님도 아시는 것이지요. 그러나 제가 그렇게 한 것은 형님께서 황제를 만나 출세할 수 있는 기회를 드리기 위해서였습니다. 어차피 박 장군님이나 형님은 같은 동포가 아닙니까? 그러니 아무 문제가 없지요. 잘만 하면 관리로…….”

"관리? 이런… 난 관리 같은 것은 절대 안 한다. 네가 잘못 생각한 것 같구나."

호열은 운영의 변명 아닌 변명을 들으면서 나름대로 고개를 끄덕였다. 그러나 관리라는 말이 나오자 예전의 기억들이 떠올라 가만히 듣고 있을 수가 없었다.

"왜요? 관리가 된다고 나쁠 건 없잖아요. 오히려 항주에 가서 장사를 하시는 것보다는 좋다고 생각하는데요? 형님이 강호에 뜻이 없으시니 관리가 되시는 것이 좋다고 생각했습니다. 또 형님의 실력을 조금만 보여줘도 관리가 되는 것은 충분할 것이고요."

"음… 강호에 뜻이 없으니 차라리 관리가 되라? 허, 관리가 될 수 있다면 장사를 하는 것보다는 낫겠지. 그러나……"

'음… 그래, 장사보다는 관리가 낫겠지. 그러나 그게 쉽게 가능한 일인가? 내가 알기론 무슨 시험 같은 것을 치러야 한다고 들었는데? 이것 참……'

호열도 운영의 말에 귀가 솔깃하는 것을 느꼈다. 하지만 쉽게 다가갈 수 없는 것에 다가가라는 운영의 말이 어디까지 진실인지 알 수가 없어 황망할 뿐이었다.

"형님, 형님께서 무슨 생각을 하시는지 압니다. 그러나 그 문제는 박 장군님이 해결해 줄 것입니다. 설마 하니 박 장군께서 황제를 만나러 가는 자리에 형님을 대동하는데 뭐 임시로 조선의 관리직 하나 주시지 않겠습니까? 안 주면 문제가 커지는데요? 하하하, 그럼 나중에 황제를 만나더라도 훨씬 나을 것입니다."

"음… 운영아, 네 말에도 일리가 있지만 네가 그렇게 확신하는 근거라도 있는 것이냐?"

"하하하, 근거는요… 그러나 확실한 것은 황제를 만나게 되면 형님께서 시범을 보인다는 것입니다. 그것도 모든 사람들을 깜짝 놀라게 할 만한 것으로요. 음… 만약 그렇게 된다면 형님의 무공을 황제께서 높이 치하할 것이고, 또 운이 좋다면 지위가 낮은 무장에라도 오를 수 있을 것으로 생각됩니다."

"허, 하다못해 무장의 자리라… 그거라도 좋지. 암… 그 정도만 돼도 장사를 할 필요가 없지. 그렇고말고…….”

'그래, 그렇지… 내가 다른 나라 사람이기에 높은 자리는 당연히 안 되겠지. 그건 어쩔 수 없지. 하지만 아무리 말단 무장의 자리라고 하더라도 황제의 인정을 받아 얻은 자리니 다른 사람들이 함부로 대하지 못할 것이겠지. 또한 경제적인 어려움도 없고, 또 내 마음대로 편하게 살 수 있을지도…….'

호열은 운영의 말이 너무나 논리정연하게 귀에 쏙쏙 파고들었다. 그 동안 알게 모르게 앞날을 생각하며 고민에 빠져 있던 호열은 마치 앓던 이가 속 시원하게 빠진 것 같은 상쾌함마저 들 정도였다.

“그래, 알았다. 그 문제는 그만두기로 하자. 그러니 너도 더 이상은 그 얘기를 꺼내지 말거라. 알겠냐?”

“예, 여부가 있겠습니까. 그러니 형님께서도 한번 잘 생각해 보세요.”

“그래, 네가 하는 말이 무슨 뜻인지 잘 알았다. 그럼…….”

호열은 운영의 말을 곰곰이 생각해 보면서 천천히 자리에서 일어나 밖으로 자리를 옮겼다. 창밖으로 보이는 북경의 날씨는 정말 쾌청했다.

호열과 운영은 답답한 객점을 나와 북경 성문 앞에 세워져 있는 개시판(開示板)을 보고 있었다. 북경의 지리와 역사라고 쓰여진 커다란 편말이었는데, 북경에 대해 간략하게 기록해 놓은 것이었다. 호열과 운영이 밖으로 나올 수 있었던 것은 장백검과 사람들이 무엇을 하고 왔는지 모르겠지만 너무 늦게 오는 바람에 객점에서 하루 정도 머무르기로 해서이다. 그 덕에 지금 호열과 운영은 거리에 나와 즐거운 시간을 보내게 되었지만.

"운영아, 북경… 정말 넓구나. 아까 쓰여진 글을 너도 보았지? 허."

"예, 그냥 척 봐도 넓다는 것이 보이네요."

"그렇지? 아, 이렇게 사람들이 많다니… 봐봐, 그냥 발에 걸리듯 마주치는 것이 사람들이니 참……."

"그러게요. 정말 많은 것 같아요. 모두 뭘 하며 살까요? 또 이렇게 많은 사람들이 뭘 먹고? 저도 이렇게 사람들이 많을 줄은 정말 몰랐습니다."

"그러게. 햐! 어? 저것 좀 봐라. 허허, 신기하구나."

호열과 운영은 북적거리는 인파(人波)를 헤치면서 거리를 구경하기에 여념이 없었다.

'음… 북경이 이렇게 넓다면 도대체 중원은 얼마나 넓다는 말인가? 또 얼마나 많은 사람들이 살고? 허.'

호열이 살았고, 또 돌아다녔던 고향에는 이런 정도로 큰 마을은 없었다. 하다못해 고려의 수도였던 평양(平壤)도 이 정도는 아니었던 것이다.

"정말 넓다, 넓어… 중원이 넓다는 것은 알았지만 한 도시가 이 정도로 넓을 줄이야. 음… 그래, 무릇 사내대장부로 세상에 나왔으면 이렇게 넓은 곳에서 그 뜻을 펼쳐 이름 석자 정도는 한번 날려봐야지. 암……."

세상이 얼마나 넓은지 아직 모르지만 다시 한 번 두 주먹을 불끈 쥐고서 전의를 불태우는 호열이었다. 또한 호열은 자신이 그 어려운 죽음의 난관들을 하나하나 극복하면서 이렇게 중원으로 오게 된 것이 정말 잘한 일이라는 생각이 들었다.

"운영아, 우리 시간도 남아도는데 뭐 하며 놀까? 여기까지 왔는데 구경은 해야 할 것이 아니냐."

"예, 그렇지요. 언제 다시 이곳에 올 수 있을지 모르니. 음… 형님, 제가 한번 물어볼까요?"

"응? 뭘?"

"뭐기는요. 외지 사람이 여기에 오면 무엇을 먼저 구경하는지 알아야 하잖아요. 우린 아무것도 모르니 아무나 지나가는 사람들한테 물어서라도 구경해야지요."

"그렇지, 그래… 너 말 한번 잘했다. 어서 물어봐라. 이왕이면 여기서 오래 산 사람한테 물어보는 게 낫겠다."

"예."

호열과 운영은 '누구에게 물어봐야 제대로 대답해 줄 것인가?' 하는 고민을 하면서 주위 사람들을 훑어보았다. 장백촌에서 이런 경험이 있었지만, 무턱대고 모르는 사람이 물어보면 누가 쉽게 가르쳐 주겠는가? 가뜩이나 지나가는 사람들은 뭐가 그리 바쁜지, 쉴 틈도 없이 이리저리로 바쁘게 움직이고 있었다. 사람들이 얼마나 바쁘게 보였는지 지켜보는 호열과 운영은 정신이 다 없을 정도였다.

'허, 뭐가 그리 바쁜지. 그렇다고 돈을 많이 버는 것도 아닐 텐데……'

호열과 운영은 제대로 사람들에게 물어보지도 못하고 이리저리 차이면서 간신히 포목점(布木店) 옆에 한산해 보이는 곳에 자리를 잡을 수 있었다.

"휴, 뭐가 이렇게 정신이 없어? 이거 길 찾는 것도 힘들겠다."

"그러게요. 우리 동네에서 제일 번화한 장백촌도 이 정도는 아니었는데……."

"그러게 말이다. 지켜보는 내가 다 정신이 없으니… 그나저나 이러면 누구한테 물어봐야 되나?"

호열이 조금 정신을 추슬렀는지 다시 한 번 주변을 둘러보고 있었다. 그런데 한곳, 이렇게 주변이 어지럽게 돌아가는데 한산한 곳이 한군데 있었다. 마치 그곳은 이 북경에서 멀리 동떨어진 곳처럼 사람 하나 없었던 것이다. 아니, 사람이 있기는 있었다. 두 사람이었는데 자세히 바라보니 그들은 거리에 노상으로 자리를 잡고 앉아서 사람들의 길흉화복(吉凶禍福)을 봐주는, 한마디로 점(占)을 봐주는 사람들이었다. 둘 다 머리를 숙이고 앉아 있어 자세히는 알 수 없지만, 한 사오십 대로 보이는 중년인 한 사람과 이십 대 중반으로 보이는 승복 차림의 젊은 사람이었다.

호열은 그들을 지켜보다가 이곳에서 가장 한가한 사람들이 저들이란 생각에 그들에게 가서 과연 북경의 어디를 구경해야 잘했다고 할수 있는지 한번 물어보기로 했다. 어차피 점을 보는 사람들이고 한가하니 쉽게 가르쳐 주겠다는 생각이 들었던 것이다.

"운영아, 저기… 저기 점 보는 곳으로 가자."

"옛? 형님, 거긴……."

호열은 운영의 부르는 소리도 듣지 않고 그곳으로 가고 있었다. 이에 할 말을 잃어버린 운영은 고개를 절레절레 흔들면서 따라갔다. 혹시나 호열이 무슨 일을 저지르지 않을지 걱정이 들었기 때문이다. 얼마 가지 않아 그런 운영의 생각은 적중하였다. 그곳에서 호열의 목청 찢어지는 소리가 났던 것이다. 운영은 일이 더 커지기 전에 얼른 달려갔다. 한시라도 혼자 내버려 두면 사고를 치고 다니는 호열을 생각하면서 운영은 자신의 앞날을 다시 한 번 생각해 봐야 하지 않나 하는 걱정이 들었다. 하지만 그것은 생각으로 끝날 뿐이고, 현실은 운영의 마음을 외면하고 있었다.

"아니, 도대체 나를 어떻게 보고 그런 소리를 하는 거요? 모르겠다니? 도대체 점을 본다는 사람들이 모르겠다니? 그게 어디 점을 보러 온 사람한테 할 소리요?"

"나는 모르네. 그러니 저리 가시게, 햇빛 가리지 말고."

"뭐? 햇빛? 이……"

"형님, 무슨 일이십니까? 자자, 진정하세요."

"그래, 마침 잘 왔다. 운영아, 글쎄, 저 미친놈이……"

호열은 운영이 오든 말든 점을 보는 곳으로 달려갔다. 그곳에 도착해서 보니 보통 점을 보는 사람들이 가지고 다니는 것들은 보이지 않고, 두 사람은 달랑 돗자리 하나만 깔고서 땅만을 바라보며 앉아 있었던 것이다. 하다못해 별의 위치를 보고 점을 친다는 별자리 그림이나 인간의 얼굴이 그려져 있는 관상도(觀相圖)나 손금이 그려진 수상도(手相圖) 등등 이런 것들은 아예 눈을 씻고 봐도 보이지 않고, 크게 '길운(吉運)'이란 글이 적혀 있는 깃발밖에 보이는 것이 없었다. 호열이 과연 이 사람들이 정말 점을 봐주는 사람들인지 의심할 정도로 그들의 앞엔 아무런 것도 놓여져 있는 것이 없었다.

호열은 이 사람들이 혹시 사이비가 아닐까? 하는 생각이 들었지만 그래도 혹시나 하는 마음으로 중년인에게 다가갔다. 가까이 다가가서 보니 중년인은 일반 점을 봐주는 사람들 같지 않게 세월의 풍파가 비껴 지나간 것처럼 얼굴은 조금 살이 올라 둥글면서 약간 각이 졌으며 무슨 불교 사원의 큰스님처럼 근엄함을 갖추고 있었다.

"흠흠, 이보시오. 뭐 좀 하나 물어봅시다."

하루 종일 조용하던 곳에 호열의 목소리가 들려오자 중년인은 잠시 '무슨 일인가?' 하는 얼굴로 호열의 얼굴을 뚫어지게 쳐다보았다. 그러나 그것도 잠시뿐이었다. 중년인은 마치 아무 일 없었다는 듯, 다시 고개를 숙이며 아무런 말도 하지 않는 것이다.

호열이 물어보았으니, 아니, 다른 사람이 물어보았다고 해도 점을 보는 사람이라면 당연히 '이래라. 저래라. 좋다. 싫다' 란 말을 해야 정상이다. 그러나 마치 호열을 보며 지나가던 똥개를 한번 쳐다보듯 보고는 고개를 숙이는 것이었다. 이에 호열은 막 뭐라고 하려다가 그래도 자신이 아쉬운 판이니 한번 꾹 참고 다시 물어보기로 했다.

"이보시오. 내 잠시 물어볼 것이 있으니 고개 좀 들어보시구려."

"……."

"이보시오. 이보시오! 길 좀 물어봅시다."

재차 호열이 물어보는 말에도 중년인은 계속 고개를 숙이고 대답이 없자 호열은 화가 머리끝까지 차 오르는 것을 느꼈다. 이에 더 이상 참기가 힘이 들어서인지 호열은 머리 뒤쪽으로 손을 가져가고 있었다. 지압(指壓)을 하기 위해서였다. 가뜩이나 요즘 계속 신경 쓰는 일이 많아서 머리가 지근거리고 아픈데 이젠 거리에서까지 혈압을 오르게 하는 일이 생겼으니. 그러나 참는 자에게 복이 온다는 말이 있듯이 호열은 또 한 번 참아보기로 했다.

'참자, 참어. 참을 인(忍) 자 세 번이면 살인도 면한다는데 한 번만 더 참자. 한 번을 못 참겠어? 그래… 아이고, 머리야. 으…….'

다른 사람 같았으면 재차 호열과 같은 이런 무시를 당하고선 싸움이 일어나든지, 아니면 그냥 모른 체하고 지나가겠지만 오기가 생긴 호열은 호흡을 가다듬고 다시 한 번 물어보기로 했다.

'음… 그래, 이번에 다른 걸로 한번 물어봐? 이왕 시작한 거 그 끝은 보아야지. 암……'

호열은 이들이 점을 보는 사람들이라는 것을 인식하고는 이번엔 점을 한번 보기로 했다. 이들의 특성을 이용하면 돈은 좀 들어가겠지만, 이왕 일이 여기까지 온 것이니 한번 재미 삼아 점을 쳐보기로 마음먹은 것이다. 어차피 돈은 운영이 낼 것이니.

"이보시오. 그럼 내 점이나 한번 봐주시오."

"……."

"음… 이보시오. 점이나 봐달라고. 점! 점!! 한 번 봐달라는데도 싫으시오? 왜! 아무 말도 없는 거야, 왜!! 내가……"

"모르오."

호열이 다른 곳으로 가지 않고 계속 시끄럽게 떠들어대자 중년인은 가만히 있기가 뭐했는지 호열에게 딱 한 마디를 했다. 그것도 짧게. 아주 짧게.

"응? 모르오? 지금 내게 한 말인가? 맞소, 내게 한 말?"

"그렇다네. 난 자네의 운은 모르네. 그러니 저리로 가시게."

"뭐라고? 이보시오. 도대체 점을 보러 온 사람한테 그런 말이 어디 있소? 모르겠다니? 그것이 점을 보러 온 사람에게 할 말이오?"

"음… 나도 자네에게 이런 말을 하긴 싫지만 어쩔 수 없다네. 모르는 것은 모르는 것이니. 그러니 자네도 낮잠 방해하지 말고 저리로 가게나."

"뭐? 이……"

호열에게 이곳에 와서 중년인과 벌인 논쟁에 대한 장구한 상황 설명을 들은 운영은 잠시 점 보는 사람을 쳐다보았다. 역시 멀리서 보았던 그대로 행색이 남루한 것이 그렇게 용한 사람들로는 보이지 않았다. 하지만 처음 생각한 것과는 다르게 운영은 중년인의 몸에서 만만치 않게 뿜어져 나오는 기운을 느낄 수 있었다. 호열도 처음 멀리서 이상한 기운이 느껴지는 것을 한눈에 알아보고서 이곳을 찾은 것이지만.

그러나 운영이 이해할 수 없는 것은 '왜 이런 곳에 이런 기인이 있는 것이냐?' 하는 것이었다. 그것도 다른 사람이 보기 민망할 정도로 남루한 차림의 점을 보는 사람으로.

"저… 실례하겠습니다. 말씀 좀 여쭈어봐도 되겠는지요?"

여태까지 호열의 말에는 움직일 기미도 보이지 않던 중년인이 운영의 물음에 순간 고개를 치켜들고선 운영의 얼굴을 세심하게 살펴보았다. 지금까지 무표정하던 중년인은 얼굴에 환한 웃음이 번지면서 옆에 있던 청년에게 시선을 돌렸다.

"만성(萬成)아, 이 사람의 얼굴을 자세히 보거라. 그래, 이 사람의 관상은 어떤 것 같으냐?"

"음… 예, 스승님. 제가 언뜻 보아서는 저 사람은 몸이 날렵하면서 키가 큰 편이고, 또한 머리가 둥글고 이마가 넓게 보입니다. 음… 그리고 눈이 온화하며 착하고 맑으며, 코가 가는 듯하며 입이 작은, 아… 그건 아니군요. 콧방울이 크고 입술이 선명하지만, 음… 예, 대략적으로 살펴본 결과 제 생각으로는, 음… 예, 학상(鶴相)이 아닐까 합니다."

중년인의 옆에 앉아 있던 승복의 차림을 한 젊은 사람이 운영의 이모저모를 뚫어지게 바라보면서 연신 입을 놀려댔다. 하지만 그런 모습을 옆에서 지켜보고 있는 호열은 연신 뒷목을 주물러 댔다.

"음… 그래, 나름대로 잘 보았다. 하지만 학상은 아니구나."

"옛? 학상이 아니라고요? 그럼?"

"허허허, 그래… 저 젊은이의 물형을 살펴보니 너의 말대로 학상과 언뜻 비슷한 점은 많은 것 같지만 가장 중요한 것이 다르구나. 이 사부가 보기엔 학상이 아니라, 음… 용상(龍相)이로구나. 그래… 용상이야. 그것도 상품(上品)의……."

중년인은 젊은 제자의 풀이를 듣고 있다가 모든 설명이 끝나자, 지그시 감고 있던 눈을 뜨면서 운영의 모습을 다시 한 번 쳐다보았다. 순간 중년인과 눈이 마주친 운영은 따끔거리는 것을 느꼈다.

"헉, 음……."

"옛? 용상이라고요? 사부님, 정말입니까?"

"그렇다, 만성아. 용상이니라. 음… 잘 보아두거라, 상품의 용상은 앞으로 보기 힘든 상이니. 우린 오늘 운이 좋았구나. 허허허."

"예, 사부님. 정말 그런 것 같습니다."

"만성아, 용상의 상을 한 사람은 극귀(極貴)한 인물로 행동이 출중하고 위의(威儀)가 당당해 보이며, 얼굴이 길고 이마로부터 뻗어 내린 모습이며 눈이 길고 안광이 매서우면서도 온화함을 동시에 가지고 있는 것이 특징이란다. 가장 중요한 것이지. 특히 용상은 수염이 잘생겨야 하는데, 음… 아직 저 청년의 수염이 자리 잡지 못한 것이 아쉽구나. 아직 때를 만나지 못한 것이겠지. 하지만 저 젊은이의 물형은 모든 물형 중 최고의 형상이니 조만간 크게 이름을 얻을 상이로고. 음… 이 사부의 말 알겠느냐?"

중년인은 운영을 가리키며 만성이라 불리는 젊은 청년에게 운영의 물형에 대해 자세하게 설명을 하였다. 어느새 '무슨 일인가?' 하는 생각으로 주변엔 많은 사람들이 모여들었지만, 중년인은 그런 것에는 신경 쓰지 않고 설명하기에 열중하고 있었다.

옆에서 계속 도끼눈을 뜨고서 그 자리를 지키고 있는 호열도 완전히 무시한 채로. 사실 아직까지 거기 서 있는지도 모르고 있는 것 같았지만.

"예, 사부님의 말씀을 들으니 확실히 다르군요. 잘 알겠습니다."

"그래, 오늘 우리는 좋은 공부를 하였느니라."

"예, 사부님."

처음 중년인에게 할 말이 있어 다가갔던 운영은 자신을 뒤로하고 자기들끼리 얘기에 열중하여 중간에 끼어들기 거북했다. 그에 운영은 어쩔 수 없이 중년인의 얘기가 끝나기를 기다리기로 했다. 이들의 대화를 조용히 들으면서 운영은 하는 이야기가 자신을 가리켜 극찬(極讚)을 하는 것인지라 절로 기분이 좋아졌다. 그러나 운영의 그런 기분과는 다르게 계속 옆에서 지켜보고 있던 호열은 중년인의 그런 모습을 보면서 분한 마음을 최대한 가라앉히려고 노력하는 모습이었다.

운영은 순간 옆에서 알 수 없는 거대한 압력이 피어오르자 깜짝 놀랐다. 얼른 놀란 가슴을 뒤로하고 주변을 둘러보자 그 기가 누구의 것인지 대번에 알 수 있었다. 운영은 '자신이 왜 이곳에 왔는지, 왜 호열이 화를 내고 있는지'와 같은 상황을 인식하게 되자 실수를 깨닫고는 어떻게든 이 형세를 무마시켜야만 한다는 생각이 들었다. 아무리 중년인의 기세가 뛰어나다고는 해도 운영이 아는 한 호열을 당하지는 못할 것이기 때문이었다. 호열의 무서움을 누구보다 잘 알고 있는 운영이었기에.

호열의 주위로는 지금 막대한 양의 기가 방출되고 있었다. 다만 그 기운을 일반 사람들은 전혀 느끼지 못하고 있었다. 운영도 얼마 전 박장군과 현운 장문인의 앞에서 무공 시범을 보일 때 깨달음이 없었다면 지금의 거대한 기운을 감지하지도 못했을 것이다. 그때 순간 떠오르는 깨달음으로 운영의 무리(武理) 역시 최절정을 넘어 자신의 내공과 함께 당당히 초절정의 경지에 오르는 쾌거를 거두었다. 더 이상 반쪽짜리 초절정고수가 아니라 완전하게 초절정고수의 반열에 올라선 것이다.

무공을 사용함에 있어 기의 사용을 용(用)에서 마음으로 검의 본질을 깨닫고 검에 마음을 담아 그 마음으로 다스릴 수 있는 꿈같은 경지에 당당히 입성한 것이다. 아직 초입이라 그 완성도가 많이 떨어지지만, 그 길에 들어선 지금 세월의 흐름에 자연히 자신만의 검을 완성하게 될 것이다. 아무도 익힐 수 없는 자신만의 독특한 검을.

그 후로 호열에게 따로 말을 하지는 않았지만 운영은 그동안 호열에게서 느끼지 못하던 거대한 압력을 느낄 수 있었다. 도저히 인간으로서 상상하지 못할 정도의 거대한 기를.

"만성아, 이곳에서 평생을 살아도 보기 힘들다는 용상을 보았으니 더 이상 이곳에 있어보아야 별다른 소득이 없겠구나. 그러니 그만 일어나자꾸나."

"예, 사부님."

중년인이 젊은 청년을 데리고 아무런 말 없이 떠나려고 하자 운영은 화가 머리끝까지 난 호열보다 먼저 중년인에게 말을 걸어야만 했다. 다른 사람들은 사정을 모르겠지만 지극히 위험한 상황이었기 때문이다. 그 주된 원인을 제공하고 있는 장본인인 호열의 얼굴이 점점 보기 싫게 찌그러지기 시작했으므로.

'이런, 더 이상 저대로 형님을 방치하다간 무슨 일이 생길지 모르겠다. 어서 이 사건을 수습해야지 안 되겠군. 음……'

"저기, 저… 응? 이런……"

지금 운영은 호열의 모습을 보는 것만으로도 예전에 느끼지 못했던 압력을 느끼고 있었다. 말로 표현할 수 없는 거대한 기의 압력 때문에 운영은 숨이 꽉꽉 막혀오는 답답함에 더 이상은 버티기 힘들었다.

운영은 생각을 함과 동시에 호열과 중년인의 사이로 끼어들어 중년인에게 막 뭐라고 하려는데, 중년인이 갑자기 앉았던 자리를 털고 일어서더니 청년을 데리고 대로로 걸어가기 시작했다. 주변 사람들의 따가운 시선과 거리를 오가며 북적대는 사람들을 피해 길 북쪽으로 걸어가는 것이다. 사람들이 없는 한산한 곳을 찾아서.

"헉헉, 이, 이보시오. 잠시 저와 좀 더 얘기를 하시면 안 되겠습니까?"

"응? 음… 글쎄요. 허, 알았소이다. 나와 대화를 하고 싶으면 따라오시구려. 자네의 형이 저렇게 열이 올라 있어 여기는 피하는 것이 좋겠으니."

"헉헉, 그, 그러지요. 음… 형님, 그렇게 하는 것이 좋겠습니다."

운영은 호열의 기에 숨이 막혀오는 것을 간신히 참으며 중년인의 동의를 구하는 데 성공하였다. 그에 운영은 호열의 얼굴을 바라보며 눈빛으로 어떻게 했으면 좋겠냐는 표정을 보였다.

"음… 알았다, 알았어. 따라가 보자. 주변에 사람들만 없었으면……"

호열은 지금 최대한 참고 또 참고 있었다. 조용히 물어보았는데도 중년인은 호열에게 말도 한마디 하지 않았다. 그런데 운영은 가만히 있었는데도 줄줄 칭찬을 하였다. 그에 화가 난 호열은 비루먹은 것처럼 생긴 젊은 청년을 보면서 더욱 화를 삭일 수 없었다. 중년인의 곁에 있으면서 아무 말 없었다는 것이, 또한 중년인과 함께 움직인다는 것이 생각할수록 화가 났다.

호열은 중년인의 행동을 보면서 '그럼 내가 운영이보다 못하다는 것인가? 그래서 나는 거들떠보지도 않고 운영의 말에만 대답을 하는 것인가? 내가 그렇게나 하찮은 존재였는가?' 라는 생각이 들기 시작하자 그동안 꾹 눌러 참고 있던 이성이 무너지면서 처음으로 의지와는 상관없이 몸 밖으로 기의 방출이 끝없이 일어났다. 하지만 아직까지 조금은 이성이 남아 있었는지라 살심이 일지는 않고 있었다. 아니, 살심이 일어난다고 해도 호열은 그것을 사용하지 않았을 것이다. 아직까지 살인에 대한 강한 혐오감을 가지고 있었기 때문이다.

호열의 생각으로도 이곳에서 시비(是非)가 붙는다면 곤란했다. 그렇다면 차라리 사람이 잘 다니지 않는 곳으로 가서 중년인에게 따지는 것이 좋겠다고 생각했다. 여기서 중년인을 상대하게 되면 다른 사람들의 구경거리가 될 것 같았기 때문이다.

"예. 헉헉, 휴… 감사합니다."

운영은 호열이 방출하던 기의 압력이 느슨해지는 것 같아 적지 않게 안심이 되었다. 이제 해결의 실마리를 잡을 수 있다는 생각이 들었기 때문이다.

중년인이 간 곳은 복잡한 시내에서 조금 떨어진 구릉 지대로, 포목점에서 약 한 시진가량을 걸어서야 도착할 수 있는 곳이다. 하지만 북경 시내가 한눈에 들어오는 것은 물론 사방이 확 트인 큰 연못이 있어 잠시 쉬어 가는 곳으로는 명당이라 할 만한 자리라는 생각이 들었다.

음… 동쪽의 끝이라……. 173

화가 머리끝까지 났던 호열도 그렇게 한 시진 가까이 중년인의 뒤를 따라 걷다 보니 점점 얼굴이 펴지면서 평상시의 차분한 마음을 되찾을 수 있게 되었다. 사람들로 북적대는 시내에서 좋은 경치를 감상할 수 있는 곳으로 오게 되었으니 원래의 목적을 어느 정도 달성했다는 생각까지 들었다. 호열과 운영의 원래 목적은 구경이었으니 중년인을 따라가면서 할 것이 없어지자 괜히 건강에 나쁘게 계속 화를 내기보다는 우선은 주변의 좋은 경치나 구경하자는 마음이 들었던 것이다.

호열의 변화를 계속 주시하면서 걸어가던 운영은 호열의 미묘한 변화를 눈치 채지 못할 정도로 둔하지 않았다. 운영은 호열의 변화를 느끼고서 내심 안심하게 되었고, 그에 무거운 분위기를 바꾸기 위해 조용히 앞서 가던 중년인에게 말을 걸기로 했다.

"저… 이곳은 어디입니까? 경치가 참 좋습니다."

"허허, 그런가? 이곳은 북경의 서쪽에 있는 북해공원(北海公園)이라고 한다네. 정말 경치가 좋지."

"아, 북해공원이라… 참 좋은 곳이군요. 이렇게 번잡한 곳에도 이만큼 좋은 곳이 있었다니."

운영은 중년인의 설명을 들으며 다시 한 번 주변을 둘러보았다. 정말 말이 필요없을 정도로 편안한 분위기를 만들어주는 공원이었다.

북해공원은 고궁(古宮) 서북쪽 경산공원(景山公園)의 서쪽에 위치해 있는 곳으로 요나라 때에 만들어진 언덕과 경도를 둘러싼 북해라는 연못을 중심으로 만들어진 공원이다. 옛날 북송을 물리쳤던 북방 민족 국가인 금나라가 당시 북송의 수도였던 개봉(開封)에서 가져온 거석을 사용해서 경도라는 언덕을 만들었다고 전해지며 그 후로 이곳이 북해공원이라 불려지게 되었다.

또한 북해공원과 그리 멀지 않은 곳에 접해 있는 경산공원은 북경에서 제일 높은 곳에 인위적으로 만든 공원이다. 공원 안에 있는 다섯 개의 낮은 산봉우리는 원나라 때 북쪽으로부터 오는 악령을 막기 위해 인공으로 만든 것으로, 원나라의 역대 황제들이 황성의 북쪽인 신무문을 거쳐 이곳으로 나와 자주 산책을 즐겼다고 전해진다. 또한 산봉우리 중 가장 높은 곳에 위치해 있는 만춘정(萬春亭)이라는 곳에서 바라보는 경산 석양은 천하의 일품이라 한다.

"그래, 좋은 곳이지. 해가 지는 시각에는 더욱… 저기 멀리 보이는 산봉우리에 만춘정이란 곳이 있다네. 그곳에서 석양이 지는 것을 볼 수 있다면 이곳 북경에서 다른 것을 다 못 보아도 후회하지 않을 정도로 북경을 다 보았다고 할 수 있지. 허허."

"정말로요? 아, 정말 그곳의 경치가 그렇게나 빼어난 곳인가요?"

운영은 중년인의 설명을 들으면서 감탄을 금하지 못했다.

"그렇지. 그러니 내 자네에게 이렇게 소개하고 있지 않은가? 허허허."

"아, 감사합니다. 나중에 한번 그곳에 가보아야겠군요."

"글쎄, 그건 자네가 알아서 하게나."

"하하, 예… 자, 형님, 이리로……."

앞서 가던 중년인이 공원 안에서도 조금 한가하게 보이는 곳을 찾아서 자리에 앉자 운영도 뒤따라오던 호열에게 어서 오라고 손짓을 해 보였다.

"싫다. 너나 앉아라. 하찮은 나는 여기 서 있을 테니."

"옛? 아, 형님, 그렇게 화만 내지 마시고 이리로 오세요. 이분도 여기 앉으라고 하시는데……."

"음… 그……."

"아, 그냥 놔두게. 굳이 서 있겠다니 자네나 어서 앉게."

"응? 이……."

'이런, 그냥 앉으라고 할 때 앉을걸. 어떻게 세상에 저런 몰염치한 사람이 있냐?

호열은 운영의 재차 부탁하는 말에 못 이기는 척 막 앉으려고 하는데 나온 톡 쏘는 듯한 말에 가뜩이나 밉게 보이는 중년인이 더욱 밉게 보였다. 옆에서 아무런 말 없이 앉아 있는 청년은 덤으로 더욱 밉게 보였고.

하지만 호열은 계속 서 있을 수만은 없어서 살며시, 아주 살며시 앉았다. 사람들의 눈치가 보였지만 그래도 어정쩡한 자세로 서 있는 것보다는 엉거주춤한 자세로라도 앉는 것이 편했기 때문이다.

"흠흠, 그래, 이보시오. 빨리 할 말이 있으면 해보시오. 무슨 할 말이 있어서 나를 여기까지 따라오게 했는지, 말이야 바른 말이지 나 굉장히 바쁜 사람이오. 음……."

어떻게든 이 찔리는 상황을 모면하기 위해 말을 다른 곳으로 돌리려고 애를 쓰는 것이 옆에서 그런 모습을 바라보고 있던 운영이 다 안쓰러울 정도로 역력했다.

"음… 예, 저… 우선 성함이라도……. 전 운영, 정운영(鄭雲嶺)이라고 합니다."

"음… 정운영이라… 좋은 이름이군. 허허. 글쎄… 세상에 꼭 자기의 이름을 밝혀야만 하는 것은 아니라네. 그냥 부평초처럼 한세상 살다가 가면 그만인 것을… 그러니 그냥 이름없는 점쟁이라고 생각하시게."

중년인은 운영의 이름을 들으며 몇 번 되새기다가 보는 이의 마음을 편안하게 해주는 웃음을 보였다.

"음… 그렇게 말씀하시니 그럼 그렇게 하겠습니다."

'음… 왠지 멋있는 말 같은데. 이거 기억하고 있다가 나도 한번 써먹어야지, 폼나게. 그나저나…….'

옆에서 아직까지 어정쩡한 자세로 가만히 이야기를 듣고만 있던 호열은 중년인의 말이 가슴속 깊이 와 닿는 것을 느꼈다. 가슴속 깊이 팍 팍!! 세상을 아무것에도 얽매이지 않고 자유롭게 살아가는 중년인의 모습과 함께 왠지 평소처럼 기억에서 사라지지 않고 아련하게 다가왔던 것이다.

"그래, 나같이 보잘것없는 점쟁이의 뒤를 이렇게 따라온 이유가 무엇인가?"

"옛? 음… 예, 아까 제게 해주신 말씀이 무슨 뜻인지 궁금해서요. 제게 다시 한 번 상세히 말씀해 줄 수 있으십니까?"

"허, 겨우 그거였나? 난 또 여기서 한바탕할 줄 알았지?"

중년인은 운영의 말을 쉽게 알아들을 수 있었다. 밀은 운 을 본다고 했지만, 어색한 분위기를 다른 곳으로 돌리기 위한 방편으로 하는 말이란 것을 알 수 있었던 것이다. 그에 중년인은 아직까지 자신을 뚫어지게 바라보고 있는 호열을 한번 쳐다본 후 미묘한 웃음을 지어 보였다.

"그래, 난 한바탕하러 왔다. 그러니…….'"

"형님, 조금만 참으십시오. 무슨 이유인지 설명이나 들어보시고, 화를 내더라도 그때 내시는 것이 좋잖아요. 그러니 잠시만…….'"

호열은 중년인의 말과 미묘한 웃음에 발끈해서 여기까지 오는 동안 사라졌던 기의 분출이 다시금 일어나고 있었다. 운영은 이에 깜짝 놀라서 빨리 호열을 진정시켜야 사태가 완만하게 수습되겠다는 생각에 호열의 팔을 붙잡고 놓아주질 않았다.

"음… 휴, 알았다. 그러나 만약 합당한 이유가 없다면 내……."

"예… 알았습니다. 그러니 지금은 조금만, 조금만 참으세요. 가뜩이나 요즘 신경을 많이 쓰셔서 몸도 안 좋으신 것 같다고 제게 말씀하셨잖아요."

"내가? 그래, 그랬었지. 음……."

호열은 운영의 조리있는 말에 함부로 화를 낼 수가 없었다. 따지고 보면 호열이 무턱대고 다가가서 생긴 일이기 때문이다. 그래서 호열은 우선 중년인과 운영의 얘기가 어떻게 돌아가나 상황을 주시해 보기로 했다. 그 후 나중에 어떻게 되든 그때 처리를 해도 상관은 없다는 생각이었다. 그래서 호열은 운영이 마음 놓고 얘기를 할 수 있게 한쪽 옆으로 자리를 만들어주었다.

호열이 자리를 비켜주는 동안 중년인과 만성이란 젊은 청년은 아무런 동요도 없이 자리에 앉아 편안한 자세를 취하고 있었다. 호열이 보기엔 마치 '너는 짖어라, 나는 쉬련다' 라는 표정으로 보일 정도였다. 호열은 자리를 비켜주면서도 그런 중년인과 청년의 모습을 보자 갑자기 뒷골이 땡기는 것을 순간적으로 느꼈지만, 이미 운영과 약속을 했으니 당장은 참아야만 하는 입장이었다. 꾹!! 두 손을 굳게 움켜쥐고 참아야만 하는 약속의 무서움이 또다시 발휘되는 순간이었다. 사내대장부가 자기 입으로 한 말은 지켜야 하는 것은 당연한 일이었니.

호열은 자신을 항상 대장부라고 생각하고 있었다. 그래서 항상 대도(大道)를 걷겠다는 야무진 꿈을 간직하고 있었던 것이다. 과연 그 꿈이 끝까지 지켜질 수 있는지 그것이 의문이지만…….

"그래, 내 아까 한 말이……."

"예, 저보고 용의 상이라고 하셨습니다."

"허허, 그래, 그랬지……."

"예, 그게 어떤 것인지 설명을 좀…."

"응? 맨입으로? 음… 복채(福債)가……."

얄밉게도 지금 중년인은 운영의 앞에 한 손을 내밀고 있었다. 지금의 상황이 어떤 위험한 상황인지도 모르는 듯이 떡하니 손바닥을 펴 보이고 있는 것이다.

운영은 그런 중년인의 말에 속이 타는 것을 느꼈지만, 웬일인지 옆에 앉아 있는 호열에게서는 아무런 반응이 일어나지 않고 있었다. 지금의 상황은 완전히 운영에게 일임한다고 생각한 것인지 아예 신경을 쓰지 않는 것 같았다.

"이, 에, 여기……."

운영은 호열의 반응에 신경을 쓰고 있다가 아차 하는 생각으로 얼른 품에서 동전 두 냥을 꺼내 중년인에게 내밀었다.

"그래, 뭐 지금은 이 정도밖에는 여유가 없겠지. 그래, 그럼 내 이 정도만 받고 설명해 주겠네."

"예, 죄송합니다. 더는 여유가 없어서… 그럼 귀를 씻고 경청하겠습니다."

운영은 중년인의 말을 들으면서 미안한 마음에 고개를 숙였다. 지금 수중에 가지고 있는 돈은 조금 더 있었지만, 부모님이 힘들게 벌어주신 것이기에 함부로 쓰기에는 내키지 않았던 것이다.

음… 동쪽의 끝이라……. 179

"그래. 음… 자네도 보았듯이 난 이곳저곳을 떠돌며 사람들의 점을 봐주는 사람이라네. 그냥 점이 아니라 그 사람의 관상, 즉 물형을 주로 보고 있지."

"물형이요?"

"그래, 물형. 무릇 사람의 물형이란……."

이렇게 시작한 중년인의 열띤 설명은 호열이 쉽게 알아들을 수 없을 정도로 길고 지루했다. 하지만 뭔가 심오한 학문을 경청하는 기분과 들어서 손해 볼 것은 없다는 생각에 꾹 참고 들어보기로 했다.

그렇게 얼마간의 시간이 흐르자 호열은 나름대로 중년인의 얘기를 들으면서 정리할 수 있었다. '이건 어떻고, 저건 어떻고, 또 뭐는 어떻더라…' 라는 식의 간단한 것이었지만, 그것만 해도 머리가 터질 정도였다. 호열이 중년인의 얘기를 들으면서 나름대로 요약한 내용은 다음과 같았다.

오랜 옛날부터 중원의 관상학에도 단편적인 물형법이 존재해 있었다. 그 예로 삼국시대 조조(曹操)의 상을 알아본 허교(許喬)라는 관상을 보는 사람이 있었다. 그는 조조를 보며 '치세에는 어진 신하이나 난세에는 간웅의 형상이다' 라는 말과 함께 '봉황(鳳凰)의 눈썹에 용의 형상을 하고 있다' 라는 말로 그 당시 조조의 물형을 남겼다 한다. 뭐, 남겼든 안 남겼든 호열과는 크게 상관없는 얘기였지만.

그 후 물형은 끝없는 발전을 거쳐 관상학에서 없어서는 안 될 매우 중요한 부분을 차지하게 되었다. 물형은 말 그대로 사람의 천지 순환의 기운과 인간의 인과응보에 대한 경중에 따라 날 때부터 타고난 동물의 형상을 말한다. 곧 물형은 천명이라 할 수 있는 것이다. 여하튼 중년인이 말하는 물형은 굉장히 중요하고도 신비하다는 말이었다.

중년인이 너무나 진중하게 이야기를 이끌어가자 호열이 한순간 함부로 범접할 수 없는 인물 같다는 생각을 갖게 하기에 충분했다. 중년인이 학문에 심취해 있는 모습은 흡사 성인(聖人)의 모습을 연상시키고 있었던 것이다.

마지막으로 중년인이 말하는 물형의 종류로는 간단하게 용상·봉황상·호랑이상·현무상·학상·쥐상·코끼리상·이무기상·기린상·매상·닭상·족제비상·여우상·까마귀상 등이 있었으나, 그것은 대략적인 것으로 깊이 따지고 들어가면 이보다 엄청 많았다. 하지만 지금의 호열로서는 이것도 기억하기 힘들었다.

"어떤가? 이제 조금은 이해할 수 있겠는가?"

"음… 글쎄요. 아직… 제가 좀 둔하거든요. 그래서 형님께 자주 꾸중을 듣고 있지만……."

"허허, 정말 둔한 사람이구먼. 아까 내가 말했던 대로 자네는 용상이라네. 그것도 상품을 타고났고. 이렇게 직접적으로 얘기해 줘도 모르겠는가?"

"아, 용상… 그건 저도 얘기를 들었기에 알고 있습니다. 다만 저 같은 사람이 어찌……."

'음… 장백산 깊은 산골, 그 오지의 마을에서 무지하게 자란 나보고 용상의 물형이라니…….'

운영은 한 손으로 자신의 머리를 긁적이면서 중년인이 하는 말에 아직까지 실감나지 않는다는 표정이 역력했다. 어느 누가 있어 그런 말을 쉽게 믿으려 하겠는가? 다만 믿지는 않는다고 하더라도 기분이 좋아지는 것은 어쩔 수 없었다.

"글쎄, 그건 모두 자네 조상들의 선행이 쌓이고 쌓여서 그렇게 됐을 수도……."

"아, 음……."

운영은 중년인의 이해되지 않는 말을 들으면서도 고개만은 저절로 끄덕여지고 있었다. 자신도 모르게 운영은 중년인의 말에 한순간에 도취되어 버렸다.

호열은 평소 점을 보는 사람들을 이해하지 못했었다. 지금도 그렇고, 점을 본다는 것 자체를 싫어했다. 옆에서 한창 중년인과 얘기를 나누고 있는 운영은 그렇지 않은 것 같지만.

호열이 옛날부터 점을 보는 것을 싫어했던 것은 아니었다. 아버지가 돌아가신 후 한 달 정도 됐었을 때, 너무나 심란하고 자신의 앞날이 걱정이 되어 흥미 삼아 한번 그 지방에서는 용하다는 곳을 찾아 점을 본 일이 있었다. 그때 그곳에서 너무도 기억하기 싫을 정도로 굉장히 심한 말을 들은 후부터 점이란 볼 것이 못 된다는 생각이 깊숙이 자리 잡아 버렸다. 호열은 그때부터 운이란 하늘에서 미리 만들어진 것이 아니라 자신의 노력으로 만들어 나간다는 생각으로 살아왔다.

사람의 심리란 참으로 천방지축, 손바닥 위에서 어디로 뛸 줄 모르는 청개구리보다 더욱 예측하기 힘든 것이다. 하물며 만물의 영장이라는 사람의 앞날을 미리 예측하기란 더욱 어렵다. 하지만 누구나 자신의 앞날이 어떻게 될지 생각해 보지 않은 사람은 한 명도 없을 것이다. 과연 '자신은 미래에 어떤 사람이 되어 있을까? 부자일까? 장군일까? 학자가 되어 있을까? 아니면 그냥 하루하루를 간신히 사는 평민?' 등 등. 하지만 이 모든 것들이 하늘이 미리 점지해 주는 것이 아니라 그 자신의 노력 여하에 달려 있다고 생각해 오던 호열이었다. 평소부터 '아무리 운이 좋은 사람이라고 하더라도 그 운을 잡을 준비가 되어 있지 않은 사람이 어떻게 잡겠는가?' 란 생각을 가지고 살아왔던 호열은 중년인의 말을 들으면서 자신의 그런 생각을 다시 한 번 되새기고 있었다.

'그래, 운이란 노력하는 사람에게 오기 마련이야. 노력하지 않는 자에겐 천운도 피해가고, 노력하는 사람에겐 악운도 막을 수 있는 힘이 생기게 되는 것이지. 암… 저 중년인이 아무리 지금 신비한 척해도 다 그렇고 그럴 뿐이야. 역시 점은 믿을 게 못 돼……'

호열의 곱지 않은 시선을 느꼈을 만도 한데, 알면서 그러는 것인지 아니면 정말로 모르는 건지 중년인은 호열을 철저히 외면하면서 운영하고의 대화에 열중하고 있었다.

"음… 책에도 나와 있고 또한 자네도 어딘가에서 귀동냥이라도 했으면 알겠지만, 용상 상품의 인물은 주로 왕이나 천자(天子) 같은 지위에 오른다고 전해지네. 내가 알기로도 옛날 한나라의 유방이나 지금의 명나라를 일으킨 홍무제 주원장이 그런 용상인 걸로 알고 있다네."

"정말입니까? 정말 홍무제 주원장을 만나뵈었습니까?"

운영은 깜짝 놀랐다. 중년인이 홍무제를 만나보았다면 나이가 보이는 것보다 많다는 것을 증명하는 것이었기 때문이다.

"허허, 내가 운이 없었는지 직접 만나보지는 않았지만 그분의 인물화를 보고 알 수 있었다네."

"아, 그렇군요. 음… 그렇다면 제가 그렇게나 물형이 좋다는 것입니까?"

운영은 중년인이 범상치 않은 사람이라는 것은 짐작하고 있었지만 대화를 나누면서 중년인에게 더욱 신비함을 느껴야만 했다.

"허허, 이 사람… 내가 괜히 허튼소리나 하는 사람으로 보이나?"

"아, 아닙니다."

"허허허, 알면 됐네. 음……."

"예… 정말, 오늘 귀한 말씀 잘 들었습니다."

"그래, 조금이나마 도움이 되었다니 나로서는 기쁜 일이지. 허허허."

'허, 정말 미치겠구먼. 아무리 내가 하찮다고는 하지만 지금까지 옆에 앉아 있는 나는 거들떠보지도 않으면서, 운영이 녀석을 보고는 모든 물형의 으뜸인 용상이라느니 어쩌니 하면서 갖은 좋은 말은 다 하고 있으니…….'

한자리에 앉아 옆에서 중년인과 운영의 대화를 듣고 있던 호열은 어느 순간부터 점점 눈이 가늘어지면서 숨소리가 거칠어지고, 이마에선 가느다란 핏발이 서고 있었다.

중년인의 말을 듣고 계속 입가에 웃음이 떠나지 않고 있는 운영을 보면서 그동안 가라앉았던 화가 속에서 부글부글 끓어오르고 있었다. 아무리 호열이 화를 삭이며 중년인과 눈을 맞추어도 중녕인은 자신보고는 대꾸조차 하지 않고 있었다. 또한 운영도 중년인과 대화를 하면서 옆에 호열이 있다는 것을 까맣게 잊은 듯 고개조차 돌리지 않고 있었다.

'운영이, 이놈… 어디 조금 있다가 두고 보자…….'

호열의 분노를 아는지 모르는지, 운영은 처음으로 들어보는 자신의 얘기에서 헤어 나오지 못하고 있었다.

"험험, 이보시오. 그럼 이번에 나도 한번 봐주시오."

"아, 이런, 제가 형님이 옆에 계신 줄 까맣게 잊고 있었습니다. 정말 죄송합니다. 죄송합니다, 형님."

"아니다. 됐다."

'이런… 형님께서 화가 단단히 나셨구나. 아, 이런 실수를 하다니, 음……'

운영은 호열의 톡 쏘는 듯한 말에 자신의 실수를 깨달을 수 있었다. 중년인과 호열 사이의 오해를 풀어주기 위해 꺼낸 말에 오히려 운영 자신이 빠져들어 실수했다는 것을 말이다.

"자네는, 음… 모른다네. 아니, 모르겠네……."

중년인은 호열의 말에 얼마 동안 호열의 얼굴을 주시하더니 이내 고개를 흔들었다.

"뭐요? 왜 모른다는 거요? 운영은 한 번 보고는 자기가 아주 잘났다는 듯이 떠들어대고 있었으면서?"

"허, 자네, 그렇게도 그 이유를 알고 싶은가?"

"낭연하시. 그럼 그길 밀이라고 하시오?"

호열은 중년인이 계속 자신보고는 모른다는 말만 되풀이하자 화가 났다. 누구의 관상은 봐주고, 누구는 귀찮아서 봐주기 싫으니 모른다고 하는 것 같았기 때문이다.

옛날 호열 때문에 많은 나날을 끓어오르는 울분과 싸워야만 했던 화황처럼, 주변에 드문드문 지나가는 다른 사람들이 보기에 호열의 얼굴은 잘 익은 홍시와 같은 색을 띠고 있었다.

"음… 자네는 아무리 살펴봐도 딱히 어떠한 물형을 타고났다고 말하기가 곤란한 사람이라네."

"응? 아니, 그게 무슨 말이오? 내가 이해할 수 있게 자세히 말해 보시오."

"허허, 음… 자넨 스무 살 정도에 객사할 운명이었는데……."

중년인은 마치 신기한 동물을 감상하듯이 호열을 쳐다보면서 고개를 약간씩 좌우로 흔들고 있었다.

"뭐요? 지금 뭐라고 했오? 객사? 이……."

'응? 뭐야? 이건… 내가 이십 년 전에 그 빌어먹을 점쟁이에게 들었던 내용과 비슷하잖아? 그때도 내가 몇 년 안에 길거리에서 객사할 운명이라고 했었는데? 음…….'

호열은 중년인의 얘기를 들으면서 잠시 이십 년 전의 일을 생각해 보았다. 그때는 수중에 아버지가 돌아가시며 물려주었던 돈을 조금이나마 간직하고 있었다. 그래서 일가친척 하나 없이 혼자가 된 자신의 앞날이 어떨지 궁금하여 근처에서 용하다는 곳에 가서 점을 본 일이 있었는데, 지금 중년인의 말이 그때 그 점쟁이로부터 들었던 말과 얼추 비슷한 것 같았다.

"음… 이보시오. 내가 알아듣기 쉽게 다시 얘기 좀 해줄 수 있겠소?"

"허허, 뭐 어려울 건 없네. 나도 자네를 보면서 신기하게 생각하고 있으니까."

"허, 음……."

호열은 중년인이 신기한 동물을 보는 것과 같은 눈빛으로 쳐다보자 순간 할 말을 잊어버렸다. 너무나 어이가 없고 황당했던 것이다. 그러나 모든 것을 꾹 참고 중년인의 다음 말을 기다려 보기로 했다.

"그래, 어디 보자. 음… 허, 자넨 앞에서 말한 바와 같이 스무 살 전의 운명은 나와 있는데 그 다음의 운명은 보이질 않는다네. 음… 좀 더 쉽게 말해서 자네는 오래전에 하늘에서 정한 운명은 끝났는데 아직까지 살아 있다는 것이지. 허허… 어떠한 고생을 하며 어떻게 살아왔는지 모르겠지만, 그 이후의 삶에 하늘에서 무슨 일이 일어났든가, 아니면 많은 노력으로 자네의 운명이 변하지 않았나 싶네. 모르지… 하지만 난 그렇게 생각하네. 아니면 조상의 은덕일 수도 있고……."

"노력? 아, 그럼?"

"그렇지, 앞으로의 인생은 자네가 어떻게 하느냐에 따라서 크게 달라질 것이네. 자넨 무상(無相)이니까… 나도 자네와 같은 사람은 오늘 처음 본다네. 그래서 아까 자넬 보고 모른다고 한 것이었고."

중년인은 말을 하면서도 계속 호열의 얼굴을 이쪽저쪽으로 돌리고 있었다. 하지만 호열은 그런 것은 신경 쓰지 않고 가만히 앉아 중년인의 말만을 되새기고 있었다.

"음… 그렇게 된 것이었군. 아, 내 잘 알았소. 진작에 그렇게 말을 해주었으면 내가 큰 소리는 치지 않았을 것 아니오."

호열은 중년인이 고분고분하게 말을 해주자 조금은 화가 누그러지는 것을 느꼈다. 또한 이느 정도 중년인의 행동에 이해가 갔다.

"흠… 인생사 모두 새옹지마인데 이런들 어떻고 저런들 어떠한가? 그저 주어진 삶에 충실히 살아가면 그만인 것을. 안 그런가?"

"옳은 말이오. 난 지금까지 살아오면서 운명 같은 것은 믿지도, 생각해 보지도 않았소이다. 그저 내 스스로의 노력으로 모든 일을 헤쳐 나갈 뿐. 앞으로도 이런 내 생각엔 변함이 없을 것이오."

"맞는 말이네. 세상을 살아가는 데 운도 중요하지만, 정작 중요한 건 스스로의 노력이니까."

중년인은 호열의 말에 무릎을 치며 크게 고개를 끄덕였다.

"음… 그렇지요."

중년인의 마지막 말이 마음에 와 닿는지, 아니면 중년인의 넉넉한 삶의 모습에 호감이 갔는지 어느새 호열의 말투가 자신도 모르게 반존 대어로 바뀌고 있었다. 그만큼 화가 가라앉았다는 것을 말해 주고 있었다.

호열은 자신이 평소 생각하고 있던 것들이 중년인의 입에서 나오자 같은 말인데도 뭔가 묵직하고 깊은 뜻이 담겨져 있는, 세상을 모두 굽어보는 선인(仙人)의 말처럼 가슴속으로 깊이 다가오는 것을 느낄 수 있었다.

호열과 중년인은 한참 얘기를 나누다가 갑자기 누가 먼저라고 할 것 없이 두 눈을 감고 깊은 명상에 들어갔다. 그에 운영과 젊은 승인은 아무 소리 없이 조용히 앉아서 불어오는 선선한 바람을 맞고 있었다.

호열은 두 눈을 감은 상태로 불어오는 바람을 맞으며 이상한 느낌에 휩싸여 있었다. 바람은 마치 공허한 시간의 지나감을 알려주는 것 같았기 때문이다. 저 멀리 한창 분주하게 움직이는 많은 사람들을 느끼며, 또한 한 푼이라도 더 벌어보겠다고 아등바등 힘겹게 살아가는 사람들이 그렇게나 안쓰러워 보일 수가 없었다. 하지만 호열은 그런 감정도 어찌 보면 자신에겐 사치라는 생각이 들었다. 호열 자신도 지금 저들과 하나도 다를 것이 없다는 생각이었다.

"음… 정말 고마웠습니다. 그리고 아까의 무례는 정말 미안합니다."

언제 눈을 떴는지 호열이 일어나며 중년인에게 정중하게 허리를 숙이며 인사를 하였다. 지금까지 호열이 저렇게 정중하게 예의를 차렸던 적이 없는지라 옆에서 그런 모습을 지켜보는 운영이 다 놀랄 정도였다.

"아니오. 허허, 내 잠시 세상에 나온 신인(神人)에게 무례를 저질렀구려."

"옛? 허, 신인이라니요. 가당치 않습니다."

"허허허, 내 잠시 명상에 들어 가만히 생각해 보니 하늘이 정한 운명을 거스르고 자신의 의지대로 살 수 있는 과연 사람이 누구인가? 하는 생각을 하게 되었소이다. 그러니 당연 그럴 수 있는 사람은 신인밖엔 떠올릴 수 없었소이다. 또한 이미 시내에서 능력을 알아볼 수 있었는데 아니라니요. 가당치 않소이다. 음… 그저 세상에 나온 김에 모쪼록 은덕이나 많이 베풀고 가시구려."

중년인은 처음과는 아주 달리 호열을 대하고 있었다. 호열과 함께 잠시 명상에 잠겨 있던 중년인은 무엇에 놀랐는지 눈을 번쩍 뜨자마자 호열을 바라보는 눈에 광채가 나기 시작했다. 하지만 그것도 잠시, 중년인의 눈은 광채는 사라지고 청명한 연못을 보는 것처럼 해안이 가득 메우고 있었다.

"음… 내 지금은 무슨 말씀을 하시는지 모르겠지만 세상을 살면서 힘없는 사람들에게 해를 끼치진 않을 것입니다."

"허, 그것만으로도 세상은 무한한 홍복을 얻은 것이지요."

중년인은 호열의 대답에 두 손으로 합장하며 조용히 고개를 숙여 보였다.

"허허허… 그래, 현생(現生)의 성함이 호열이라고 그랬습니까?"

"그렇습니다. 임호열(任號熱), 임호열이라고 부모님께서 지어주셨습니다."

호열은 중년인의 물음에 서슴없이 대답을 하였다.

"허허허, 임호열이라. 음… 내 다른 말은 할 수 없습니다. 다만 지금

은 다 필요없어진 것일지 모르나 하늘이 신인에게 내린 스무 살까지의
운을 말해 주겠소이다."

"음… 하하하, 그거라도 들려주신다면 고맙게 생각하겠습니다."

호열은 이미 지난 운명을 들려주겠다는 말에 고개를 끄덕였다. 중년
인의 말로 자신의 앞날을 예측할 수 없다는 것을 알게 되었으니 더 이
상은 물어볼 수가 없었기 때문이다.

"허허, 음… 처사엄근(處事嚴謹), 진퇴보수(進退保守), 학지겸구(學智
兼具), 성취비범(成就非凡), 태평격(太平格), 평범격(平凡格), 평안격(平
安格), 안과태평지상(安過太平之像)이라."

"응? 도대체 그게 무슨 뜻입니까?"

"허허허, 이것이 신인이 가지고 있는 스무 살까지의 성함 운입니다.
세상에 태어나면서 부모님에게서 나온 것이니 지금은 크게 지장을 주
지 않을 뿐만 아니라 소용이 없는 것이지요."

"소용이 없다? 왜요?"

"허허허, 이미 하늘이 정한 운명을 깨셨는데 무엇이 더 필요하겠습
니까?"

"아, 음… 그럼 어디 그거라도 한번 말씀해 주십시오."

"허허허, 그럼 그렇게 하겠습니다."

"음……."

호열은 오랜만에 흥미진진한 표정으로 중년인의 입을 바라보았다.
무슨 말이 나올지 사뭇 궁금하였기에 긴장감마저 조금씩 들었던 것이
었다. 이제는 아무런 소용이 없다고는 하지만 과연 자신의 운명이 어
떠했는지 궁금하기 그지없었다.

"음… 내가 아까 말한 바 있는 뜻을 풀이하면 이렇습니다. 어떠한

일을 하든지 아주 적극적이고 활동적이지는 못하고 소극적인 면이 많아 성공하기 힘들지만, 만일 물러서고 나아가기를 신중히 한다면 평안할 것이다. 만약 어릴 때 가문에 큰일이 없다면 부모·자식·배우자와 행복하며 크게 성공할 수 있다. 또한 성품이 온화하여 문학 방면에 좋은 수로서 적성에 맞는 현직에 종사하면 일생이 편안하며 부귀 장수하게 된다는 말이지요. 허허. 하지만 아까 말했듯이 이 말은 신인의 스무 살까지의 운이므로 그에 연연하지 마시길 바랍니다. 또한 앞으로의 삶에 최선의 노력을 다한다면 또다시 하늘이 그대를 시험할지라도 능히 이겨내실 수 있을 것이외다. 어차피 당신에겐 주어진 운명이란 없으니까."

중년인은 호열의 관상을 보면서 무엇인가를 예감이라도 한 듯 호열에게 자신을 믿으라는 말을 되풀이하고 있었다. 무엇을 보았는지는 모르지만 호열은 중년인의 우려하는 말이 크게 귀로 들어오지 않고 있었다.

"음… 그렇지요. 말씀하신 대로 내 운명이 그와 같다면 내 노력으로 개척해야겠지요."

'그래, 내겐 주어진 운명이란 없어. 내가 내 운명을 만들면 되는 거야……'

호열이 중년인의 마지막 말에 힘을 얻었는지 다시 한 번 굳은 결심을 하며 의지를 다지고 있었다. 운명은 스스로의 노력으로만 개척할 수 있다는 것을 알았으므로 이제는 모든 일에 자기 자신을 굳게 믿어 보기로 한 호열이었다. 그만큼 호열은 자신감을 얻었다는 것이다.

그렇게 호열은 중년인과 간단한 대화가 오간 후 조용히 자신만의 상념에 다시 들어 있었다. 그런 모습을 가만히 지켜보던 중년인은 자기의 할 일을 다 했다는 얼굴로 운영에게 웃음을 보이고는 조용히 일어나서 길을 따라 걸어가기 시작했다. 그 옆에는 언제 일어났는지 중년인의 뒤를 따라 만성이란 젊은 청년이 조용히 움직였다.

"저… 이, 이보십시오. 어디로 가시는 길입니까? 예?"

"음… 운영아, 그만두거라. 저분은 이곳에서 할 일을 다 했다 생각하고 가시는 길이다. 네가 부른다고 돌아서실 분이 아니니, 그만 마음을 접고 우리도 이만 우리의 길을 가자꾸나."

호열이 언제 깨어났는지 운영의 옆에 서서 조금씩 사라지는 중년인의 그림자를 쫓고 있었다.

"음… 예, 알겠습니다."

"그래. 아… 나도 잘 모르겠다. 내가 지금 무슨 생각을 하는지. 음……."

운영은 호열의 그 같은 말에 아쉬움을 남기며 돌아서지 않을 수 없었다. 언제 다시 만날지 기약도 없이 가야만 하니…….

"허허, 그새 깨어나셨소? 난 한참 후에나 명상에서 깨어나실 줄 알았는데……."

한참 길을 걸어가던 중년인은 호열의 목소리가 들리자 가던 길을 멈추고 고개를 돌려 합장한 자세로 호열을 바라보았다.

"하하하, 이런… 제가 어떻게 귀한 분이 가시는데 배웅은 못할망정 인사도 없이 보내 드리겠습니까?"

"허허, 인사는 무슨……."

"하하, 예… 그나저나 전 그냥 가시나 했습니다."

"음… 허허, 이곳에서 제가 할 일은 이제 없으니까요."

"음… 그럼 이번엔 어디로 가시는 것입니까?"

"글쎄요. 제가 처음 중원에 들어와서 세상 이곳저곳을 돌아다니며 견문을 넓힌 지 벌써 올해로 십 년이 다 되어갑니다. 그러니 이젠 고향에 돌아갈 때도 되었지요."

"고향이라, 음… 그럼?"

"예, 처음 동쪽 끝에서 와서 한참 중원 이곳저곳을 떠돌아다녔으니 이제 그리로 다시 돌아가야겠지요. 그럼……."

중년인은 젊은 청년과 같이 멈추었던 길을 걸어가기 시작했다. 호열은 그런 중년인의 모습에 다시 한 번 고개를 숙여 보인 후 자신도 모르게 천천히 합장을 하였다. 세상을 살아가면서 이 시간이 나중에 기억에 남을 만한 순간이었는지 모르겠지만, 중년인은 짧은 만남을 아쉬워하는 호열과 이제는 어두워져 태양이 본모습을 잃고 붉게 변한 석양을 뒤로하고 완전히 호열과 운영의 시야에서 사라져 갔다. 세상의 모든 고독을 짊어지고 가는 성인의 모습으로.

"음… 동쪽의 끝이라……."

호열은 중년인에게서 나온 동쪽의 끝이란 마지막 말에 왠지 가슴이 울리는 자신을 느낄 수 있었다. 호열 자신은 동쪽에서 멀어지려 노력하고 있는데, 다른 사람은 그곳을 그리워하며 다시 돌아가고 있었으니…….

고려. 지금은 조선이란 나라로 바뀌었다고는 하지만 그래도 호열은 자신의 어릴 적 꿈과 추억이 함께 살아가고 있는 나라, 어릴 적 그렇게도 떠나고 싶었던 나라를 떠난 지금 오히려 시원하다는 마음보다는 그리운 마음이 들었다. 생각하려 하지 않아도 생각나는, 그토록 가슴 아팠던 그 시절이 주마등처럼 뇌리를 스쳐 지나가며 호열은 한순간 눈시울이 시큰해졌다. 하지만 그럴수록 더욱 굳게 결심을 하면서 약해지는 자신을 달래며 앞날을 그려보는 호열이었다. 지금은 보잘것없지만 미래는, 미래에는 이보다 더욱 나아진 모습이 될 것이라고… 호열은 그렇게 다짐하며 살아가기로 했다. 어떠한 시련이 와도 꿋꿋이 맞서겠다는 의지를 담고서…….

제 8 장

아, 누가 뭐라고 해도 내가 내 운명을 만들면 되는 거야

암, 누가 뭐라고 해도 내가 내 운명을 만들면
되는 거야

호열과 운영은 북경 시내에서 신비한 중년인과의 짧고 아쉬운 만남
을 뒤로한 채 박 장군 일행이 머물고 있는 북경객점으로 돌아왔다. 비
록 짧은 시간이었지만 참으로 얻은 것이 많은 하루였다.

해가 오래진에 시신을 넘이 이두운 시각. 너무 늦게 돌아왔다 생각
한 호열과 운영은 객점으로 조심스럽게 들어갔다. 들어가 보니 어느새
현운 장문인을 위시해서 장백검파 사람들은 모두 돌아와 있었으며, 지
금은 박 장군 일행과 삼삼오오 서로 짝을 이루면서 함께 저녁을 먹고
있었다. 늦게 돌아온 호열은 한참 식사 중인 사람들의 따가운 눈을 피
해 살며시 자리에 앉았다. 사람들이 일부러 박 장군과 현운 장문인이
있는 자리를 비워놓은 것인지 어떤지는 모르지만 늦게 들어온 호열과
운영이 앉을 자리는 그곳밖에 없었다.

다른 사람들은 서로 간간이 웃음을 보이며 즐거운 저녁 시간을 가지

는 것 같은데, 그곳은 무슨 심각한 이야기를 나누는지 현운 장문인의 한숨이 드문드문 새어 나오고 있었다. 호열은 그런 모습을 보면서 마치 그들의 이야기를 듣는 척 나름대로 심각한 표정을 지으려 노력하였다.

그러나 그것도 잠시, 호열은 최대한 조심조심하며 탁자 가운데 큰 접시에 수북이 쌓여 있는 만두 쪽으로 천천히 손을 움직였다. 한참 심각한 표정으로 토론하는 박 장군과 현운 장문인을 의식해 최선의 노력을 다한 것이다. 하지만 두 사람의 예리한 감각은 피할 수 없었다. 그러나 그들은 모르는 척 토론에만 신경을 쓰고 있었다. 이에 운영도 자연스럽게 만두에 손이 갈 수 있었다.

덕분에 호열은 더 이상 눈치를 보지 않고 가벼운 마음으로 만두를 집어 먹을 수 있었다. 호열은 크게 배가 고픈 것은 아니었지만 맛있게 보이는 먹을 것을 눈앞에 두고서 가만히 있을 수 없었던 것이다. 호열의 위장은 먹지 않아도 살 수 있었지만 손은, 손만은 그렇지 않았던 것이다. 아마도 호열의 무의식 중에서 일어나는 일이겠지만, 어릴 적 배고픔에 위장보다 손이 더욱 많은 기억을 간직하고 있었는지도…….

그렇게 호열은 한참 동안을 손과 머리가 따로 놀고 있었다. 머리로는 한참 현운 장문인과 박 장군의 얘기를 들으면서 호열 나름대로 수긍이 가는 것이 있었는지 고개를 끄덕여 보이고 있었지만, 손은 한시도 쉬지 않고 움직여 수북이 쌓여 있던 만두가 이제는 거의 보이지 않고 있었던 것이다. 호열은 위장보다 분위기를 모르는 손이 그렇게 미워 보일 수 없었다.

얼마간의 식사를 끝마치자 호열은 한창 열띤 회의를 하고 있는 박 장군과 현운 장문인의 얘기가 귀에 들어오는 것을 느낄 수 있었다. 호열이 가만히 귀를 기울이며 얘기를 들어보니, 현운 장문인의 얘기로 장백검파 사람들이 북경에 처음 도착하여 따로 움직였던 이유를 알 수 있었다.

장백검파 사람들은 오랜만에 중원 땅을 다시 밟았는지라 그동안의 달라진 정보를 직접 수집하고 새로운 정보를 바탕으로 모든 분석을 해야만 했다. 하지만 오랜 세월을 변방에 있었기에 중원의 달라진 점들을 확인하기 위해서 짧은 시간이었지만 나름대로 분주하게 움직였다는 것에 흡족해하고 있었다. 현운 장문인의 말로는 분석은 다 했지만 이렇다 할 결정이 난 것이 아니었다. 북경에 새로운 거점을 확보하여야 할지, 아니면 처음 생각했던 다른 곳으로 해야 할지 갈피를 잡지 못하고 있다는 것이다.

현운 장문인은 문하 제자들을 시켜 원하는 정보를 수집하게 함으로써 어느 정도 결론을 낼 수 있었지만, 보다 명확한 답을 얻길 바라는 마음에서 박 장군에게 의견을 부탁하고 있었다. 처음 박 장군과 만나 이곳 북경까지 여행한 시간이 채 한 달가량밖에 되지 않았지만, 현운 장문인과 박 장군은 서로 믿고 신뢰하는 마음이 두텁게 쌓여져 있었다. 그러하기에 한 문파의 앞날을 좌우할 수 있는 그런 일을 서로 상의할 수 있는 것이었다.

"음… 처음 중원에 들어올 때 가졌던 생각과는 달리 이곳 북경에 새로운 분타를 만들었으면 어떨까 합니다. 지금은 오랜 전쟁으로 많은 곳이 부서지고 파괴되었지만 앞으로 십 년, 길게는 이십 년 안에 북경이 명실공히 명나라의 수도로 자리를 잡을 것입니다. 그렇게 된다면 지금과는 다르게 많은 변화가 예상이 되는 곳이지요. 또한 무엇보다 제가 그런 생각을 하게 된 것은 장백산과 북경과는 그렇게 많이 떨어져 있지 않다는 것이었습니다."

현운 장문인은 김이 모락모락 나는 차를 한 모금 마시며 박 장군에게 얘기를 했다.

"음… 그렇지요. 이곳만큼 장백검파에서 원하는 정도로 지리적 조건이 좋은 곳이 없지요. 분타란 어느 정도는 가까운 것이 좋으니… 중원 대륙 내부로 깊숙이 들어가 보았자 이득보다는 오히려 손해가 많을 것은 자명한 일일 것입니다. 장문인의 생각대로 차라리 먼 앞날을 내다보고 이곳에 미리 새로운 거점을 확보하는 것도 어쩌면 좋은 생각 같습니다."

박 장군은 현운 장문인의 고민 섞인 얘기를 들으면서 나름대로 생각을 더하여 얘기를 하였다. 어차피 모든 결정은 현운 장문인과 장백검파 사람들이 내리는 것이었지만, 박 장군은 조금이나마 도움이 되었으면 하는 심정으로 자신의 생각을 허심탄회하게 얘기하고 있는 것이다.

"아, 박 장군께서도 그렇게 생각하십니까?"

"예, 제 생각으로도 이곳은 앞으로 크게 번창하게 될 것으로 여겨집니다. 그렇게 되기까지는 앞으로도 많은 세월이 흘러야겠지만 말입니다."

"음… 그건 그렇지요."

호열이 보기에 박 장군과 현운 장문인은 한 무리의 집단을 이끌며 살아가는 사람들이라서 그런지 앞날을 예측하고 대처하는 능력이 탁월해 보였다. 박 장군과 현운 장문인처럼 자신들의 결정으로 그 집단의 미래가 밝게 트이느냐, 아니면 퇴보를 하느냐가 달려 있기에 더욱 지도자로서의 자질이 요구되는 사항이기도 했지만, 호열에게 많은 연륜과 지도력이 얼마나 중요한지 알게 해주는 인물들이었다.

호열과는 달리 옆에 앉아 있던 운영은 이들의 대화를 들으면서 '자신은 언제쯤 저렇게 될 수 있을까?' 하는 부러운 마음을 가지게 되었다. 호열도 마냥 만두만 먹고 있는 것이 아니었는지 운영의 마음과 비슷한 생각을 하고 있었지만 그 생각이 조금 달랐다.

'음… 나도 나중에 한 무리의 우두머리가 된다면 저렇게 높은 식견을 가지고 움직일 수 있을까? 그러기 위해선 좀 더 많은 공부를 해야 할 텐데 아, 어떻게 된 세상이 하나가 끝났다 싶으면 다른 것이 내 앞을 가로막냐? 휴… 그래, 세상을 살면서 한 사람이 모든 공부를 할 수는 없는 일이잖아? 지금 삼황에게서 배운 것도 아직 그 끝이 보이지 않고, 거기다가 저렇게 풍부한 지식을 쌓으려면……? 아휴, 차라리 다른 사람을 구하는 것이 백 번 낫겠다. 음… 그래, 그렇지. 운영이 녀석이 옆에 있는데 내가 사서 고생할 필요는 없잖아? 그래, 운영이 녀석을 시켜야겠구나. 내 옆에서 있겠다니까 당연히 저런 것도 척척 알아서 할 정도가 되어야지. 암, 그래야 내 옆에 있을 자격이 있지.'

호열은 운영을 보면서 나름대로 자신의 앞날을 열심히 그려보고 있었다. '어떻게 하면 자신은 편하게, 그렇다고 남들 다 하는 그런 선 나하고 싶고'. 그렇다 보니 당연히 운영을 생각하게 된 것이다. 불쌍한 운영은 호열의 이런 생각은 까맣게 모르고, 박 장군과 현운 장문인을 바라보면서 마냥 존경의 눈길을 보내고 있었다. 옆에서 음흉스러운 호열의 눈길은 전혀 생각지도 모른 채.

"참, 임 대협. 아까 어디를 나갔다 왔는가? 한참 보이지 않더니?"

박 장군은 호열과 운영이 식사를 다 한 것 같아 보이자 느긋하게 물어보았다. 호열과 운영이 밖에 나간 이유를 알고 있었지만, 전반적으로 흐르는 무거운 분위기에 따로 할 말이 없어 꺼낸 말이었다.

"예, 오늘 여기서 지낸다고 하시기에 시간도 남고 해서 형님과 밖에 나가서 북경 시내를 둘러보고 왔습니다."

"그래? 그럼 둘러보니 어떻던가? 이곳 사람들의 반응 말이네."

"아, 뭐, 반응이라고 하기보다는… 예, 거리 전체에 생기가 넘쳐 나는 것 같았습니다. 딱히 뭐라고 표현하기는 어렵지만 사람들이 나름대로 나은 미래를 위해 열심히 일하는 모습이 보기 좋았습니다. 거리 곳곳에 그동안 원나라와의 전쟁으로 많이 파괴되었던 고궁들이나 건물들을 복구하는 것도 눈에 자주 띄었고요. 음… 지금은 어수선한 것 같아 보이지만 시간이 조금 지나면 사람들도 그렇고 모두 자리를 잡을 것 같습니다."

운영은 호열과 시내를 돌아다니며 보고 느낀 점들을 하나하나 설명하기 시작했다. 너무나 많은 것들을 보고, 또 생전 처음 기인(奇人)도 만나보았기에 할 말이 많았지만 그런 얘기들은 하지 않았다. 그냥 시내를 걸어다니면서 피부로 와 닿는 것들만 말할 뿐이었다.

"허허허, 그런가? 역시… 정 소협도 보는 눈이 좋구먼. 나도 그렇게 생각했네. 아마도 이곳이 수도로 정해진다는 황제의 명이 있어서 그렇겠지만, 확실히 많은 변화를 가져왔지. 그러니 자연히 사람들이 들떠 있는 것이고……."

"예… 그렇겠지요. 이곳이 수도로서 제 모습을 갖추면 많은 사람들이 이곳에 올 것이고, 그렇게 되면? 음… 이곳도 번창하겠군요."

"그렇겠지. 임 대협은 이 일을 어떻게 생각하시는가?"

박 장군은 지금도 살며시 눈치를 보며 마지막 남은 만두를 집으러 손을 내밀고 있던 호열에게 시선을 주고 있었다. 호열은 모든 시선이 자신에게 쏠리자 멋쩍은 표정으로 만두로 가던 손을 얼른 뒷머리로 옮기며 아쉬움을 감춰야 했다.

"옛? 아, 예… 저도, 음… 박 장군님과 같은 생각입니다. 예, 그렇지 요. 지금은 이곳이 어떤지 모르겠지만 전망이 밝은 곳이라고 생각합니 다."

호열은 박 장군의 물어오는 질문에 할 말을 찾을 수가 없었다. 하지 만 모든 대화가 박 장군과 현운 장문인을 중심으로 돌아가고 있다는 것은 알고 있었기에 호열은 박 장군에게 고개를 끄덕이며 동의한다는 표정을 지어 보였다. 무슨 주제로 얘기가 돌아가는지는 알고 있었기에 가능한 일이었다.

"허허, 임 대협도 그렇게 생각하고 있었습니까? 흠, 원시천존……."

현운 장문인은 호열의 반응을 보면서 나름대로 생각하고 있는 것이 있었는지 고개를 끄덕여 보였다.

호열과의 대화 이후로 조용히 눈을 감고 있었던 박 장군은 현운 장 문인이 도호를 외우며 두 눈을 감자 조심스럽게 앉아 있던 의자를 뒤 로 물리며 일어섰다.

"음… 장문인, 그동안 장문인과 많은 얘기를 나누기는 했지만 오늘 처럼 허심탄회하게 대화를 하기는 처음인 것 같습니다. 그래서 저도 제가 생각하고 있는 것을 말하고자 합니다. 부족한 소견이지만 장문인 과 여러 장백검과 문인들에게 조금이나마 도움이 되었으면 합니다."

"이런, 별말씀을요. 아무쪼록 편안하게 말씀해 주십시오. 그것이 저 와 문중에 많은 도움이 될 것입니다."

박 장군이 엄숙한 표정으로 주변을 둘러보며 얘기하자 현운 장문인 도 얼른 일어나 포권을 하며 응대를 하였다.

"예, 그렇습니다. 박 장군께서 저의 문중을 위해 아낌없는 말씀을 해

주십시오. 그것이 우리 장백검파를 아껴주시는 것일 것입니다."

현운 장문인의 뒤를 이어 현검 도장이 일어나며 박 장군에게 고개를 숙여 보이며 포권의 자세를 취했다. 풍부한 연륜을 가지고 있는 박 장군의 아낌없는 질타와 도움을 바라는 마음에서 일어난 것이었다.

"허허, 현검 도장까지 그렇게 말씀하시니, 그럼 조금 불편하신 것이 있더라도 양해를 바랍니다. 흠흠, 음… 저는 무엇보다 이곳 북경이 장백산과도 그리 많은 거리를 두고 있는 곳도 아니고, 또한 여러 정황을 살펴보아도 장백검파가 중원으로 진출하려면 이곳을 선점해야 할 것으로 생각합니다."

"오, 선점이라… 장군, 그러면 장군께서 그렇게 생각하시게 된 이곳의 이점은 무엇입니까?"

"응? 그게……."

박 장군은 갑자기 끼어드는 호열의 말에 적지 않게 당황하였다. 열심히 얘기를 시작하려고 머리를 굴리던 박 장군에게 조용히 옆에서 이야기를 경청하던 호열이 일침을 가한 것이다. 정작 그 자신은 이러한 상황을 전혀 모르고 조언을 들어보고자 한 일이었지만 박 장군의 등에 식은땀이 흐르게 하기엔 충분했다.

"허허, 음… 따로 이점이라고 할 정도의 것이 아니라 선점의 이점이라는 것을 누구나 한번 생각해 보면 다 알 수 있는 것들이라네. 들어보겠는가?"

"음… 예, 그게 무엇입니까?"

"허허, 우선 첫 번째로, 음… 장백산과 이곳 북경과의 거리가 우리가 생각하는 것보다는 상당히 멀리 떨어져 있다는 것이네. 그런데 이곳보다 더 멀리 떨어져 있다면 그것이 교두보로써의 제 역할을 할 수 있겠는가 하는 말이지. 뒤에서 받쳐 주지 않는 교두보는 독자 노선을 걸을 수밖에 없는데, 그러면 교두보에 쏟아 부어야 할 인적 물적 자원이 지나치게 많아지고 마네."

"음… 그렇군요. 그건 장군의 말이 맞는 것 같습니다. 허허, 원시천존."

현운 장문인은 박 장군의 입에서 자신의 생각과 일치하는 것이 나오자 고개를 끄덕이며 호응을 하였다.

"허허, 감사합니다. 음… 두 번째로는 앞으로 명나라의 중심지는 이곳 북경이 될 것이라는 점입니다. 장문인께서도 한번 둘러보아서 잘 아시겠지만, 이곳이 수도로 정해진 것은 이미 기정사실화되었습니다. 밖에 무슨 승천문(昇天門)인가? 하는 것이 세워지고 있는 것만 봐도 알 수 있는 사실이지요. 그만큼! 앞으로 이곳이 명나라의 중심지로 발전하는데, 다른 곳에 분타를 만들어서 분란과 위기를 자초할 필요가 없다는 것이지요."

박 장군은 어느새 얘기의 상대를 호열에게서 현운 장문인에게 돌리고 있었다. 그리고 주변을 한번 쓸어보는 것도 잊지 않았다. 박 장군은 분위기를 자신에게 이끌어가고 있었던 것이다.

박 장군의 열띤 설명에 현운 장문인을 비롯해 호열과 운영, 그리고 주위에 앉아서 이곳을 보고 있던 많은 사람들이 절로 고개를 끄덕이며 수긍을 하였다. 절로 흥이 난 박 장군은 자신있게 말하기 시작했다.

"응? 위기라니요?"

현운 장문인은 박 장군의 얘기를 들으면서 연신 고개를 끄덕이다가 갑자기 눈을 크게 뜨며 앞을 바라보았다. 아무리 생각을 해도 위기라는 것에 대해서는 생각해 보지 않았었는지라 무슨 뜻으로 하는 말인지 알 수가 없었다.

"허허, 예… 그것에 관해서는 세 번째 의견에서 알 수 있습니다."

"음……."

"예, 더욱 중요한 것은 지금 말하려는 세 번째 사항입니다."

"더욱 중요한 것이라… 그래요, 어서 얘기해 보십시오."

현운 장문인은 박 장군의 얘기를 듣기 위해 두 눈을 감았다. 온 정신을 집중해서 듣기 위한 행동이었다. 그런 현운 장문인의 모습에 자중의 분위기도 한층 고조되는 듯하였다.

"예, 제가 지금 하는 말에 장백검파 분들께서 어떻게 생각하실지 모르겠지만, 음… 다른 사람들이 생각하기에 과연 여러분의 생각대로 장백검파가 중원의 문파인가? 하는 것입니다."

"응? 그게 지금 무슨 말입니까? 당연히 중원의 문파지요. 장군, 그걸 지금 말이라고 하시는 것입니까?"

현검 도장은 박 장군의 말에 앉아 있던 의자를 박차고 일어서며 제일 먼저 이의를 제기했다. 그것도 그럴 것이 지금까지 한 번도 산문을 나오지는 않았지만, 현검 도장을 비롯한 장백검파 사람들은 자신의 문파가 당당히 중원에서 한자리를 차지하고 있는 세력이라고 생각해 왔었다. 그래서 다른 사람들도 마찬가지지만 현검 도장은 그만큼 남다른 자부심을 가지고 있었다. 그렇기에 너도나도 할 것 없이 박 장군의 말에 분개를 하며 바로 일어선 것이다.

"모두 지금 무슨 짓이냐? 어서 자리에 앉지 못하겠느냐?"

"옛? 음… 알겠습니다, 장문인……."

현운 장문인의 호통에 어수선해졌던 분위기가 다시 조용해졌다. 속으로는 어떨지 모르지만, 겉으로 드러난 것은 한순간에 분위기가 완전히 바뀌어진 것이다.

"허허, 예… 그렇게 분개하시는 현검 도장의 생각 잘 알았습니다. 여러 장백검파 분들도 그렇게 생각하신다는 것도 잘 알았고요. 하지만! 제 생각은 조금 다릅니다. 여러분들의 생각과 마찬가지로 과연 지금 중원에 자리 잡고 있는 많은 문파들이 장백검파를 자신들과 같은 중원 문파로 보고 있는지, 아니, 보아줄 것인지… 그렇지 않고 세외 세력으로 보고 있는지 하는 것입니다."

"음… 장군, 제 생각에는……."

"허허, 장문인… 그건 중요한 문제입니다. 장백검파 사람들의 생각도 중요하지만, 제가 보기에 이 문제는… 허허, 제삼자의 입장을 들어보는 것이 좋을 것입니다. 저기 임 대협이나 정 소협도 괜찮고요. 아니면 남다른 식견과 연륜을 지니고 계신 분을 찾아 물어보는 것도 좋을 것입니다. 그러나 무엇보다 중원에 있는 소림이나 무당, 그리고 다른 문파에서 장백검파를 좋게 본다면 아무런 문제가 없지만, 만약 그렇지 않다면 심각한 문제가 되는 것이 아닐까 합니다."

박 장군은 자중의 분위기를 압도하며 사람들의 눈과 하나하나 마주쳤다. 호열도 순간 박 장군과 눈이 마주쳤는데, 자신의 이름이 거론되며 찜찜한 분위기에 마주쳐서 그런지 기분은 그리 좋지만은 않았다. 왠지 호열은 박 장군의 식견에 압도당하고 있다는 생각이 들었던 것이다.

"하, 하지만 우리만 변방에 있었던 것은 아니지 않습니까? 저기 청해성(青海省) 곤륜산(崑崙山)에 있는 곤륜파(崑崙派)가 있고요. 그들도 따지고 보면 우리보다 더 변방에 있는데 왜 그들이 우리만 배척한단 말입니까? 안 그렇습니까?"

'그렇지. 그렇고 보니 그렇네? 음… 하지만……'

동방의 신비로 잘 알려져 있는 장백검파, 호열이 알고 있는 중원의 분위기로 봐서 장백검파는 이미 세외 세력으로 중원인들에게 인식되고 있다는 느낌이었다. 그것은 여행을 하면서 오히려 더욱 크게 다가왔다. 더욱이 북경에서 받은 느낌이 더 컸다. 비록 당사자들은 아니라고 하지만, 그러한 사실은 현운 장문인과 그 문인들도 어느 정도 알고 있는 사항이기도 했다. 그래서 더욱 현검 도장과 장백검파 사람들은 박 장군의 말에 반기를 든 것이었다.

"음… 현검 도장, 장문인. 저도 곤륜파를 생각해 보지 않은 것은 아닙니다. 일전에 장문인께서 제게 곤륜파에 대해서 말씀해 주셨지요. 기억하십니까?"

"음… 예, 그랬었던 기억은 있지만, 그것은 무엇 때문에?"

"예, 그때 장문인께서 제게 말씀해 주시길 곤륜파는 중원에서 멀리 떨어져 있지만 그 세력이 크고 넓어 중원의 여러 문파에서도 어렵게 여기고 있다는 말씀을 했었습니다. 또한 멀리 천축으로부터 중원을 지켜주는 파수꾼으로서의 일을 하고 있다고요. 상황이 그러하니 곤륜파는 당연히 중원무림인들에게 확고한 자리를 차지하고 있지 않겠습니까?"

"음……."

"장문인, 솔직히 이런 말씀을 직접 하게 되어 죄송하게 되었습니다."

박 장군은 자신의 말을 듣고 침울해 있는 현운 장문인이 안쓰럽게 보였지만, 냉정할 것은 냉정해야 한다는 생각에 마음을 가다듬었다.

"음……."

"흠… 아닙니다. 계속 말씀하십시오. 장군의 솔직한 견해를 들어보고 싶습니다."

현운 장문인은 침울한 표정을 하면서도 박 장군의 말이 일리가 있는 말들이라 모두 들어보았으면 하는 생각이었다.

"휴, 그럼… 사실 곤륜파는 무림 탄압이 있었을 때에도 그 뜻을 굽히지 않고 버틴 세력입니다. 그에 비해 장백검파는, 음… 차마 다음 말은 못하겠군요……."

"그렇겠지요. 음… 원시천존……."

현운 장문인은 박 장군의 말을 듣고서 그 뒷말이 무엇을 말하는지 충분히 알 수 있었다.

"장문인… 제가 너무 무뢰한 말씀을 드렸나 봅니다. 정말 죄송하게 되었습니다."

"아닙니다. 휴, 모두 장군의 말씀이 맞습니다. 사실 우린 그 문제에 관하여 한 번도 깊이 생각해 본 적이 없었습니다. 음… 임 대협, 대협께선 장군의 말씀을 어떻게 생각하십니까?"

호열은 현운 장문인이 갑자기 물어오는 질문에 난감한 표정을 지을 수밖에 없었다. 그동안의 여행으로 쌓인 친분으로 하자면 좋게 말하고 싶었지만, 호열 자신이 생각하기에도 상황은 그렇지 않았다. 박 장군의 얘기를 처음부터 끝까지 들으며 생각해 보았지만, 점점 더 박 장군의 얘기에 비중을 두고 있는 호열이었다.

또한 호열은 자신들 외에 다른 세력에겐 배타적인 성향이 강한 중원인들이 과연 멀리 변방에 있는 장백검파를 인정해 주겠는가? 하는 것은 쉽게 알 수 없는 일이었기 때문에 쉽게 입을 열 수가 없었다.

"음… 장문인, 이건 제 개인적인 생각이니 너무 상심하진 마십시오.

흠흠, 사실은 저도 박 장군의 생각에 동의하는 쪽입니다."

"아, 음… 그렇군요. 알았습니다."

현운 장문인은 호열의 대답을 듣고서 무엇인가 깊이 생각하는지 두 눈을 지그시 감은 상태로 앉아 있었다. 그런 모습을 바라보는 사람들은 한동안 아무런 말도 하지 못했다. 그저 현운 장문인이 눈을 뜨기만을 기다릴 뿐이었다. 그런데 한동안 아무런 말도 없이 조용히 있던 이 사관이 조용히 자리에서 일어나며, 현운 장문인과 박 장군이 앉아 있는 탁자로 걸어왔다.

"저… 죄송하지만, 제가 끼어들 자리가 아니란 것을 알지만 말씀드릴 것이 있습니다."

"응? 음… 무슨 말이냐?"

박 장군은 심각한 분위기에서 부하가 분위기 파악도 못하고 나선다 생각을 하였다. 하지만 이 사관의 성격을 알고 있었기에 먼저 들어보기로 했다.

"예, 감사합니다. 음… 아직 정확하게 판명이 된 사실은 아니지만, 제가 언젠가 이러한 내용을 담은 서류를 본 적이 있습니다. 지금 제남으로 오고 계시는 등극사 하륜 공에게 보내지는 것이었는데, 그중에 명나라 황실에서 작성했던 중원 문파들에 관한 내용이 조금 있었습니다. 그 내용을 보건대, 음… 저는 중원에선 장백검파를 동방의 신비 세력 정도로 인식하고 있다는 것을 어렴풋이 알 수 있었습니다."

"그럴 수가, 음… 정말 그러한 일이 있었느냐?"

"저, 정말입니까? 정말로?"

박 장군과 현운 장문인을 비롯한 주변의 사람들은 너도나도 할 것 없이 자리에서 일어나 이 사관의 얼굴을 쳐다보았다.

“예… 장군님, 장문인… 제가 명을 받고 조선을 떠나기 전에 읽어본 서류에 분명 그러한 내용이 적혀 있는 것을 보았습니다. 분명합니다.”

“아…….”

“허, 음…….”

“이런, 장문인, 괜찮으십니까?”

“자, 장문인! 장문인!”

“사부님, 사부님!”

박 장군과 현운 장문인은 이 사관의 말에 놀라지 않을 수 없었다. 그러한 내용이 담겨져 있는 서류를 이미 보았다니, 그렇다면 그것은 이미 기정사실이 되어버린 일이기 때문이었다. 아무리 조선이 명나라보다는 소국이었지만, 중요한 정보를 취급하는 일이었으므로 소홀히 대하진 않았을 것이기 때문이다. 그러한 사실을 직감하자 현운 장문인은 현기증이 돌며 다리에 힘이 풀리는지 중심을 잃고 휘청거리다 자리에 간신히 몸을 기울일 수 있었다.

“아, 예… 전 괜찮습니다. 음… 모두 자리에 앉거라. 난 괜찮으니. 휴…….”

“음… 예…….”

현운 장문인의 갑작스러운 흔들림에 문인들이 깜짝 놀라 일어서자 현운 장문인은 그런 제자들을 보면서 괜찮다는 손짓을 하며 모두 자리에 앉도록 하였다.

“장문인, 이런 말을 하게 되어 죄송합니다.”

“허허, 아니네. 음… 오히려 그 같은 사실을 빨리 알게 되어 다행이네…….”

“음… 예, 그 당시 저도 그 서류를 보고 깜짝 놀랐습니다. 그래서 이번에 요행히 장백검파 사람들을 만나면 그 내용이 사실인지 확인을 해 볼 요량이었습니다. 그러나 이렇게 될 줄는 몰랐습니다. 죄송합니다."

이 사관은 현운 장문인에게 죄송하다는 말을 하고는 자리로 돌아갔다. 그러나 자중의 분위기는 무겁게 가라앉아 있었다.

"음… 장군, 이 사관의 말이 맞다면, 그 사실이 맞다면, 허… 제가 뭐라고 말할 수는 없겠지요. 휴… 하긴 가만히 생각해 보니 장군의 말씀이 맞을 것도 같습니다."

"옛? 그게 무슨?"

"허허허, 예… 일전에 소림에서 온 서찰에도 동방의 신비문파란 글이 앞에 쓰여 있었습니다. 그때는 크게 신경 쓰지 않았는데……."

현운 장문인은 얼마 전 소림에서 온 서찰을 받을 당시 그 문제에 대하여 그리 깊게 생각하지 않고 넘어갔던 일이 떠올랐다. 하지만 찜찜한 생각이 없지는 않았다. 소림이 장백검파를 당당히 중원의 한자리를 차지하고 있는 문파로 생각하고 있었다면 굳이 그런 글은 남기지 않았을 것이라는 생각을 하게 되었지만, 이내 스스로 고개를 흔들어 버렸던 것이다. 그때도 약간 이상한 느낌이 들었지만 크게 비중을 두지 않았었다.

현운 장문인은 박 장군과 이 사관의 말을 들으면서 생각해 보니 지금까지 가장 중요한 사실을 간과하고 있었다는 생각이 들었다. 만약 중원의 많은 문파들이 그런 생각을 가지고 있다면, 그렇다면 앞으로 장백검파는 많은 시련을 받을 수밖에 없기 때문이다. 실로 엄청난 시련을.

중원인들의 보이지 않는 견제와 압박은 실로 한 문파가 감당하기엔 그 강도가 엄청난 것이었다. 현운 장문인은 이런 현실들을 하나하나 생각하자 자신이 지금 얼마나 중요한 자리에 있는지, 장문인이란 자리의 엄청난 중압감과 비중을 새삼 실감할 수 있었다.

"음… 장군께선 계속 말씀해 보십시오. 귀를 씻고 경청하겠습니다."

"옛? 음… 예, 그럼……."

간신히 산란한 정신과 마음을 진정시킨 장문인의 진지한 말에 박 장군은 뜨끔한 마음이 들었지만, 이미 엎질러진 물 주워 담을 수는 없는 일이 되어버렸기에 끝까지 자신의 생각을 말해 보기로 했다.

"허허, 음… 아까 말했던 대로 그런 상황들 때문에 장백검파는 이곳 북경에 자리를 잡아야 한다고 생각합니다. 그것도 하루라도 빨리! 조속한 시일 내로 말입니다. 제가 중원의 사정에 대하여 밝지 않지만, 나름대로 생각해 본 결과 이렇습니다."

"음… 계속 말씀해 보십시오."

"음……."

계속되는 박 장군의 말에 장백검파 사람들도 처음과는 달리 진지하게 들으면서 나름대로 생각하고 있는 것을 호열은 볼 수 있었다. 호열도 처음엔 흥미가 일었지만, 자신의 일이 아니라는 생각에 크게 마음을 쓰지 않으면서 편안하게 듣고 있었다. 하지만 주변의 돌아가는 상황을 지켜보는 것은 잊지 않았다.

"음… 내가 지켜본 것이 맞는다면, 다른 문파들은 아직까지 이곳을 그리 중요하게 생각하지 않고 있다 생각합니다. 만약 중요하게 생각하고 있었다면 이곳에 그들이 파견한 사람들이 눈에 뜨일 법도 한데 한 사람도 보이질 않았으니… 허허, 내가 너무 앞서 가는 것이 아닌지 모르겠지만 그런 생각을 하게 되었습니다. 그러니 그들보다 먼저 이곳 북경에 굳건히 자리를 잡는다면, 그들도 생각을 달리하지 않으면 안 될 것입니다. 또한 저번 장문인의 말씀대로 이곳에는 장백검파 말고 달리 큰 세력도 없고요.”

“그렇지요, 다른 세력이 없지요. 음…….”

현운 장문인은 박 장군의 말을 들으면서 조금씩이나마 실마리를 찾은 기미를 보였다. 그러면서 조금씩 굳었던 얼굴도 펴지기 시작했다.

“예, 전에 장문인께서 말씀해 주신 것들이 사실이라면 말입니다. 음… 그때 중원에 있다는 대부분의 큰 문파들은 거의 황하나 양자강 근처에 자리를 잡고 있다 하셨으니… 허허허, 지금은 이곳에서 장백검파를 견제하는 세력이 없질 않습니까?”

“그렇지요. 제가 그때 그러한 말씀을 드린 것은 사실입니다. 원시천존…….”

현운 장문인은 박 장군이 의도하는 것이 무엇인지 어렴풋이 알 수 있었다. 그러나 싶게 말을 꺼내지는 않았다. 박 장군의 말을 끝까지 들어보기 위해서 조금 기다리기로 한 것이다.

“예… 그러니 여러 정황을 살펴본 결과, 하루라도 빨리 결정을 내리면 내릴수록 많은 이득을 볼 수 있을 것 같다는 생각을 하게 되었습니다.”

“아, 그렇군요. 그렇지요. 아무도 들어와 있지 않은 이곳에 우리가 미리 자리를 잡는다면? 하하하, 나중에 이곳이 크게 번창을 하게 되어서 다른 문파들이 이곳에 분타를 만들려면, 장군의 생각으론 그들이 오히려 우리의 눈치를 봐야 한다는 말이군요. 그렇지요? 하하하, 그들도 우리를 인정하고 있지는 않지만 우리들의 힘만은 잘 알고 있으니, 힘으로는 어쩌지 못할 것이고요. 또한 그때는 명분도 우리에게 있으니…….”

가만히 박 장군의 얘기를 듣고 있던 현검 도장은 급한 성격에 참지 못하곤 자리를 박차고 일어나 흥분된 마음을 가라앉히지 못하고 있었다.

"허허허, 그렇지요. 음… 장문인, 장문인께선 이 문제에 대해 잘 생각해 보셔야 할 것입니다. 하지만 제 생각이 그렇다는 것이지 아직은 모르는 것이니까요."

"음… 그렇겠지요. 이곳에 있는 문파들이라고 해봐야 지금 우리들에겐 아무 말 못할 것이니……."

"그렇겠지요. 그렇습니다. 음……."

"허허, 음… 원시천존……."

현운 장문인은 장문인대로 박 장군의 얘기를 듣고 난 후에 깊은 생각을 하지 않을 수 없었다. 현운 장문인은 자신의 결정에 따라 문파는 물론 자신만을 바라보며 살아가는 많은 문인들의 미래가 달려 있다는 것을 잘 알고 있었다. 그렇기에 더욱 앞날을 살피지 않을 수 없었던 것이다. 하지만 호열과 박 장군, 그리고 주변 사람들의 생각과는 달리 현운 장문인은 과감한 결단력을 지닌 사람이었다.

처음엔 '무엇인가? 어떻게 할까? 어떻게 하면 좋지?' 에서 시작해 많은 생각들로 일을 도모하기는 어려운 성격을 지녔지만, 현운 장문인은 그런 단점을 한 번에 덮어줄 만큼 한번 생각한 것은 바로 결정하고 실행에 옮길 수 있는 과감한 지도력을 보유하고 있었다. 그러한 현운 장문인의 성격이 큰 장점으로 부각되어 지금의 장문인 자리에 오를 수 있었던 것이다.

"음… 장군의 의견 잘 들었습니다. 역시 한 사람의 생각보다는 여러 사람의 의견이 합쳐지니 좋은 의견들이 많이 나오는군요. 제가 결정을 내리는 데 많은 도움이 되었습니다."

"허, 무슨 말씀을… 제 부족한 소견이 도움이 되었다니 감사할 뿐입니다. 그래, 장문인께선 어떤 결정을 내리셨습니까?'

"허허, 예… 가만히 여러 정황들을 살펴봐도 이곳만큼 새로운 분타로서 좋은 자리가 없는 것 같습니다. 그래서 전 이곳에 저희 문파의 새로운 도약을 할 수 있는 교두보를 세우기로 했습니다. 원시천존……."

"아, 잘 생각하셨습니다. 저도 마음속으로는 장문인께서 이곳에 자리를 잡았으면 하는 생각이 들었습니다. 하지만 직접적으로 말할 수가 없었는지라… 허허허, 정말 잘하셨습니다. 어려운 결정이었는데……."

"아, 음……."

현운 장문인의 말 한마디에 주변에선 자신도 모르게 탄성이 새어 나왔다.

"고맙습니다. 음… 정호는 내일 빠른 사람을 보내서 이런 결정 사항을 원로 분들께 전할 수 있도록 해라. 내 직접 서찰을 써줄 것이니……."

"예, 사부님. 그렇게 하겠습니다."

정호 도장은 현운 장문인의 말에 얼른 고개를 끄덕이며 뒤로 물러났다.

"허허, 장군, 정말 넓고 높은 식견에 놀랐습니다. 역시 대단하십니다. 허허허."

"허허, 아닙니다. 그저 생각나는 것이 있어 말했던 것입니다. 식견이라니요. 당치도 않은 말씀입니다. 허허허."

"허허, 아닙니다. 정말 논리정연한 말씀이었습니다. 누구라도 장군의 의견에 솔깃할 정도로 말입니다."

"장문인의 칭찬에 감사할 따름입니다. 허허허."

박 장군은 자신이 할 수 있는 일은 이미 끝났다는 것을 알 수 있었다. 최선을 다해서 의견을 제시했고, 또 듣는 사람은 그 의견을 잘 받아들였기에 기분이 한결 가벼웠다.

호열은 박 장군과 현운 장문인을 보면서 묘한 기분을 느끼고 있었다. 박 장군을 보고 있으니, 자신의 생각한 대로 정확한 상황을 파악해 말하면서 한 문파의 수장을 움직이는 것이 대단하게 다가왔던 것이다. 호열은 약간의 흥분과 경이로움을 박 장군에게 느낄 수 있었던 사건이었다.

'그래, 이거 대단한걸? 비록 내 일은 아니었지만 박 장군의 말을 들으면서 나도 나름대로 좋은 생각을 할 수 있다는 것을 알았으니, 그래… 공부를 해야겠다. 나도 생각을 하면서 살아야지. 암, 누가 뭐라고 해도 내가 내 운명을 만들면 되는 거야.'

박 장군의 생각하고 얘기를 했던 것들은 모두 호열의 생각과 비슷한 점이 많았다. 그러나 호열은 가만히 듣고만 있었고, 박 장군은 자신감 있게 당당히 자신의 생각을 하나하나 조리있게 설명하였다. 그런 모습을 보면서 호열은 박 장군의 자신감이 너무나 부러웠다. 생각하는 것에서 끝나는 것이 아니라 실천에 옮길 수 있는 용기가 부러웠던 것이다.

박 장군을 보면서 나름대로 해야겠다는 계기를 얻은 호열은 처음의 생각과는 달리 앞으로의 일은 되도록 자신의 힘으로 해야겠다는 생각을 가지게 되었다. 운영으로선 이 일이 크나큰 행운이 된 셈이지만, 운영은 이와 같은 사실을 모르고 있었다.

운영도 박 장군의 모습을 보면서 많은 생각을 하고 있었다. 환하게 웃는 박 장군의 모습을 초롱초롱한 눈망울로 보면서 존경심이 가득 담긴 표정을 짓고 있었다. 또한 세상을 바라보는 놀라운 식견과 풍부한 인덕을 겸비한 박 장군을 본받을 사람이라고 생각하면서, 그런 박 장군의 옆에 있는 자신은 정말 운 좋은 사람이라고 생각했다.

뭐, 나중에 모른척했다고 해도 괜찮잖지

제9장 뭐, 나중에 모르겠다고 해도 괜찮겠지

　　마음까지 시원하게 해줄 것 같은 그런 상쾌한 바람은 어디론가 멀리 숨어버리고 매캐한 냄새가 코를 자극하는 자욱한 모래 바람, 보통 사람들은 눈조차 뜨기 어려운 모래 바람이 하늘을 누렇게 삼켜 버린 기분 더러운 날씨가 벌써 삼 일째 계속되고 있었다. 그렇다고 열사(熱沙)의 사막(砂漠)처럼 숨통이 턱턱 막히는 뜨거운 바람이 불어오는 것도 아니었지만 미세한 모래가 산들산들 불어오는 바람에 날려 호흡을 하기가 여간 어려운 것이 아니었다.

　　호열에게는 그러한 자연 환경이 아무런 지장을 주고 있지는 않았지만, 일반 짐꾼들이나 칼만 허리에 차고 있을 뿐 무공을 모르는 박 장군 일행에게는 참기 힘든 날씨였다. 지금 불어오는 바람은 저 멀리 바다를 건너 조선으로 가고 있는 것이었다. 서쪽 끝에서 시작해서 동쪽 끝으로……

말이 끝에서 끝이지, 호열로서는 상상이 가지 않는 것이었다. 마차 안에서 현운 장문인의 설명으로 듣긴 했지만 대륙이 얼마나 넓은지 아직 모르고 있었기 때문이다.

호열은 지금 자신들의 앞을 가로막고 있는 이것이 말로만 들어왔던 황사 현상(黃砂現象)이란 것을 현운 장문인에게 듣고서야 알았다. 실로 해박한 지식이 아닐 수 없었다. 호열은 처음으로 움직이지 않아도 알 수 있게 해주는 책의 중요성을 알았다. 책에서 얻어지는 간접 경험이 살아가면서 얼마나 많은 도움을 주는지 알게 된 것이다.

황사 현상이란 몽골이나 중원 대륙 북부 황토 지대의 타클라마칸 사막이나 고비 사막, 황하 상류와 아랍선(阿拉善) 사막 등에서 강한 바람에 의해 발생한다. 하늘 높이 고공으로 올라간 미세한 모래 먼지가 대기 중에 넓게 퍼져 온 하늘을 덮고 떠다니다가 상층의 편서풍(偏西風)에 의해서 멀리 동쪽 끝의 조선 부근까지 운반되어 서서히 하강하는 현상을 말한다. 주로 삼월에서 오월에 걸쳐 몇 번 발생하며 한번 발생할 때마다 삼 일 정도 나타나는데 특히 발달한 저기압이 몽골이나 화북 지방에서 만주 북부로 이동하면서 차가운 기운이 통과하고 난 후 더욱 뚜렷하게 나타난다. 이때 태양은 뚜렷하게 빛을 잃어 심하면 황갈색으로 보이고 시계가 혼탁해져 약 삼백에서 칠백 장으로 악화된다. 또한 노출된 지면이나 지물에 흙먼지가 쌓이기도 한다. 정말 고약한 날씨가 아닐 수 없었다.

박 장군 일행은 그동안 천진(天津)과 덕주(德州)를 지나 지금은 황하와 만나는 제남(濟南)으로 향하고 있었다. 황하에 처음 도착하였을 때 호열과 운영은 황갈색의 누런 강물이 마치 커다란 금룡(金龍)이 강물에 흘러가는 듯한 착각마저 들어 놀라움에 입을 다물지 못했었다. 박 장군도 그와 같은 강물은 말로만 들었지 처음 보았는지라 호열과 마찬가지로 입을 다물지 못하였다. 그렇게 일행들은 황하를 건너 제남에 거의 다 도착하여 지금은 멀리 눈앞에 마을을 내다보고 있었다.

황하는 청해성 파안객납산맥(巴顏喀拉山脈)과 아합납달택산(雅合拉達澤山)에서 발원하는 약고종열거(約古宗列渠)가 원류로써 성숙해(星宿海) 및 악능호(鄂陵湖), 찰능호(札陵湖)를 거친 하류를 가리킨다. 청해성 남동부를 동류하여 사천성 경계에 이르고, 적석산맥(積石山脈) 동단을 굽어 감숙성(甘肅省) 남부로 들어가 북서류하여 다시 청해성으로 들어간 다음 서영(西寧) 남쪽을 동류… 유가협(劉家峽)의 협곡을 지나 감숙성 난주(蘭州)에 이르러 북동으로 유로를 바꾸고 은천(銀川) 동쪽을 지나 내몽고의 오르도스 지방으로 들어간다. 다시 파두(巴頭) 부근을 동류한 다음 산서성 하곡현(河曲縣) 부근에서 남하하여 동관(潼關) 부근에서 또다시 동으로 진로를 바꾸어 삼문협(三門峽)을 거쳐 산서성, 하남성 경계를 흘러 황토 고원을 관통하여 화북 평야로 들어가 산동성 간이현(墾利縣)에서 발해만(渤海灣)으로 들어가는 대 장정을 거친다고 한다. 정말 길고 긴 물줄기라 현운 장문인의 설명을 들으면서 호열과 운영은 입이 다물어지지 않았다.

'물 한 말에 진흙 육 되'라고 할 정도로 유수 중에 포함된 진흙의 양이 많아 하구의 해안선이 자주 붕괴되고, 또 다른 하천의 유로를 빼앗아 유로를 바꾸며 흐르기에 과거 삼천 년 동안 범람과 제방이 파괴되는 일이 이루 말할 수 없이 많은 곳이었다. 그러한 일들이 이곳 일대에 사는 많은 백성들의 삶에 막대한 지장을 초래하고 있다는 현운 장문인의 설명 덕분에 호열은 마차 안에 가만히 앉아서도 그러한 사실들을 알 수 있었다. 중원에 대해 아무것도 모르는 호열로서는 막상 어디가 어디인지 모르겠지만 친절하게 설명해 주는 바람에 어느 정도는 알아들을 수 있었던 것이다.

호열과 박 장군 일행은 장백검파의 일 때문에 북경에서 삼 일을 더 머물게 되었다. 그곳에서 현운 장문인은 문인들이 할 일을 하나하나 지시하였는데 그 모습이 마치 미리 계획을 세우고 하는 것처럼 일사천리로 진행되는 것이 박 장군과 호열을 놀라게 하기에 충분했다. 호열이 보기에 '역시 한 문파를 이끌고 있는 수장다운 모습이란 저런 것이구나' 라는 생각을 가지게 할 정도로 현운 장문인은 그곳에 있던 삼 일 동안 가장 바쁜 사람이었다.

현운 장문인은 장백검파의 새로운 분타 자리를 찾아서 계약하고, 또한 주변의 상황을 면밀히 검토하고 앞날을 미리 예상하여 장백산에 있는 본산에 알려주었다. 또한 이런저런 급한 일들을 단 삼 일 만에 처리할 수 있다는 것이 지켜보는 사람들에겐 놀랍기만 한 일이었다. 그만큼 모든 일들이 순식간에 이루어진 것이다.

제남에 거의 다 도착하자 그동안 지겹게 불어대던 모래 바람도 잠시 주춤하여 박 장군과 호열은 오랜만에 마차 밖으로 나와 맑은 하늘을 바라볼 수 있었다. 아직 선명한 하늘은 아니었지만 그래도 밖으로 나올 수 있다는 사실에 고마울 뿐이었다.

"아… 정말 지겨운 날들이었네, 요 며칠은 정말……."

"예, 마차 안에만 있었더니 몸이 다 찌뿌둥합니다. 하지만 밖에 있던 사람들보다는 나은 편이니……."

호열은 박 장군의 말을 들으며 고개를 끄덕였다. 밖에서 따라오는 사람들의 모습을 보니 차마 웃을 수가 없었다. 온몸이 모래로 뒤범벅되어 보는 사람으로 하여금 동정심마저 유발시키고 있었기 때문이다.

"허허, 그렇지. 음… 어떻습니까, 장문인?"

"예, 오늘은 그래도 괜찮은 것 같습니다."

"그러게 말입니다. 이제 저기 제남도 보이니……."

호열은 손으로 마을을 가리켜 보였다. 사람들이 분주하게 움직이는 것이 확연하게 보일 정도로 가깝게 있었다.

"허허허, 다 왔지요. 음… 대협, 제남에 대해 아십니까? 저곳도 무척 유명한 곳인데……."

"하하, 장문인께서 말씀해 주지 않으셨는데 제가 어찌 알겠습니까? 이렇게 매번 번거로운 수고를 끼치고 있으니 송구할 뿐입니다."

'험, 이거 또 지겨운 지리 공부를 하게 되었네. 쉽게 알려줘서 고맙기는 하지만 이거… 북경에서부터 지리 공부를 해왔으니, 허, 그래, 이 것도 다 공부이니 열심히 듣는 척이라도 해야지 암……. 저렇게까지 열심히 설명을 해주시는데…….'

"허허, 뭐 수고라고 할 것까지야. 음… 대협, 제남은 공자께서 태어 나신 곡부(曲阜)가 있는 곳입니다."

"옛? 공자요?"

호열은 자신이 아는 이름이 거론되자 흥미가 이는 것을 느꼈다. 공자라는 이름은 어릴 적부터 많이 들어보았던 이름이기에 친숙하게 다가왔다.

"허허허, 예. 공자께서는 이곳 제남에서 태어나셨지요. 음… 제남 은……."

제남은 황하 하류의 옛 노나라 땅이며 찬란한 고대 문화가 번성했던 곳으로 춘추 전국 시대에 태행산(太行山)의 서쪽 주후국을 산서, 동쪽 을 산동이라 부르면서 산동성이라는 이름이 이어지고 있는 곳이었다.

산동성에는 한족, 회족, 만족 등의 복잡한 민족이 살고 있는데 그 수가 셀 수 없을 정도였다. 그만큼 많은 사람들을 먹여 살릴 수 있을 정도로 농업이 발달해서 옥수수, 면화, 밀, 땅콩 등 다양한 작물이 재배되고 있었으며 농경지가 전체의 반 이상을 차지하고 있는 전형적인 농업지역이었다. 또한 산동은 공자의 고향으로도 많이 알려진 곳으로 곡부의 공묘, 공부, 공림은 공자의 얼이 잘 보전되고 있는 사당이 있는 곳이다.

현운 장문인이 말하길 곡부는 춘추 전국 시대 때 노나라의 수도로 오천여 년의 문명사를 가진 도시이며 공자의 고향이기도 하였으므로 문물과 고적이 많아 오래전부터 시인 묵객들이 자주 찾는 곳으로 유명했다고 한다. 그래서 옛날 북송 때의 소동파(蘇東坡)라는 사람은 '곡부는 지금도 옛날 기풍이 남아 있어 십만에 이르는 집들이 모두 책을 읽는다' 라 했다고 전해진다.

호열은 그런 얘기를 현운 장문인에게 들으면서 새삼 고개를 끄덕였다. 마치 가려운 곳을 알아서 긁어주듯 모르는 것을 묻지도 않았는데 알아서 알려주니 이보다 더 반가운 일이 어디 있겠는가.

애써 반응을 보이지는 않았지만 이럴 때 호열은 현운 장문인이 그렇게나 좋을 수가 없었다. 그리고 더해서 호열은 현운 장문인에게 시도 한 수 배울 수 있었는데 그 시는 바로 소동파가 지은 것으로 얼마 전 힘들게 건너왔던 황하가 아니라 남쪽의 양자강을 보고 지었다는 염노교(念奴嬌)라는 시였다. 태어나서 처음으로 시다운 시를 접할 수 있었던 호열은 옆에서 보는 사람이 고개를 돌릴 정도로 입이 벌어져 있었다.

호열과 현운 장문인은 북경에서 박 장군과의 일 이후 제남까지 오는 동안 눈에 띄게 가까워졌다. 다른 사람들이 봐도 많은 친분이 생겼다고 말할 수 있을 정도로 가깝게 지내는 사이가 되었던 것이다. 하지만 주로 호열은 듣는 쪽이었고, 말하는 것은 언제나 현운 장문인의 몫이었다. 현운 장문인은 늘 자상하게 이것저것 묻지도 않은 많은 것들을 설명해 주었고 그에 덩달아 옆에 앉아 있던 운영도 많은 것들을 알게 되었다.

현운 장문인은 호열과 좋은 시간을 보내면서 이곳 제남까지 오게 되었지만, 이제는 자꾸만 다가오는 이별의 시간에 마음이 쓰였다. 아직 호열에게 할 말이 많았다. 아니, 할 말이 많은 것이 아니라 중요한, 가장 중요한 것을 말하기 위해 북경에서 제남까지 오는 동안 나름대로 좋은 분위기를 만들기 위해 애쓰고 있었던 것이다.

하지만 그런 현운 장문인의 생각과는 다르게 호열의 반응은 생각했던 것만큼 그리 크지 않아 보였다. 그동안 힘들게 해주는 얘기를 그냥 듣기만 하면서 창밖을 내다보는 것이 다였던 것이다. 그러한 까닭에 현운 장문인은 이러지도 저러지도 못하고 속만 새까맣게 타 들어가고 있었다. 하루라도 빨리 호열과 허심탄회하게 서로의 심정을 얘기할 수 있을 정도로 가까워졌으면 하는 것이 솔직한 심정이었다. 그러나 정작 호열은 그런 현운 장문인의 의중이 어떤지 생각조차 해본 적이 없었으니…….

박 장군 일행이 제남으로 향하는 주된 목적은 그곳에서 또 다른 일행을 만나기 위해서였다. 일행은 얼마 되지 않지만 조선에서 건너오는 사람들이 명나라로 공납하는 물품에 '혹시라도 이상이 생기지 않을까?' 하는 우려에 처음부터 두 무리로 나뉘어서 움직이기로 되어 있었던 것이다.

한 무리는 박 장군이 이끌고 있는 지금의 사람들로 육로로 움직이고, 다른 한 무리는 해상으로 오는 방법을 택했다. 조금은 번잡스러운 방법이었지만 그만큼 조선에서는 이 일이 큰 비중을 차지하고 있다는 것을 보여주는 사실이기도 했다. 어떠한 불상사라도 있어서는 안 되는, 그러한 절박한 심정이 잘 나타나는 일이었다.

호열은 박 장군으로부터 그런 사정을 듣자 절로 한숨이 나오고 가슴이 답답해지는 것을 느꼈다. 힘없는 나라의 설움이 가슴 깊은 곳에서 솟구쳤던 것이다. 호열은 자신의 나라가 그 정도로 힘이 없다는 사실에 울컥 눈물이 나올 것만 같아 울분을 주체할 수 없었다.

다시 마차에 오른 일행들은 제남에 도착하기까지 그리 오랜 시간이 걸리지 않았다. 눈에 보일 정도로 가까운 곳에 있었으므로 금방 도착한 것이다.

제남에 도착한 직후 박 장군은 윤 무장과 조 무장에게 사람들을 데리고 일행들이 머물 만한 큰 객점을 찾게 했다. 그러면서 또 한편으론 이곳에서 만나기로 한 다른 일행들을 찾아보라고 시킨 후 직접 사람들을 이끌고 수소문을 하기 위해 밖에 나가 있었다.

웬일인지 운영은 호열이 시키지도 않았는데 그런 박 장군을 따라 밖으로 나가서 거들어주는 중이었다. 상황이 그렇다 보니 마차 안에는 호열과 현운 장문인 둘만이 자리를 차지하고 앉아 있게 되었다.

"음… 장문인, 또 모래 바람이 불어오나 봅니다. 정말 날씨가 좋지 않군요. 이곳이 남쪽 지방이라서 그런지 후덥지근하고요. 이렇게 날씨가 좋지 않아서야 어디 움직일 기분이 나겠습니까?"

마차 안에서 창밖의 풍경을 보며 호열은 짜증 섞인 목소리로 현운 장문인에게 말했다. 마차 안에는 호열과 현운 장문인, 단둘만이 자리하고 있었기에 혼자 심심해하던 차에 장문인과 얘기라도 하면서 시간을 때우고 싶어서 말을 건 것이었다. 그런데…….

"허허허… 대협, 그렇게나 짜증나십니까?"

"아, 아닙니다. 제가 어찌… 하하하."

"허허, 내 다 알고 있습니다. 나도 박 장군의 말을 들었을 땐 대협과 같은 감정이 솟구쳤으니까요. 나도 알고 보면 조선 사람이라고도 할 수 있습니다."

"옛? 그게 무슨 말씀이신지?"

창밖을 보다가 갑자기 현운 장문인의 말에 귀가 솔깃해지는 호열이었다.

현운 장문인은 다시없을 이런 기회를 놓치고 싶지 않아서인지 약간 서두르고 있었다. 그동안 기다리고 있던 기회였기에 이번엔 자신이 그토록 하고 싶었던 말을 해야겠다는 생각을 가지게 된 것이다. 아무도 모르게…….

"히, 대협… 중원 사람들이 우리 장백검파보고 세외 세력이라고 해도 우리는 실상 할 말이 없는 상황입니다. 알고 보면 모두 옛날 고구려의 후손들이니……. 안 그렇습니까?"

"아, 예… 어떻게 보면 그럴 수도 있겠군요."

호열은 현운 장문인의 말에 일리가 있다는 듯 고개를 끄덕였다.

"그렇지요. 아마 내 생각으론 모두 그런 생각을 갖고 있을 겁니다. 그렇기에 우리 문파가 더욱 어려운 처지에 놓일 수밖에 없겠지만 말입니다. 허허허, 원시천존……."

"장문인, 그렇게 너무 나쁘게만 생각하지 마십시오. 모두 잘 풀릴 겁니다."

"허허, 말이라도 고맙습니다."

현운 장문인이 생각하기에도 자신이 갖고 있는 이 생각은 지금 장백 검파 사람이라면 누구나 하고 있던 고민이었다. 그렇기에 이번 숭산의 일에 적극적으로 나선 것이었다.

현운 장문인의 생각으로는 일반 문인들이 나서는 것보다는 그래도 한 문중의 장문인이 직접 나선다면 아무리 그들이라 하더라도 함부로 대하진 못할 것이라는 생각을 가지고 있었다. 또한 그만한 실력이 자신에게 있다고 생각했다. 어느 누구하고 상대해도 뒤지지 않을 자신이 있었다. 그러나 현운 장문인은 호열과 운영을 대하고서 그런 생각을 대폭 수정하지 않을 수 없었다. 호열의 실력은 처음부터 짐작을 하고 있었고, 운영의 실력은 직접 보았기에 더욱 그런 마음을 간직할 수밖에 없었다.

호열과 운영이 평범한 사람들이 아니라는 것을 알면서도 혹시나 '중 원의 많은 대문파들이 그동안 많은 고난을 겪으면서 자신들 같은 뛰어 난 인재들을 키웠다면? 그들도 자신들과 같이 내실을 꾀했다면?' 과 같 은 생각을 하게 되었기에 지금의 현운 장문인으로서는 앞날이 구만 리 보다 더욱 암담해지는 것을 느끼고 있었다.

지금 장백검파의 힘은 질적으로는 전성기 때에 못 미치지만 양적으 로는 가히 최고조에 이를 정도로 팽창되어 있었다. 비록 현운 장문인 자신은 겨우 최절정의 경지에 간신히 이르러 있긴 하지만 다른 문파엔 뒤지지 않을 것이라고 생각하고 있었다. 물론 호열과 운영을 만나지 않았다면 따로 걱정할 필요가 없었을 것이다. 그러나 현운 장문인은 '이십 대 중반의 운영이란 젊은이는 초절정의 경지에 올라 있지 않은 가? 만약 그런 고수가 중원무림에 숨어 있어서 이번 군웅대회에 나온

다면? 그렇게 되면 자신이 속해 있는 장백검파는 설 곳을 잃어버리게 되는 것이 아닐까? 누가 있어 장문인보다 뛰어난 고수에게 그 힘을 내세울 수 있겠는가? 란 생각을 하고 있었다. 또한 '그곳은 한 문파의 장문인들이 겨루게 되는 자리가 아니라 제자들이 겨루는 자리가 아닌가?'라는 생각에 머리가 뒤범벅이 될 지경이었다.

군웅대회는 당연히 현운 장문인의 수제자인 정호가 나가게 될 것이다. 그래서 현운 장문인은 크게 신경 쓰지 않으려고 했었다. 그러나 그렇게 하기엔 강호란 곳은 힘이 지배하는 약육강식의 전형적인 모습을 보여주는 곳이었기에 힘의 중요성을 너무나도 잘 아는 현운 장문인으로서는 걱정을 하지 않을 수 없었다. 현운 장문인이 생각하기로도 자신의 제자인 정호에게 기대하기엔 아직 무리가 있었기 때문이다.

정호도 또래에서는 보기 드물게 뛰어난 무사라고 할 수 있었다. 삼십 대 중반의 나이에 현운 장문인이 몇 해 전에야 들 수 있었던 최절정의 초입에 들어 있었기 때문이다. 하지만 중원무림의 잠재력을 너무나 잘 알기에 아직 밖으로 들어내기엔 무리가 따른다는 것을 현운 장문인은 잘 알고 있었다.

그래서 현운 장문인은 문중에서 알면 절대 안 되는 일이지만 자신이 얼마 전 알게 된 조사의 금단선공 후반부는 물론 전반부의 내용에 관해서도 호열과 진지한 토론을 하였으면 하는 생각을 가지게 되었던 것이다. 그런 생각을 왜 가지게 되었는지 스스로도 모르는 일이었지만 호열이라면 그렇게도 알고 싶었던 것을 알 수 있게 될 것만 같은, 왠지 막연한 기대를 가지게 된 현운 장문인이었다.

현운 장문인은 그런 자신의 생각이 조사께서 자신에게 기회를 주시는 것이라 나름대로 해석하고 있었다. 그만큼 지금의 상황은 현운 장문인에게 절박함을 느끼게 할 정도였기에 무슨 일이 있더라도 호열과 일을 성사시키고 싶은 마음이 간절한 상태였다.

"대협, 이런 부탁을 드려도 될지 모르겠습니다. 허……."

"옛? 하하하, 무슨 말씀을 하시려고 그렇게 뜸을 들이십니까? 장문인답지 않으시게……."

"허허허, 나답지 않다? 음… 글쎄요, 그런 건 잘 모르겠지만 나중에 저와 함께 자리를 마련해서 한번 무도에 관하여 허심탄회하게 토론하여 줄 수 있겠습니까?"

현운 장문인은 호열에게 말을 하면서도 기를 퍼뜨려 주변의 동향에 귀를 기울이며 예의 주시하였다.

"옛? 무도에 관해서요?"

"그렇습니다. 내 염치없는 부탁이지만 대협께 물어보고 싶은 것도 있고, 또 그동안 같이 지내면서 서로 간에 진지한 대화가 한 번도 없었지 않습니까? 같은 무도를 걸어가는 입장에서. 그러니……."

"음… 글쎄요, 저 같은 사람이 무슨 도움이 되겠다고……."

'이런, 어디를 봐서 한 문파의 장문인과 내가 무도에 관해서 토론을 할 수 있다는 말인가? 이거 참…….'

호열은 현운 장문인의 갑작스러운 물음에 난감한 심정이 되었다. 무도라니. 호열은 자신과 무도에 대해서 토론을 하자는 얼토당토않은 장문인의 말에 기가 막힐 따름이었다. 호열은 현운 장문인의 진의를 알기 위해서 고심하지 않을 수 없었다.

"허, 예전에도 말했었지만, 음… 알았습니다. 휴… 내 솔직하게 말하겠습니다."

"무슨……? 장문인, 무슨 고민이라도 있으십니까?"

"아, 대협, 대협도 알겠지만 지금 내 성취는 그리 높지 않습니다."

"아, 아닙니다. 그건 장문인께서 잘못 아시……."

"아닙니다, 대협. 음… 처음 산문을 나왔을 때는 그나마 자신감이라도 있었는데 지금은 앞에 아무것도 보이지 않는 어두운 동굴이 가로막혀 있는 답답한 마음만 갖게 되었습니다. 그래서 내 얼마 전 조사의 유물을 얻을 수 있었는데 대협께서 그걸 한번 보아주셨으면 합니다. 이런 어려운 부탁을 하게 되어 죄송하지만 제 상황이 너무 어려운지라, 원시천존……."

"옛? 조사의 유물이라니요? 무슨 그런 말씀을?"

"음… 대협, 어떻습니까? 그렇게 해줄 수 있겠습니까?"

현운 장문인은 호열이 뭐라고 대답하기도 전에 얼른 말을 자르면서 자신의 부탁을 들어주었으면 하는 의중을 간절히 내비쳤다. 호열은 두 손을 마주 잡고 호소하는 장문인의 처지를 다시 한 번 생각하지 않을 수 없었다. 너무나 진지하고 애처로웠기에 호열은 쉽게 거절할 수가 없었다.

"글쎄요. 음… 장문인, 장문인께서 말씀하시는 것이 진정 조사의 유물이라면 그것은 무가지보(無價之寶)일 텐데 어찌 저 같은 사람에게? 그것은 아니 될 말씀입니다."

"아, 음……."

호열은 현운 장문인이 왜! 자신 같은 사람에게 그토록 중요한 것까지 보여주겠다고 하는지 이해가 가지 않았다. 조사의 유물이라면 아무리 하찮은 문파라 하더라도 가장 중요시되는 것일 텐데 하물며 천 년에 가까운 역사를 지니고 있는 장백검파라면 말이 필요없는 상황인 것을 잘 아는 호열이었다. 그러나 한편으론 얼마나 절박한 심정이기에 장문인의 신분으로 그런 것을 서슴없이 보여주겠다고 하는 것인지 생각하지 않을 수 없었다.

"아닙니다. 대협께서는 그만한 자격과 능력을 지닌 분입니다. 그것은 지금까지 보아와서 확신할 수 있습니다. 사실… 대협께 부탁드릴 것은, 그것은, 음… 휴… 제가 그것을 익히고 있다는 사실은 우리 문파에서도 모르는 사실입니다. 허허허. 사실 알고 있다고 해도 별다른 상관은 없겠지만……."

현운 장문인은 문중의 비사(秘事)를 말해야만 한다는 것에 부담을 느끼고 있었다. 아무리 가깝게 지내는 사이라고 하더라도 그 자초지종을 얘기하고 나서 동조를 구하는 것이 이치에 맞는 것이기에 현운 장문인은 가슴 아픈 일이지만 천천히 말을 꺼내기로 했다.

"옛? 그게 무슨?"

"사실 조사께서 후대에 남겨주신 무공기서가 하나 있습니다. 금단선공(金丹仙功)이라고 하지요."

"금단선공이요?"

호열은 현운 장문인의 말을 들으면서 흥미가 생기기 시작했다. 그러나 궁금함이 생기는 것이지 현운 장문인의 부탁을 들어주겠다는 생각은 크게 생기지 않고 있었다.

"예… 그러나 제가 지금과 같이 조사께서 남기신 무공의 전반부도 아닌 후반부에 신경을 쓰고 있다는 것을 우리 원로분들이 아신다면 극구 말리실 겁니다. 지금은 금단선공이 우리 문중에서도 거의 외면당하고 있는 실정이니……."

현운 장문인은 호열에게 말을 하면서도 침울함을 애써 내비치지 않으려고 노력하였다. 그러나 그것은 생각에만 그쳤을 뿐 장문인의 얼굴에는 어두운 그림자가 내비쳤다.

"전반부, 후반부라… 허, 음… 전 이해가 가지 않습니다. 어찌 조사의 무공이 외면을 당한단 말씀이십니까? 오히려 후대들이 부지런히 갈고닦아 더욱 발전시키지는 못할망정 그렇게 한다는 것은 도저히……."

호열은 이해가 가지 않았다. 아무리 무림에 대한 상식이 없다고 하더라도 현운 장문인의 말은 자신이 아는 범위 내에서는 일어날 수 없는 일이었기 때문이다.

호열의 말을 듣고 있던 현운 장문인도 차마 할 말을 쉽게 찾을 수 없었다.

"허허… 예, 이치를 따지자면 그렇지요. 휴… 어쩔 수 없이 대협에게 이런 말까지 해야만 하겠군요. 음……."

"장문인께서 무슨 말 못할 사연이 있으신 것 같군요. 그러시다면 그렇게 힘들여 하지 않으셔도 괜찮습니다."

'이런, 내가 지금 무슨 일을 또 만들려고 이러는 것인가? 허, 내가 정말 미치지…….'

호열은 현운 장문인의 사연이야 어떻든 우선은 지금의 상황에서 벗어나야겠다는 생각이 들었다. 진작에 이럴 줄 알았다면 운영처럼 박장군을 따라가는 게 좋았을 거란 생각을 하면서…….

하지만 호열은 자신을 바라보며 간절히 부탁을 하는 현운 장문인의 축 처진 어깨를 보자 마음을 고쳐먹지 않으면 안 될 것 같다는 생각을 하게 되었다.

호열이 보기에 지금 장문인은 그동안 힘들게 쌓아 올린 체면이 어떻게 되고 간에 자신이 이끌고 있는 문중의 사람들을 위해서 자신보다 어린 호열에게 고개를 숙이고 있었다. 그러한 사실을 누구보다 잘 알고 있었기에 차마 직접 거절을 할 수가 없었다.

호열은 현운 장문인의 모습을 보면서 진정으로 자신의 문파와 문인들을 사랑하지 않는다면 하지 못할 사나이의 행동이라고 생각하였다. 아무도 쉽게 하지 못하는 그런 것을 서슴없이 하고 있는 현운 장문인에 대한 존경심마저 들었다.

"음… 아닙니다. 이제는 대협에게 못할 말이 어디 있겠습니까? 사실 우리도 조사의 무공이 사장(死藏)되는 것을 처음부터 원했던 것은 아니었습니다. 조사께서 우화등선하신 후 십육 대 장문인이셨던 담영선사(曇零先師) 대에까지 힘겨운 연구를 했었지요. 하지만 휴… 그때까지도 별다른 성과를 얻을 수 없었습니다. 그 후로 언제부터인지 모르지만 차츰 우리들 스스로도 등한시하게 되었고요. 그것이 지금에까지 이어져 내려온 것입니다. 허허."

현운 장문인은 조용히 말을 하면서 씁쓸한 마음을 금할 길이 없었다.

"아니, 그럼 지금까지 어떤 무공을 제자들에게 가르치셨단 말씀입니까?"

"허, 어찌 한 문파에 조사께서 남기신 무공 외의 다른 것들이 없을 수 있겠습니까? 많은 세월 선대 분들이 금단선공을 연구하시면서 나름대로 얻은 것들도 있었고, 또한 따로 창안하셨던 것들도 상당하지요."

현운 장문인은 호열이 물어보는 것이 무엇이며 또 놀라는 것이 무엇을 뜻하는 것인지 알 수 있었기에 입가에 엷은 웃음이 피어났다.

"아, 죄송합니다. 전 다만, 음… 그렇다면 굳이 지금에 와서 장문인께서 금단선공을 연구하실 필요가……."

호열은 차마 다음 말을 이어갈 수가 없었다. 그것은 이미 북경의 일로 대강 짐작할 수 있는 일이었기 때문이다.

"허허, 대협께서도 그렇게 생각하시겠지요. 지금까지 아무도 익힐 수 없었던 것을 저 같은 사람이 익혀보겠다고 이렇게 매달리고 있으니……."

"아, 아닙니다, 장문인. 제 말뜻은……."

"허허, 아닙니다. 대협의 뜻은 잘 알고 있습니다. 하지만 저는 얼마 전에야 그것의 참다운 진가(眞價)를 느낄 수 있었습니다. 바로 대협!! 대협을 보고서 말입니다."

"옛? 그, 그게 무슨?"

현운 장문인은 호열의 놀란 물음에 천천히 웃으며 미소를 지어 보였다. 조금 후 호열이 냉정을 찾는 것 같아 보이자 처음 장백촌에서 만났을 때의 상황에서부터 지금까지, 또한 호열과 같이 지내면서 갖게 된 자신의 생각을 차근차근 이야기하기 시작했다. 지금 장백검파가 처해 있는 상황과 왜 이래야만 하는지까지.

장문인의 말을 들으면서 호열은 또 하나의 비애를 경험해야만 했다. 힘의 논리라는 불변의 진리를 새삼 깨달을 수 있었다. 과연 힘이란 무엇인지 힘의 절대적인 능력을 다시 한 번 경험할 수 있었던 것이다.

호열은 조용하지만 열변을 토하는 현운 장문인의 말에 고개를 끄덕이지 않을 수 없었다. 그 역시 오래전에는 장문인, 아니, 일반 사람들보다 더한 약자의 모습을 하고 있었으므로 현운 장문인의 심정에 공감이 갔던 것이다. 지금은 비록 남들에게 쉽게 당하지는 않게 되었지만, 아니, 지금은 오히려 엄청난 힘에 생기는 바람에 그 쓰임에 있어 주저하고 있는 호열이었지만 과연 무한한 힘을 드러냈을 경우 사람들의 반응이 어떨지 심히 염려가 되었다. 막상 호열 그 자신조차도 그 힘의 진정한 위력이 어느 정도인지 모르고 있는 상태였으니…….

호열은 지금 마치 가공되지 않은 보석처럼 원석 그대로의 상태라 할 수 있었다. 정작 호열 자신은 많은 발전을 하였다 생각하고 있지만 자신이 지니고 있는 힘의 십만, 아니, 백만 분의 일도 채 모르고 있었던 것이다.

'음… 도대체 내가 현운 장문인에게 무슨 도움을 줄 수 있다는 말이지? 무공의 지식이나 지도자로서의 연륜을 보더라도 무엇 하나 나에게 도움을 바랄 위치에 있는 사람이 아닌데.'

"장문인의 말씀 잘 알겠습니다. 장문인, 그럼 제가 어떻게 하면 도움이 되겠습니까? 말씀해 주십시오."

호열은 모든 생각을 정리한 후 현운 장문인을 바라보았다.

현운 장문인은 호열의 말을 들으면서 처음엔 다소 머뭇거리는 모습이었지만 조금 시간이 지나자 노안의 두 눈에서 소리없이 두 줄기 눈물이 흘러내렸다.

"그, 그럼… 대협, 승낙해 주시는 겁니까?"

현운 장문인은 자신도 모르게 호열의 두 손을 마주 잡고 있었다.

"예… 제가 어떻게 장문인의 청을 거절하겠습니까? 그런 일은 있을 수 없는 일이지요. 그럼 제가 무엇을 하면 되겠습니까?"

호열은 현운 장문인의 눈물을 보면서 마음이 크게 요동치는 것을 느꼈다. 그에 깜짝 놀란 호열은 얼른 말을 꺼내며 화제의 중심을 다른 곳으로 향하게 했다.

"아, 그건… 저와 같이 조사님의 금단선공을 보고 아낌없는 토론을 해주시면 고맙겠습니다."

호열의 말에 얼른 자신을 돌아본 현운 장문인은 오랜 삶의 연륜과 경험에서처럼 감정을 정리하는 데 걸리는 시간이 짧았다.

"옛? 아… 저에게 무공을 가르쳐 달라시는 것도 아니고 장문인께서 직접 사문의 무가지보를 저와 같이 연구하자는 것인가요? 오히려 저로서는 고마운 일이군요."

"대협, 정말, 정말 고맙습니다."

호열의 수긍 의사가 확실해지자 현운 장문인은 호열의 두 손을 꼭 잡으며 거듭 감사하다는 말을 했다. 뭐가 그리 고맙다는 것인지는 아직 모르겠지만, 호열도 그리 싫지만은 않았다. 크게 도움이 될진 아직 모르지만 한 문파의 장문인을 도울 수 있는 기회가 생겼으니 최선을 다할 생각이었다. 하지만 그것은 순수한 마음에서 우러나는 것이 아니었다. 조금은 불순한 의도가 다분히 잠재되어 있었던 것이다.

호열은 선친의 가르침대로 은혜를 베풀어보기로 했다. 조금이나마 이렇게 인연을 만들어놓으면 나중에 자신이 어려울 때 도움을 줄 수 있는 사람이라는 확신이 들었기 때문이다. 아무리 생각해 보아도 나중에 도움이 되면 됐지 피해는 없을 것 같다는 결론을 얻었기에 호열은 현운 장문인이 바라는 것을 최선을 다해 도와주기로 했다.

호열이 생각하기에 현운 장문인이 자신에게 바라는 것은 옛날 운영이 부탁했던 것들과 별반 차이가 없는 것 같았다. 그때는 글을 몰라 약간의 어려움을 겪었지만, 지금은 그때와는 다르게 웬만한 글은 모두 알고 있다고 자부하고 있었기에 크게 부담감없이 승낙을 했던 것이다. 또한 모르는 글자는 운영의 때와 마찬가지 방법으로 어떻게 하든 넘어가면 될 것이라는 생각을 하자 훨씬 홀가분한 마음으로 승낙을 할 수 있었다. 따로 걱정할 필요가 없었기 때문이다.

"대협, 그럼 오늘 밤에 제 방으로 오실 수 있겠습니까?"

"옛? 오늘 밤에요? 음… 꼭 그렇게까지, 아직 시간도 많은데……."

"허허, 아닙니다. 우린 얼마 후엔 서로 헤어져 다른 길로 가게 될 것입니다. 또한 어쩌면……."

'아마 대협은 강호의 무림이 아니라 황실에서 생활하게 될 것입니다. 그렇지 않다면 좋겠지만. 음…….'

현운 장문인은 박 장군에게 호열을 데리고 황제를 만나라고 했던 자신을 떠올렸다. 그때는 그렇게 해야만 할 것 같았기에 그렇게 했는데, 지금 생각해 보니 굳이 나서지 않았어도 상황은 그렇게 되었을 것이라는 느낌을 받았다. 그때는 그런 쪽으로 크게 신경을 쓰지 않아 잘 몰랐지만, 지금 생각해 보니 박 장군이 은근히 바라고 있었다는 것을 알 수 있었다. 아마 그때 현운 장문인이 처음 말을 꺼내지 않았다면 제남에서 장백검파와 헤어진 후 박 장군이 직접 그런 말을 했을지도 모르는 일이었다.

"옛?"

"아, 아닙니다. 우린 조만간 박 장군과 헤어져 따로 행동하게 될 것이란 말입니다."

"아, 그렇다면……?"

"예, 우린 이곳 제남에서 헤어질 것입니다. 박 장군은 계속 황도로 갈 것이고, 우린 다시 황하에서 배를 타고 하남성의 정주(鄭州)나 낙양(洛陽)에서 내린 후 다시 육로로 등봉현 숭산에 있는 소림사로 향하게 될 것입니다."

"아, 그렇지만 그러다 혹시……."

호열은 급하게 서두르다가 혹시 장문인이 난처한 상황에 직면하지 않을까 우려를 하게 되었다. 제자들의 입을 통해서 원로원에 소문이

들어갈 수도 있다는 생각이 들었기 때문이다. '낮말은 새가 듣고, 밤말은 쥐가 듣는다' 라는 말과 '발 없는 말이 천리를 간다' 라는 말처럼 호열은 현운 장문인의 향후 거취에 신경 쓰지 않을 수 없었다. 차후 호열이 어려울 때 직접 도움을 줄 수 있는 사람은 현운 장문인이었으니…….

"허허허, 걱정 마시지요. 내 오늘 밤에 제자들에게 미리 말해 둘 것이니……. 대협, 그렇게 해주실 수 있겠습니까?"

"장문인께서 그렇게까지 말씀하시니 따라야겠지요. 그럼 제가 자시정에 찾아 뵙겠습니다."

"허허, 정말 고맙습니다. 그럼 그렇게 알고 조치를 취하겠습니다. 그럼……."

현운 장문인은 밖에서 인기척이 들리자 마치 간단한 이야기만 오가는 평상시처럼 아무 일 없었다는 듯이 호열에게 간단한 인사를 한 후 서둘러 마차를 빠져나갔다.

"대협, 그럼 오늘 밤 자시정에 뵙겠습니다."

"응? 이건 뭐야? 어디서?"

호열이 갑작스럽게 귓속에서 울리는 소리에 놀라 주변을 바라보니 서둘러 마차를 빠져나가는 현운 장문인이 입술의 움직임도 전혀 없이 자신에게 말을 하고 있었던 것이다. 호열은 그런 장문인을 보면서 아직 세상에는 자신이 모르는 많은 것들이 산재해 있다는 것을 새삼 깨달을 수 있었다. 또한 현운 장문인의 부탁이 생각했던 것보다 더욱 어려운 일일 수도 있다는 생각이 들어 가슴이 순간 답답해져 왔다.

'휴… 도대체 얼마나 어려운 책이기에 오랜 세월을 투자하면서도 해석하지 못했을까? 그때 운영이 녀석처럼 글자를 모르는 것도 아니면서. 음… 그 정도라면 나에게 부탁을 한다고 해도 아무런 소득이 없을 것 같은데. 아이, 내가 이런 생각을 해서 뭐 하냐, 쓸데없이……. 뭐, 나중에 모르겠다고 해도 괜찮겠지.'

호열은 괜히 쓸데없는 것에 신경 쓰고 싶지 않았다.

빚거품우시대라도 구정은 전혜주실 수 있습니까?

제10장 번거로우시더라도 구결로 전해주실 수 있습니까?

얼마 움직이지도 않은 것 같은데 하늘에 먹물을 뿌려놓은 듯 어느새 밤이 찾아왔다. 사람들은 피곤하고 고단했던 하루의 삶을 정리하고 내일을 위해 잠깐이나마 편안한 마음으로 휴식을 취할 수 있는 시간이 된 것이다. 하루 종일 분주하게 움직였던 사람들은 각자 자신의 휴식처로 돌아가서 사랑하는 가족들이나 아니면 연인과 편안한 휴식을 취할 것이고, 그렇지 않은 사람들은 오늘 밤을 어떻게 보내나 하는 한심한 생각을 하면서 대낮처럼 환하게 밝은 빛을 내뿜으며 자신의 몸을 불사르는 호롱불들이 걸려 있는 거리를 활보할 것이다. 자신의 청춘이 허무하게 지나가는 줄도 모르고…….

세상이 좋아서 그런지, 아니면 조상의 은덕으로 좋은 부모를 만나 남들과 달리 아무런 걱정 없이 한낮에도 다른 사람들처럼 힘들게 일하지 않아도 먹고 살 수 있어서 그런지 제남 서쪽 부근에 당당히 한자리

번거로우시더라도 구결로 전해주실 수 있습니까? 245

를 차지하고 있는 환락가는 절강성에 있는 환락의 도시 항주가 부럽지 않을 정도로 위용을 뽐내고 있었다. 또한 거리에는 그 위용에 걸맞게 한 치도 발 디딜 틈이 없을 정도로 사람들로 미어지고 있었다.

지나가는 행인들의 발걸음을 한순간에 멈출 정도로 간들어진 여인들의 애교 섞인 웃음소리, 그런 그들을 바라보며 나름대로 호탕한 웃음을 보이며 추근대는 사람들. 그러나 그러한 모습이 얼마나 오래전부터 있어왔는지 아무리 눈을 씻고 찾아보아도 지나가는 사람들 모두 그런 것에는 신경도 쓰지 않고 있었다.

박 장군이 평소 때와 달리 조금 신경을 썼는지 호열이 머물게 된 객점은 제남에서도 꽤 유명한 곳으로 다른 일행들과 섞이지 않도록 따로 객실들이 마련되어 있었다. 하지만 객점이다 보니 일반 주거 형태인 가옥들이 들어서 있는 곳에 위치하지 않고 한창 밖에서 불야성을 이루고 있는 환락가의 바로 길 건너에 위치해 있었다. 그렇다 보니 객점에 머물고 있는 사람들 중 태반이 한밤중에도 시끄러워서 잠을 이루지 못하는 경우가 허다했다.

제남에 환락가가 처음 들어선 것은 오래전의 일이지만 지금과 같은 정도로 심각하지는 않았었다. 처음엔 사람들이 잘 다니지 않는 외곽에 하나둘 자리를 잡았던 것이다. 그래서 사람들의 이목과 사회적인 문제가 심하다 싶으면 관청에서 단속을 한다는 명분으로 이따금씩 장사를 못하게 했던 적도 있었다. 그러나 예전엔 그렇게 단속을 할 수 있었던 것이 지금에 와서는 아예 관청에서도 손을 쓰지 못할 정도로 당당히 제남의 한 지역을 차지해 버렸다. 규모와 시장이 관청에서 손을 못 댈 정도로 커져 버린 것이다.

제남이 지금과 같은 상황이 된 것은 관청의 안일한 대처에도 문제가 있었지만 관청에서 일하는 일선 관리들이 상당수 뇌물을 받으면서 묵인해 준 것이 화근이었다. 지금은 오히려 장사를 하는 사람들에 의해서 관리들이 바뀔 정도로 그 문제가 심각한 상황에 이르러 있었다.

"음… 정말 눈부시구나. 이게 도대체 밤이야, 낮이야?"

호열은 창밖을 바라보면서 입을 다물지 못했다. 북경에서는 시끄러운 소리에 잠을 이루지 못했다면, 제남에서는 시끄러운 소리는 둘째 치고 휘황찬란한 불빛에 배어 나오는 여인의 웃음소리에 가슴이 뒤숭숭하여 쉽게 눈을 붙일 수가 없었다.

"형님, 그만 주무세요. 오늘 하루도 피곤하셨을 텐데……."

"응? 어, 그래… 그러자꾸나. 운영아, 너도 어서 자거라."

"예, 그럼 죄송하지만 먼저 자리에 눕겠습니다. 안녕히 주무세요."

"응? 그, 그래……."

"예."

'하하, 형님도 참…….'

운영은 호열에게 인사를 한 후 먼저 자리에 누웠다. 오늘 제남에 도착한 이후 박 장군의 뒤를 따라다니면서 호위를 하는 바람에 피곤한 하루를 보낸 운영이었다.

사람들이 워낙 많이 다니는 곳이다 보니 제남에 도착하였을 또 다른 일행들을 찾아다니다가 어떠한 일이 발생할지 몰랐기에 박 장군이 운영에게 호위를 부탁한 것이다.

나중에 이 사실을 전해 들은 호열은 충분히 이해할 수 있었다. 운영이 따라간다면 어떠한 상황에서도 충분히 안전은 보장받을 수 있을 것이다. 아직 부족한 점이 많지만 누가 운영과 같은 초절정고수에게 대적할 수 있겠는가? 목숨을 여벌로 가지고 다니지 않고서야…….

'음… 지금 자시정이 조금 넘었으니 장문인이 기다리고 있겠구나. 운영이도 잠이 깊이 든 것 같고……. 후후, 오늘 피곤했겠지. 남의 호위를 한 것이 처음이었으니 긴장도 했겠고, 실전 경험이 없으니…….'

운영과 호열. 지금까지 여행을 하면서 처음 산적들과의 일을 제외하고는 다른 사람들과 크게 시비가 붙은 적이 없었기에 싸움다운 싸움을 한 적이 한 번도 없었다. 혹 그러한 시비가 있었다고 해도 호열은 오히려 피했을 것이지만.

'장문인의 방이 어디에 있었더라? 이곳은 아니고, 음… 어디 보자… 아, 저곳이군.'

호열은 간만에 어의심기(瘀意心氣)를 일으켜 주변에서 느껴지는 현운 장문인의 기를 찾아보았다. 호열이 묵고 있는 방과는 조금 멀리 떨어져 있었다. 중간에는 박 장군의 일행들이 머물고 있었던 것이다. 이와 같이 객실의 방을 잡게 된 이유는 무엇보다 박 장군과 그 일행들의 호위를 위해서라는 나름대로의 이유가 있었다.

"자, 이제 슬슬 가볼까? 너무 많이 기다리게 하는 것도 예의가 아니지. 음……."

호열은 무엇을 생각하는 것처럼 방 안을 조금 서성이다가 아무런 조짐도 없이 땅속으로 꺼지듯 한순간에 머물고 있던 방에서 사라져 버렸다. 아무런 기척도 없이…….

현운 장문인은 방 안을 이리저리 서성이면서 호열이 오기만을 기다리고 있었다. 오늘 박 장군이 시내를 돌아다니면서 이곳에 먼저 도착해 있을 일행들을 찾아다녔지만 아직 도착하지 않았다는 것을 알고는 돌아왔다. 덕분에 박 장군과 함께하기로 한 호열이 떠날 때까지는 아직 시간이 남아 있게 되었지만 안심할 수 있는 입장은 아니었다. 무엇보다 현운 장문인, 그 자신의 마음이 혹시나 하는 약간의 긴장과 알 수 없는 기대감에 조급해져 있었다.

"왜 이렇게 안 오는 것인가? 혹시 잊어버린 것은 아니겠지? 음……."

"하하하, 걱정하지 마십시오. 여기 이렇게 왔습니다, 장문인."

"헉! 어, 어찌? 어떻게?"

현운 장문인은 호열이 언제 올지 몰라 주변을 경계하면서 기다리고 있었는데 아무런 기척도 없이 나타나자 깜짝 놀랐다. 호열이 아무런 소리도 없이 들어오게 할 정도로 자신이 무감각하지 않았다고 생각했다. 또한 밖에선 제자들까지 지키고 있었는데도 불구하고 호열이 떡하니 눈앞에 나타난 것이다.

"하하하, 장문인께서 지금 오라고 하셨지 않습니까?"

호열은 처음 현운 장문인이 머물고 있는 객방까지 그냥 걸어서 가려고 했었다. 그러나 혹시 다른 사람들의 눈에 띨까 싶은 마음에 처음의 생각은 버리고 이의경신술 중 평소 잘 쓰지 않는 어의공을 사용하여 한순간에 현운 장문인의 방으로 공간 이동을 했던 것이다. 이미 현운 장문인의 기를 느꼈기에 객점 어디에 있는지 알 수 있었으므로 쉽게 찾아올 수 있었다.

"그렇지만 어떻게 아무런 기척도 없이?"

"하하하, 그게 뭐 그리 중요한 일입니까? 시간이 없다고 하셨으면서."

"아, 그랬지만… 허허, 알겠습니다. 대협, 어서 이리로 와서 앉으시지요."

"하하하, 예, 그럼⋯⋯."

현운 장문인은 얼른 호열을 의자에 앉게 했다. 이미 기다리던 호열이 왔으니 더 이상 다른 얘기를 하면서 시간을 허비할 필요가 없다는 생각이 들었기 때문이다. 그러나 호열에 대한 놀라움만은 쉽게 사그라들지 않았다.

'음⋯ 이 정도였을 줄이야. 처음 정 소협의 경지를 보고 놀랐었는데 지금 대협의 성취는⋯ 정말 놀랍구나. 오히려 내가 추측도 할 수 없을 정도라니, 음⋯⋯.'

"장문인, 뭘 그리 깊게 생각하십니까?"

호열은 현운 장문인이 권하는 자리에 앉으면서 심각한 표정을 짓고 있는 장문인의 얼굴을 볼 수 있었다.

"아, 아닙니다. 허허, 이런⋯ 제가 손님을 앞에 두고 실례를 하고 있었군요. 차라도 한 잔 하시겠습니까?"

"아닙니다. 여기 오기 전에 이미 마셨습니다."

"아, 그랬군요."

"예, 그러니 신경 쓰지 마시지요."

"허허허, 알겠습니다. 그럼⋯⋯."

호열은 중원에 들어와서 사람들을 많이 사귀어보지는 않았지만 처음엔 중원인들이 차를 사랑하고 즐겨하는 습관이 이해되지 않았다. 지금까지 살아오면서 형편이 좋지 않아 접해보지 않다가 처음 박 장군의 권유로 접한 후 나름대로 입맛에 맞추어보고자 노력하였지만 쓰기만할 뿐 그다지 좋진 않았다.

현운 장문인은 호열과의 가벼운 대화를 마치며 품에서 낡은 서책 한 권을 꺼냈다. 호열이 한눈에 보아도 그것이 전에 말한 금단선공이라는 것을 알 수 있었다.

"대협, 이것이 아까 제가 말한 그 금단선공이랍니다. 우리 문파뿐만 아니라 무림에서도 중히 여겨지는 무가지보라 할 수 있지요."

"음, 그렇군요. 그런데… 꽤 오래전에 만든 것 같아 보이는데……?"

"허허허, 그렇게 말할 수도 있겠지만 사실 이 책은 진본이 아닙니다. 이 사본이 만들어진 건 한 삼백 년 전쯤일 겁니다."

"아, 그렇군요. 음……."

호열은 천천히 책의 겉 표지를 살펴보았다. 이미 누렇게 바랜 것이 사람들의 손때를 많이 탔다는 것을 짐작하게 했다.

"그때 조사께서 남기신 원본이 훼손되는 것을 막고 또 영구 보존하기 위해서 나중에 새로 만들었던 것이지요. 그 후로 후손들이 신경을 쓰지 않아서 이렇게 되었지만 말입니다. 휴… 정말 안타까운 일이지요."

"예, 정말 그렇군요. 아무리 볼 가치가 없었다고는 하지만 조사의 유품인데……."

호열은 무슨 이유 때문인지 누렇게 바랜 금단선공을 보면서 자신도 모르게 안타까운 마음이 들었다. 오늘 처음 보는 책인데 마음이 끌리고 있었던 것이다.

"허허허, 그렇기는 하지요. 원시천존……."

"음……."

'내가 왜 이러지? 정말 알다가도 모르겠네. 이런 적은 한 번도 없었는데…….'

호열은 자신에게서 일어나는 현상에 고개를 갸웃거리면서도 정확히 그것이 무엇 때문인지 감을 잡을 수가 없었다. 하지만 이내 별일 아닐 것이라 치부해 버렸다.

"자, 대협께서도 한번 보시지요."

현운 장문인은 책을 호열의 앞에 내밀어주었다.

"장문인, 정말 저에게 보여주시는 것입니까? 아무래도 그건 다시 생각해 보시는 것이 좋겠습니다. 제가 감히 본다는 것이… 그래도 문파의 보물인데…….."

호열은 순간 현운 장문인의 손에 들린 금단선공을 받아 들어 펴보고 싶다는 욕망이 일었다. 그러나 얼른 그런 자신의 마음을 다잡은 호열은 현운 장문인이 다시 생각해 보길 청했다.

"허허허, 대협. 어차피 보여주려고 했던 것입니다. 아무리 이 책이 우리 문파의 다시없는 보물이라 해도 현재 아무도 보아주는 사람이 없다면 그것이 어디 보물이라고 하겠습니까? 보물은 당연히 보아주는 사람이 있을 때 그 가치를 가진다고 생각합니다. 그러니 이렇게 보물로서 가치있게 하려는 것 아니겠습니까? 이제 이 금단선공도 깨어났으면 합니다. 너무 오랫동안 잠을 자고 있었어요. 그것이 제가 대협을 청한 이유입니다."

"음… 장문인, 장문인의 고견 잘 들었습니다. 제가 능력이 미천하여 장문인께 도움이 될지 모르겠지만 아무쪼록 최선을 다하여 도와드리겠습니다."

호열은 현운 장문인의 말속에 가슴속 깊은 곳에서 우러나오는 금단선공에 대한 애정이 느껴졌다. 또한 현운 장문인의 모습에서 저것이 진정한 무인의 자세라는 생각이 들었다. 아니, 무인이라기보다는 한 문파의 앞날을 이끌어가는 수장다운 모습이었다. 생각이 이렇다 보니 호열도 처음 가졌던 안일한 자세를 바로잡고 예의를 다하여 성심성의

껏 최선을 다해 도와주기로 마음을 고쳐먹었다.

"고맙습니다, 대협. 자, 어서 한번 보십시오. 글이 너무 오래되어 잘 보이실지 모르겠습니다. 조사 때 쓰여진 것이라 처음 쓰여졌던 갑골문을 그대로 옮겨 적은 것입니다."

"옛? 갑골문이요?"

호열은 깜짝 놀랐다. 현운 장문인의 입에서 갑골문이라는 처음 듣는 말이 나오자 순간 긴장을 하였던 것이다.

"예. 그래서 우리들도 그 내용을 파악하려고 많은 노력을 했었지요. 허허허, 그 덕에 많은 것을 알아낼 순 있었지만 아직까지 완전하게 해석하지 못하여 정확한 내용을 알지는 못합니다. 후반부의 내용은 더욱 그러하고요."

"아, 그렇군요."

'이런, 갑골문은 또 뭐야? 또 내가 모르는 글자인가? 휴… 도대체 이 나라는 왜 이렇게 모르는 글자가 많아? 허, 이러면 내 생각이 틀려지는데……'

호열은 현운 장문인의 말에 한 번 더 숙고하지 않으면 안 되었다. 갑골문이라는 말은 처음 들었으므로……

예전 운영에게서 유운이란 책을 처음 받아 들었을 때 그러한 경험을 해보았기에 그때의 황당함이란 지금도 잊혀지지 않고 있었는데 지금의 상황도 그때와 별반 다를 것이 없었다. 처음 들어보는 말이니 당연히 글자도 처음 보는 것일 거라는 생각이 들었기 때문이다.

금단선공. 왜 장백검파를 창건했던 자허 진인이 그 당시의 글자도 아니었던 갑골문으로 책을 썼는지는 모르겠지만 그 이유로 후대의 제자들은 많은 고생을 해야만 했다. 지금까지 완전하게 해석이 안 될 정도로 그 상황이 심각함을 넘어선 것이다.

"휴… 제가 알 수나 있을지 모르겠습니다."

'음… 이거 어떻게 한다? 이번 일이 잘되면 장문인에게 운영이 녀석을 부탁하려고 했더니 그것도 쉽지 않겠구나.'

호열은 처음엔 아무 조건 없이 장문인을 도와주려고 했었다. 그러나 오후 내내 생각해 보니 운영을 곁에 데리고 있는 것보다는 차라리 현운 장문인같이 경험이 풍부한 사람 곁에 있는 것이 운영에게 큰 도움이 될 것이란 생각을 하게 되었다. 또한 현운 장문인과 다니다 보면 위험한 상황이 닥치더라도 슬기롭게 헤쳐 나갈 것이란 믿음도 생겼기 때문이다.

호열이 가만히 운영을 지켜본 바로는 운영의 마음속에는 강호무림에 대한 꿈이 자리 잡고 있었다. 그것도 생각보다 크게……. 상황이 이렇다 보니 원체 살인을 싫어하는 호열로서는 난감한 일이 아닐 수 없었다. 그냥 모르는 척 데리고 있자니 세상을 활보할 용을 잡고 있는 것 같다는 생각이 들기 시작한 것이다. 그런 생각은 북경에서 신비한 중년인을 만난 후에 생기기 시작했지만 여간 신경 쓰이는 일이 아니었다.

"허허허… 대협, 그냥 한번 봐달라는 것이니 너무 마음에 두지 마십시오. 제게 인연이 없다면 할 수 없는 일이니 어쩔 수 없는 것이지요."

"음… 예, 그럼…….”

호열은 현운 장문인의 자조 섞인 웃음에 무거운 마음으로 책을 펼쳐 보았다.

모두 두 권으로 되어 있었는데 그 책 표지에는 고운 금가루로 금단선공이란 글자가 적혀 있었다. 너무도 당당히.

"음… 응? 어? 이, 이건?"

"왜 그러십니까? 무슨 이상이라도 있습니까?"

"아, 아닙니다. 음… 장문인, 이게… 이 글자가 혹시?"

"허허허, 예, 갑골문입니다. 알아보기 힘드시지요? 우리도 상당히 애를 먹었답니다. 원시천존……."

"아, 그렇군요. 음……."

'허, 그 글자가 상고 시대의 갑골문이었다니… 허허허, 이제야 어느 정도 이해가 되는구나, 내가 왜 유운을 몰라봤었는지.'

호열은 책장을 넘기면서 깜짝 놀랐다. 분명히 현운 장문인의 말로는 갑골문이라는 새로운 글자였는데, 분명히 자신이 모르는 것이라고 생각했는데…….

옛날, 호열이 꿈에서라도 기억하기 싫은 그 옛날 삼황이 호열에게 글자를 가르쳐 준다고 하면서 갖은 구박과 핍박 속에서 힘들게 배웠던 글자였던 것이다. 그러면서 호열은 왜 자신이 유운을 읽지 못했었는지 그 이유를 확연하게 알 수 있었다. 글자의 생김새에 많은 차이는 없었지만 딱히 '그게 바로 그 글자다'라고 생각할 수 없었던 그때의 상황이 이해가 된 것이다.

'음… 그랬었구나. 이제야 확실히 알 수 있겠다. 허, 내가 배웠던 것은 갑골문이었어. 세상에 이런 일이 있을 수가. 휴… 정말 골치 아프군. 그런데 왜 자허 진인은 금단선공을 만들면서 그때의 글자가 아닌 갑골문으로 썼을까? 아, 모르겠다. 나 같으면 그런 번거로운 일은 하지 않았을 텐데 무슨 대단한 것이라고 후대들에게 욕 먹어가며 그런 쓸데 없는 짓을 해? 참나. 그나저나 이렇게 되면 운영이 녀석의 문제도 가능성이 있겠구나.'

호열은 다시 한 번 자허 진인이 '왜 그런 일을 했을까?' 하는 생각을 하면서 책을 읽어 나갔다. 또한 금단선공의 전반부를 읽으면서 별로 어려운 책이 아니라는 생각이 들자 호열은 지금까지 이런 것 때문에 고생하였을 장백검파 사람들을 생각하곤 웃음이 나오는 것을 간신히 참아야만 했다. 아무리 웃긴 일이라고는 해도 아무것도 모르는 장문인 앞에서 웃을 수는 없었기 때문이다.

호열은 이따금씩 손으로 얼굴을 가리어 간간이 나오는 웃음을 억지로 참으며 책을 읽어 나갔다. 지금 호열에겐 책의 해석보다는 자신의 의지와는 아무 상관 없이 나오는 웃음을 참는다는 것이 더욱 힘든 일이었다. 차마 기대에 찬 눈으로 바라보고 있는 현운 장문인에게 말은 못하겠고, 정말 호열에겐 힘든 작업이 아닐 수 없었다.

현운 장문인은 호열이 책을 읽으면서 보이는 모습에 처음엔 '무슨 일인가?' 하는 생각과 걱정이 들었지만 차츰 호열의 얼굴이 무거운 분위기에서 가벼운 얼굴로 변하자 '어쩌면?' 하는 기대를 가지고 끝까지 기다리기로 했다. 처음엔 그렇게 많은 기대를 하지 않았었는데, 지금은 여유있는 호열의 모습에서 어느 정도 기대하는 마음이 생기기 시작했던 것이다.

"음… 장문인, 잘 보았습니다. 정말 좋은 내용이 많이 적혀 있더군요. 놀라운 것들이었습니다."

호열은 전반부의 내용이 적혀 있는 책을 내려놓으며 천천히 말문을 열었다.

"옛? 정말, 정말 모두 해석이 되었단 말씀입니까? 정말입니까?"

"예. 우선은 나머지 후반부도 마저 보고 난 다음에 말씀드리겠습니다."

"아, 그, 그러십시오. 내 일각이 여삼추라고 해도 기다릴 수 있습니다. 암, 기다리고말고요. 원시천존……."

현운 장문인은 호열의 말을 듣고선 떨리는 가슴을 진정시킬 수가 없었다. 너무나 떨려 말문도 제대로 나오지 않았고, 떨리는 손은 호열이 후반부를 읽어 내려가기 시작한 후 한참이 지나도 진정되지 않고 있었다.

"하하하, 알겠습니다. 그럼……."

호열은 현운 장문인에게 웃음을 보이며 조금 더 기다리라고 한 후 금단선공의 후반부를 읽기 시작했다. 호열은 전반부의 내용을 본 후 가벼운 마음으로 읽기 시작했는데 시간이 흐르면서 처음과는 달리 차츰 곤혹스러운 표정으로 바뀌고 있었다.

'응? 이건 삼황경? 어라? 이게 뭐야? 어찌? 어찌 이런 일이?'

호열은 나름대로 심각한 얼굴을 하면서 책의 끝 부분을 넘겼다. 어찌나 심각한 얼굴을 하고 있던지 옆에서 조마조마한 얼굴로 그러한 호열의 표정을 처음부터 끝까지 지켜보던 현운 장문인이 쉽게 말을 걸 수도 없을 정도였다.

"음… 장문인, 한 가시만 여쭈어보겠습니다."

호열은 처음 후반부를 읽어 내려가기 시작하면서 머리가 복잡해졌다. 그에 책의 끝장을 넘긴 지 삼각이 흐른 후에야 간신히 입을 열 수 있었다.

"예, 말씀해 보십시오."

현운 장문인은 호열의 심각한 얼굴에 덩달아 심각해져 있었다.

"예. 장문인, 이 후반부의 내용에 대해서 어디까지 알고 계십니까? 아니, 자허 진인께서 어떻게 이 책을 쓰셨는지 말씀해 주실 수 있으십니까?"

"옛? 그게 무슨? 무슨 문제라도 있는 것입니까?"

"아, 아닙니다. 뭐 별다른 문제는 없습니다. 다만 제 호기심에서요."

호열은 현운 장문인의 물음에 구체적인 답변을 얼버무렸다. 아직 확실히 뭐라고 말하기가 어렵고 또한 어떻게 해야만 하는지 떠오르지 않았기에 현운 장문인을 통해서 구체적인 상황 설명을 들어보고 싶었던 것이다.

"아, 알겠습니다. 어려운 일도 아니니 말씀해 드리지요."

"고맙습니다."

"고맙기는요. 흠흠, 사실 조사께서 직접 만드신 것은 전반부뿐입니다. 후반부는 나중에 어떤 것을 보시고 옮겨 적으신 것으로 알고 있습니다."

"옛? 옮겨 적다니요? 어떤 것을 보고?"

"허허허, 예… 실은……."

약 구백 년 전. 장백산 천지에 장백검파라는 문파를 창건하였던 자허 진인은 성격이 선도(仙道)를 수련하는 도인 같지 않게 자유분방하였으며 또한 다른 사람들과 어울리기를 좋아하는 호방한 사람이었다. 그러나 작든 크든 자리를 잡고 하나의 문파를 만들어 직접 제자들을 받아들인 후로는 어찌 된 일인지 도통 개인적인 시간을 마음대로 가질 수 없었다. 이에 자허 진인은 점점 답답함과 무료함을 느끼게 되었지만 제자들이 자신의 뜻을 받아 연무장에서 열심히 수련하는 모습을 바라보고 있으면 어느새 그러한 개인적인 욕심을 훌훌 떨쳐 버릴 정도로 대견한 생각이 들기도 하였다. 하지만 평소 성격이 꾹꾹 참는다고 어디 가겠는가?

자허 진인은 이런 자신을 스스로 타일러도 봤지만 소용이 없었다. 그렇게 머리를 쥐어짜고 있던 중 아주 좋은 생각을 하게 되었는데, 그것은 연무장에서 열심히 수련하는 자신의 제자들에게 좀 더 나은 무공을 가르쳐 주고 또한 새로운 것들을 창안하기 위해서 조용한 산에 따로 거처를 마련하고 폐관에 든다는 명목이었다. 하지만 말이 좋아 폐관이지, 사실은 제자들의 눈치를 보지 않고 그동안 참아왔던 중원 여행을 몰래 하겠다는 것이었다.

자허 진인은 그러한 생각을 하게 되자 지체하지 않고 바로 제자들을 불러 그 같은 자신의 생각을 설명하고 제자들에겐 자신이 스스로 내려오지 않는 한 찾아오지 못하게 하고서 은거를 천명했다.

그런 자허 진인의 생각에 대해 아무것도 모르는 제자들은 머리를 숙이며 스승의 은혜에 고마워하면서도 극구 말렸었다. 당연히 제자들로서는 자신들을 위해서 하늘보다 더 높은 위대한 스승님이 힘든 폐관을 하시게 되었으니 제자된 도리가 아니라 생각한 것이다.

당시 자허 진인이 문호를 개방하고 처음 제자들에게 가르친 것은 자허진결에 있는 심결과 검결이었다. 심결에는 자허심공이라 하여 사허 진인이 젊은 시절 장백산 정상에서 노을이 지는 것을 보고 깨달은 것이 있어 무공으로 만든 것이 있었다.

자허심공은 은근히 배어 나오는 도교의 기풍과 현기가 서려 있어 다른 무공에 비하여 강맹하지는 않지만 온화하고 끈끈히 이어지는 기운은 당시에 가히 최고봉에 이른 심공이다. 처음에는 미약하나 뒤에는 처음의 힘이 불어나 배가되는 그러한 도도함이 있었던 것이다. 그러나 검공은 이와는 반대로 자허 진인의 호쾌한 성품을 반영하듯 그 날카로움과 강맹함이 타의 추종을 불허하였다. 이렇게 상반된 무공이 수록되어 있는 자허진결은 그 당시 진인이 강호를 종횡하면서 사용했던 것으로 당시엔 거의 대적할 무인이 없을 정도로 독보적인 것이었다. 그런데 제자들을 위해서 그것보다 더욱 위력적인 무공을 창안하고자 폐관 수련에 들어간다고 하니 어찌 스승을 하늘같이 여기는 제자들의 눈에서 고마움의 눈물이 나오지 않았겠는가? 하지만 다른 생각이 있었던 자허 진인은 그런 제자들을 뿌리치고 자신의 첫 제자에게 장문인의 자리를 내어주고는 혼자서 산에 올라 폐관에 들었다.

제자들에게 폐관 수련을 한다고 하면서 장백산 깊숙이 들어간 자허 진인은 석 달 정도는 그동안 생각하고 있었던 자신의 무공에 대해 미비했던 점과 보완점을 대충 정리하였다. 어차피 자신의 무공인 자허진결의 미비점만 보완하여 제자들에게 가르쳐 주어도 그 위력적인 면에서는 비교가 될 만한 것을 쉽게 찾을 수 없다는 생각을 가지고 있었던 것이다.

자허 진인은 석 달 후 제자들 몰래 폐관하고 있던 곳을 나와 오 년 정도 여행을 하게 되었다. 출발할 때부터 오랜만에 가져보는 자유로움에 도취되어 세상이 모두 푸르게만 보였다. 그 여행이 생의 마지막 여행이 될 것이란 사실을 꿈에도 짐작하지 못한 채……

자허 진인은 오 년간의 중원 여행을 마치고 흐뭇한 미소를 띠면서 다시 폐관 장소로 돌아왔다. 이제 언제든 마음만 먹으면 제자들 몰래 여행할 수 있는 핑곗거리를 가지게 되었으니 아직 못 다녀본 곳은 나중에 가야겠다는 생각을 하면서 홀가분하게 돌아온 것이다.

자허 진인은 장백산으로 돌아가면서 바로 제자들이 있는 장백검파로 돌아갈까 하는 생각을 해보았으나 나이가 들어서인지 여행하는 동안 피로가 쌓여 잠시 폐관 장소에 혼자 있으면서 얼마 동안 여행에서 얻은 피로를 풀기로 마음먹었다.

그렇게 폐관 장소에서 다시 한 달 정도 있었을까? 이제 홀가분한 마음으로 의관을 정제하고 사랑스러운 제자들이 눈 빠지게 기다리고 있을 장백검파로 향하던 중 예전에는 미처 보지 못했던 한 고동을 우연히 발견하게 되었다. 폐관 장소로 처음 들어올 때는 제자들이 극구 말리는 바람에 급한 마음으로 그 옆을 바로 지나치면서도 발견하지 못했었는데, 홀가분한 마음으로 내려오는 길에는 마음의 평정심을 유지하며 산세를 유람하듯 내려와서 그런지 눈에 확연하게 들어왔던 것이다.

평소 남달리 호기심이 많았던 자허 진인은 그 고동을 그냥 지나치지 못하고 들어가게 되었다. 나이가 들어서도 항상 '언젠가는 나에게도 사람들이 말하는 기연이라는 게 있지 않을까?' 하는 기대를 가지고 있었는데 생각지도 않게 우연히 고동을 발견하게 되자 이곳에서 혹 자신에게 기연이 올까 하는 기대감을 가지게 된 것이다.

자허 진인의 그런 기대가 있어서인지, 아니면 옛 고서에도 있듯이 '하늘은 스스로 돕는 자를 돕는다'는 말이 사실인지 자허 진인은 그곳에서 선대의 사람이 남겼을 법한 고서를 한 권 발견하게 되었다. 그는 급한 마음에 얼른 고서를 집어 들고 그 내용을 살펴보다가 자신도 모르게 한숨이 나왔는데 그것은 자신도 해석이 불가능할 정도로 까맣게 오래된 글자인 갑골문으로 기재되어 있었기 때문이다.

"그럼 그렇지, 기연이란 것이 이렇게 쉽게 오진 않겠지. 허, 이거… 어떻게 한다? 음… 그래도 이런 고서가 내 수중에 들어왔다는 것은 내게 일종의 기연이 왔다고 할 수 있는데……."

평소 급한 성격답지 않게 무공에 대해서는 노력파였던 자허 진인은 자신에게 갑자기 찾아온 기연을 어떻게 할 것인가? 하는 고민을 하게 되었다. 나이도 나이지만 자허 진인은 그 당시 상대를 찾을 수 없을 정도로 초절정의 경지에 올라 있었던 것이다.

"음… 지금 내가 뭐가 아쉽다고 힘들게 폐관 수련을 한다는 말인가? 아, 내가 조금만 젊었어도……. 어째서 이런 기연이 내가 이렇게 늙은 다음에야 찾아왔단 말인가? 제길……."

자허 진인은 한동안 한 손에 고서를 들고서 어찌해야 할지 갈피를 잡지 못하였다. 그냥 고서를 가지고 내려갈 것인가, 아니면 다시 폐관 장소로 돌아가서 제자들에게 말했던 것처럼 정말 폐관 수련을 할 것인가? 하는 심각한 고민에 빠져들어 한동안 헤어 나올 수 없었다. 그냥 돌아가자니 끝없이 호기심이 솟구쳐 올랐고, 폐관에 들어가자니 몸이 근질거렸다.

그렇게 얼마간의 심각한 고심을 끝으로 자허 진인은 제자들이 있는 문중으로 돌아가기로 결정을 내리게 되었다. 아무리 호기심이 발동했다고는 하지만, 그래도 나이는 속이지 못했다. 안전제일주의!! 자허 진인은 얼마 남지 않은 자신의 생을 안전하고 편안하게 보내다 가고팠던 것이다.

자허 진인은 호기심 많은 자신의 성격 때문에 젊은 시절 부단히도 많은 어려움을 겪어야만 했었다. 그러다가 처음 자신을 스승으로 모시고 무공을 배우겠다는 제자들을 받으면서 한 문파를 세우게 됐고 자연히 이런 쓰라린 기억들이 많은 도움이 되었다. 제자들에겐 자신과 같은 그런 가슴 아픈 기억들이 없도록 처음부터 가슴속에 안전제일주의를 심어주었다. 그렇게 하기를 삼십 년, 오랜 세월 안락한 생활을 하다 보니 자허 진인은 자신이 젊은 시절 가지고 있었던 호쾌한 성품들이 많이 무뎌지게 되었다.

그렇게 오랜 장고 끝에 자허 진인은 고서를 가지고 문중으로 돌아가기 위해 동굴을 나왔지만, 또 막상 돌아가야만 한다는 생각을 하니 발이 떨어지지 않았다. 처음엔 '스승님이 언제나 돌아올까? 스승님의 신상에 아무런 문제가 없을까?' 하는 마음으로 애타게 기다리고 있을 사랑하는 제자들이 있는 장백검파로 돌아가야만 한다는 생각이 머리 속에 가득했었다. 하지만 난생처음으로 얻은 기연이란 생각을 하게 되자 정말로 너무나 아쉬웠다.

"음… 내가 이대로 돌아간다면 분명 이 고서를 서고 한곳에 놓아두고는 다시는 쳐다보지도 않을 것이 자명한데. 허……."

자허 진인의 생각처럼 처음에는 몇 번 여유를 가지고 호기심에 보겠지만, 나중에는 분명히 서고의 한구석에 자리 잡게 될 것이란 것을 알 수 있었다. 아니, 분명히 그러했다. 그러한 생각이 자꾸만 머리 속에 떠오르며 무슨 일인지 자허 진인은 하늘에서 자신의 발길을 막는 것 같다는 생각이 들자 그대로 발걸음을 돌려 다시 폐관 장소로 들어가기로 했다. 어쩌면 그렇게 폐관 장소로 발걸음을 돌리는 것이 하늘이 자신으로 하여금 기연을 잇게 하려는 배려가 아닌까? 하는 뜻으로 여기면서…….

"그래, 이렇게 내 마음이 고서에 가 있는데 어떻게 제자들이 있는 문중으로 돌아가겠는가? 아무리 제자들이 기다리고 있다고는 하지만. 아, 이렇게 내가 내 마음을 스스로 다스리지 못하다니… 허, 아직도 수련이 부족하다는 말인가?"

어렵게 생각을 정리한 자허 진인은 폐관 장소에 머물면서 동굴에서 얻은 고서를 연구하기 시작했다. 처음엔 먼저 고서의 내용 파악보다는 내용을 적은 갑골문에 대해서 알아야만 했기에 어쩔 수 없이 문중에 인편을 보내 갑골문에 대한 책을 구입하여 보내도록 조치를 취하였다.

장백검파에 있던 제자들은 폐관 수련에 들어가 오 년 동안 아무런 연락을 취하지 않고 있던 스승님이 갑자기 사람까지 보내 연락을 해오자 모두가 한마음으로 중원에서 갑골문에 대한 책자를 구하여 보냈다. 자신들을 위하여 스승님이 힘든 폐관 수련을 하시는데 아무런 도움을 주지 못해 전전긍긍하던 제자들은 아무리 힘들어도 흔쾌히 중원 곳곳을 직접 누비면서 갑골문에 대한 책자를 구해오는 데 성심을 다하였다.

하지만 자허 진인은 그런 제자들의 도움에도 불구하고 고서에 주석을 다는 데 삼 년이라는 세월을 허비해야만 했다. 삼 년이라는 기나긴 세월을 허비하면서 때때로 자신이 왜 이런 힘든 고생을 하면서 고서에 주석을 달까? 하는 생각을 가졌었지만 하나의 목표를 정한 이상 끝까지 해야겠다는 결의가 더 많이 자허 진인의 마음을 차지하고 있었다.

"음… 이제 책에 주석을 달았으니 본격적으로 해석을 해야겠구나. 그동안 살펴본 결과 이 책의 내용이 예사롭지 않은 것 같으니… 누가 이와 같은 책을 편찬하였을까? 아무리 살펴보아도 무서 같지는 않은데……. 뭐, 시간도 많으니 차근차근 살펴보면 알게 되겠지."

자허 진인은 세월의 흐름도 잊고 고서의 내용에 심취해 들어갔다. 그러나 그런 피나는 노력에도 불구하고 고서의 내용을 파악하는 데 자그마치 십 년이란 세월을 허비해야만 했다. 그것도 완전한 해석이 아닌 미완성으로…….

완전히 파악하고 싶은 욕심은 있었지만 자신의 한계를 깨달은 자허 진인은 자신이 미처 파악하지 못한 고서의 나머지 부분을 후대에 넘기기로 했다. 더 이상 미련을 갖고 파고들어도 그 해답을 찾을 수 없다는 것을 알게 되었기 때문이다. 고서의 내용이 너무나 광범위하고 포괄적인 데다 더욱 난해한 것은 무엇보다 추상적인 것들이 많았는지라 책을 쓴 사람의 진정한 생각을 읽을 수가 없었기 때문이다.

"여기까지가 내 한계란 말인가? 허… 지금까지 살아오면서 이렇게 내 자신에게 화가 나기는 처음이로군. 어쩔 수 없구나, 나머지 부분은 내 후손들에게 맡길 수밖에……. 후대에는 나보다 더욱 뛰어난 인재가 나오겠지."

자허 진인도 고서를 해석하면서 십 년이라는 어마어마한 세월을 마냥 허비한 것은 아니었다. 무도에 처음 입문하면서 지금까지 알지 못했던 대자연의 신비를 조금이나마 깨달을 수 있었던 것이다. 그동안은 느낄 수 없었던 자연의 거대함을.

고서 표지에는 갑골문자로 쓴 신선도라는 글이 금으로 장식되어 있었다. 그와 함께 누가 옮겨 적었다는 기록은 없고 다만 글의 첫머리에 이와 같은 내용이 쓰여 있었다.

이 글을 읽는 자, 그 누가 되었든 지금까지 알지 못하던 대자연의 위대함을 알게 되리라. 무인은 무인으로서, 평민은 평민으로서……. 본인이 이와 같은 광오한 말을 글의 첫머리에 적어놓은 것은 이 글을 읽는 그대가 나중에 모두 알게 되리라. 본인이 이 책을 얻게 된 것은 하늘이 이 보잘것없는 중생을 귀히 여겨 그렇게 되었다고 생각한다. 본인은 중원 사람으로 노년 시절 세월의 무상함과 덧없음을 깨닫고 세상을 여행하던 중 우연히 중원의 동쪽에 큰 세력을 뻗치고 있는 조선이라는 나라를 돌아보게 되었다.

조선은 동이들이 세운 나라로 백성들 모두 호쾌한 성품과 함께 인(仁)을 아는 어진 사람들이었다. 또한 내가 조선을 여행하던 중 우연히 한 고서를 얻게 되었는데, 그 내용을 살펴보다가 그동안 까맣게 잊어버리고 있던 무한한 우주의 신비함과 자연의 위대함을 깨닫게 되었다. 그대가 나중에 이 글을 살펴보면 알게 되겠지만 이 책의 내용은 어떠한 무서도 아니다. 다만 위대한 자연에 대해 기록해 놓은 것이다. 어떻게 생각하면 일반 서적에 지나지 않을 정도로……. 만약 이 책을 읽는 그대가 무인이라면 지금 책을 덮어라. 그대가 어느 정도의 경지인지는 모르겠지만, 그 경지가 낮다면 아무런 도움이 되지 못할 것이기 때문이다.

나는 고서를 살펴보면서 새삼 동이족의 위대함을 깨닫게 되었다. 지금 그대가 펼쳐 읽고 있는 이 책의 내용은 단순히 동이의 사람인 광성자(廣成子)의 자연경(自然經)과 자부선인(紫府仙人)의 삼황경(三皇經)을 신선도라는 이름으로 한 데 묶어 본인이 다시 기록한 것이다. 후대에 누가 있어 본인이 쓴 이 책을 읽게 될지 모르겠지만 그대에게 하늘의 행운이 함께할 것이다.

처음 이러한 거창함과 광오함에 코웃음을 쳤던 자허 진인은 고서의 내용을 완전히 파악하지 못하였다. 아무리 갑골문에 대한 자료가 많이 남아 있다고는 하지만 워낙에 갑골문이란 것이 오래된 글자인지라 완전한 파악이 힘들었던 것이다. 이에 그동안의 연구를 바탕으로 자신이 할 수 있는 최선의 방안에 대해 고심을 하게 되었다. 이대로 그냥 내려갈 것인가, 아니면 여기에 남아서 자신이 파악한 내용으로 한 차원 높은 무공에 도전을 할 것인가? 하는 기로에 서게 되었던 것이다.

"어떻게 한다? 음… 그래, 이왕 일이 이렇게 된 거 지금까지 내가 파악한 내용만 가지고 다시 정리를 해야 하겠구나. 그래… 후대를 위해서 내가 알고 있는 부분이나마 새로이 남겨야겠지. 그게 좋겠어, 지금까지 내가 파악한 내용 정도로도 새로운 무공을 만드는 데는 넘치고도 남으니. 정말 대단해… 옛 사람들의 지혜가 이 정도였다니. 잊어버리기 전에 빨리 생각을 정리해 보아야겠구나. 역시 나이는 속이지 못하는군."

자허 진인이 그와 같은 결심으로 장백검파로 내려가지 않고 다시 연구에 몰입하기를 오 년. 힘든 노력과 끈기, 인내로 인해서 탄생한 것이 바로 금단선공이었다.

"아, 이제야 완성을 하였구나. 정말 힘든 작업이었어. 휴… 자그마치 오 년, 아니지, 내가 이곳에 자리를 잡고 폐관하기를, 음… 여행이 오 년, 고서에 주석을 단다고 애먹었던 세월이 삼 년, 해석하느라고 십 년이니 자그마치 이십삼 년? 아… 이십삼 년이라는 세월을 이곳에서 보냈구나. 내 나이가 벌써 백 살을 훌쩍 뛰어넘었다니… 정말 세월이 무상하다는 것을 지금에서야 알겠구나. 휴……."

금단선공은 자허 진인이 고서에서 얻은 내용을 바탕으로 만든 것이다. 그러나 무인이 무공 수련을 통하여 자연에서 얻은 무형의 기를 그냥 체내에 축적하여 사용하는 것이 아니라 다시 유형의 기로 형상화하여 사용할 수 있게 하는 데 성공한 결실이었다. 자허 진인은 처음부터 자신이 알고 있었던 기에 대한 상식을 완전히 무시하고 새롭게 시작한다는 개념으로 전설이나 설화 속에서 가끔 있을 법한 것을 만드는 데 성공한 것이다. 내단, 아무도 이룩하지 못했던 내단이라는 것을 자허 진인의 손으로 탄생시킨 것이다.

금단선공으로 만들어진 내단을 바탕으로 무공을 사용하면 일반의 기를 사용한 무공보다 적게는 몇 배에서 크게는 수십 배까지 차이가 날 정도로 위력적이었다. 자허 진인은 금단선공을 만드는 데 있어서 자신의 심공이었던 자허심공의 취약점을 극복하고 더욱 강맹한 위력을 발휘할 수 있게 하는 데 중점을 두었다. 무형의 기가 아니니 어떠한 심법이라도 받아들일 수 있어서 지금과는 다르게 계보가 다른 어떠한 무공도 사용할 수 있도록 만든 것이다. 만류귀원(萬流歸元). 자허 진인은 모든 무인들이 알고는 있지만 정작 본질을 깨닫지 못했던, 모든 이치가 그 궁극에 가서는 하나가 된다는 사실을 실현한 것이다.

"정말 대단하구나. 내가 만들었다고는 하지만 이 정도로 엄청난 것이 만들어질 줄이야. 금단선공. 이론으로는 세상에 알려진 어떠한 심법보다 우수하다고는 하지만 과연 이것을 익힐 수 있는 사람이 있을까? 과연 인간이 내단이란 것을 몸에 지닐 수 있을까? 스스로 초절정의 경지에 올라 있다고 자부하는 나조차도 자신할 수 없는 것을. 음… 그래, 그건 나중의 문제이고 우선은 정리를 해야겠구나."

자허 진인은 자신이 만든 금단선공을 책으로 옮겨 적기로 했다. 아무리 이론상의 무공이라고는 하지만 자신이 만들었으니 후대에 남겨주어야겠다는 생각을 하였다.

"과연 내가 이것을 후대에 남긴다 해도 익힐 수 있는 사람이 있을까? 또한 내가 모두 파악하지 못한 신선도의 내용은? 내가 십 년이라는 세월을 정진했다고는 하지만 그 내용이 정확하다고 말할 수도 없는데. 음… 그래, 후재들이 내가 풀이해 놓은 것만을 보고 스스로 정진하지 못한다면 오히려 남기지 않는 것보다 못할지도……. 차라리 스스로 정진하고 깨닫게 하기 위해서는 나도 신선도에 쓰여져 있던 갑골문으로 써야겠구나. 그것이 나을지도… 그래……."

자허 진인은 후대들이 편협한 무도의 길로 빠지지 않게 하기 위해서 고육지책으로 쉬운 방법을 택하지 않고 어려운 방법을 택하기로 했다. 자신이 지금 하는 결정으로 이 무공이 외면당하고, 어쩌면 아예 사장된다고 하더라도 그 편이 훨씬 좋겠다는 생각이 들었다. 이에 자허 진인은 망설이지 않고 자신이 만들었던 금단선공을 갑골문으로 옮겨 기록

하였다. 그리고 이제는 낡아서 글자가 거의 보이지 않는 고서도 다시 옮겨 적었다. 그렇게 해서 금단선공은 자허 진인의 손에 의해 전반부와 후반부로 세상에 그 모습을 보이게 된 것이다.

금단선공의 전반부는 본인이 직접 창안한 무공을 기록한 것이었고, 후반부는 고서를 그대로 옮겨 적은 것이다.

자허 진인은 나름대로 책을 모두 만든 다음 어찌 된 일인지 세상에 나가지 않고 정말 은거에 들기로 했다. 그러나 그 이유는 자신이 만들었던 금단선공을 연마해 보기 위해서였다. 직접 만들었으니 다른 누구보다도 자신이 직접 익혀보는 것이 차라리 나중을 기약하는 것보다 나을 것 같다는 생각을 하게 되었던 것이다. 또한 익히면서 보완할 점이 있으면 보완하면서 개선하려는 의도가 다분히 많았다.

"음… 아무래도 내가 직접 익혀보는 것이 나을 것 같구나. 내가 만들었는데 만든 사람이 익히지 않았다면 후대에 누가 있어 이 책에 손이 가겠는가? 익힌 사람이 있어 그 위력을 보여주어야 나중에 뛰어난 후대가 있으면 손이라도 한번 가져갈 것이 당연한 이치가 아니겠느가? 음… 그래, 그동안 내가 신선도의 내용을 잘못 알고 있어서 혹 잘못된 부분이 있다면 내가 직접 수정하면서 익혀보는 것도 괜찮은 방법이겠지. 허허허."

그렇게 자허 진인은 자신이 만든 금단선공을 직접 익혀 나가기 시작했다. 자신조차도 금단선공을 완전하게 익히기 위해서는 많은 세월이 걸릴 것이라고 생각은 하고 있었지만 그 세월이 자신이 처음 생각하고 있던 범주를 훨씬 벗어나서 자허 진인의 나이가 훌쩍 이백 살이 되어가고 있었다. 무려 팔십 년, 금단선공을 완성하는 데 팔십 년이라는 세월이 걸린 것이다. 처음 폐관 장소에 들어온 것부터 따지면 무려 백삼 년이라는 어마어마한 세월이 흐른 것이었다. 그렇게 처음의 의도와는 달리 자허 진인은 반평생을 폐관 장소에서 기거하면서 보냈다.

그동안 산 중턱에 있는 문중의 제자들은 자허 진인이 폐관하고 있는 장소로 기척을 살피러 들르곤 하였다. 제자들은 자허 진인의 그런 모습을 멀리서 바라보면서 뜨거운 눈물을 흘리며 발걸음을 돌려야만 했다. 감히 스승님의 곁에 다가설 수 없었던 것이다. 제자들을 위해 세월도 잊어가면서 폐관 수련에 몰입해 있는 모습은 차마 말로는 표현할 수 없는 숭고함이 서려 있었던 것이다.

하지만 자허 진인은 그런 제자들이 다가오지 않는 것이 안타까웠다. 제자들의 기를 느끼면서도 부를 수 없었던 것이다. 자허 진인은 육신의 기능이 이미 십 년 전에 완전히 멈추었던 상황이라 우화등선에 들어야만 하는 실정이었다. 하지만 우화등선하기 전에 꼭 제자들에게 할 말이 있는데 하지 못하고 있어 하늘로 올라가지 못하고 간신히 육체를 지탱하며 있었던 것이다. 그러나 그것도 이제 한계에 이르러 있어 더 이상 버틸 수 없었다.

"아, 내가 이대로 우화등선을 해야만 하는가? 그동안의 성과를 이렇게 묻혀둔 채로? 내가 이렇게 떠날 줄 알았다면, 이럴 줄 알았다면 갑골문으로 책을 쓰는 것이 아니었는데. 휴⋯⋯."

자허 진인은 끝내 제자들에게 자신의 생각을 전하지 못하고 하늘의 부름을 받아 우화등선을 하고 말았다. 우화등선은 금단선공을 익히면서 대자연의 신비로움을 직접 체험한 후 얻게 된 기회로 자허 진인은 예전엔 우화등선이라는 말을 실제로 믿지 않고 있었다. 하지만 그러한 기회가 오고, 또 직접 접하게 되니 후회가 되었던 것이다. 자허 진인은 신선도의 내용을 백에 열도 파악하지 못하고서 우화등선을 하게 되었다. 신선도는 사람이 우화등선하여 신선이 되는 길을 제시하고 있었던 것이다. 그것을 우화등선하는 시점에 이르러서야 자허 진인은 깨달을 수 있었다.

우화등선은 자허 진인 자신에게는 영광이었다. 하지만 후대에 남겨 줘야 할 것이 많이 있었는데 그것을 하나도 전해주지 못하고 떠나게 되니 한편으론 아쉬운 마음도 있었다. 하지만 자허 진인은 자신의 제자들을 믿었다. 자신이 아무런 말을 하지 않고 떠나도 제자들이 알아서 계승할 것이라는 걸 굳게 믿고 하늘로 올라간 것이다.

자허 진인이 우화등선을 한 후 이십 년이 지났을 때에야 장백검파 사람들은 자허 진인이 죽었다는 것을 알 수 있었다. 아니, 우화등선하였다고 믿고 싶었다. 평생 편안하고 안락한 삶을 살아도 되었을 조사께서 제자들을 위하여 힘든 폐관 수련을 하시다가 돌아가셨다고 믿고 있었으니…….

자허 진인이 우화등선을 하였다고 알린 것은 장백검파의 삼 대 장문인이었다. 그는 자허 진인이 폐관하고 있던 장소를 조사동(祖師洞)이라 이름 붙였으며 시신을 자허 진인이 폐관하던 곳에 안치하였다. 그 후 자허 진인이 남긴 금단선공을 가지고 문중으로 돌아와 자허 진인의 바람대로 여러 사제들과 본격적인 연구를 하였다. 하지만 십사 대 장문인 이후의 후대 제자들은 그런 자허 진인과 선대의 뜻을 받들지 않고 처음 전수받았던 자허진결의 무공에 집착을 보였다. 조사동에서 금단선공의 전·후반부 외에 자허진결을 보완하여 새롭게 다듬어진 무서도 같이 있었기에 많은 세월을 허비하면서도 아무런 진전이 없는 금단선공보다는 낫겠다는 생각이 지배적이었기 때문이다.

세상일이라는 것이 양이 있으면 음이 있고, 이런 사람들이 있으면 저런 사람들이 있듯이 그 후로도 몇몇 뜻있는 사람들이나마 대세에 휩쓸리지 않고 조사가 마지막 남긴 금단선공의 해석에 성의를 다하였지만 지금까지 아무런 성과가 없었다. 금단선공의 후반부도 아닌 전반부조차도 완전하게 파악되지 않고 있었던 것이다. 그렇게 허송세월을 보낸 것이 거의 삼백 년 가까이 지나자 지금에 와서는 누구도 손을 대지 않은 고서로 전락하게 된 것이었다.

그럴 만도 한 것이 자그마치 팔백 년, 조사동에서 책을 발견한 후 지금까지 많은 사람들의 아낌없는 노력에도 불구하고 그 내용을 완전하게 파악할 수 없다는 사실에 누가 또 그러한 세월을 허비하고 싶겠는가? 예전보다 더욱 보강된 자허검결이라는 쉬운 길이 바로 옆에 있는데…….

현운 장문인의 긴 설명이 끝나자 왜 장백검파가 자허 진인이 남긴 금단선공을 외면하고 사장시켰는지 알 수 있었다. 자허 진인이 제자들과 자파의 무궁한 앞날을 바라는 마음에서 고육지책으로 행하였던 일이 끝내 그와 같은 불행한 결말을 만들어내었던 것이다. 그와 같은 상황을 파악하게 되자 호열은 세상일이 모두 원하는 대로 돌아가지 않는다는 것을 절감하게 되었다.

"장문인의 얘기 잘 들었습니다. 정말 가슴 아픈 일이군요."

"옛? 가슴 아픈 사연이라니요?"

"예, 실은……."

호열은 현운 장문인의 얘기를 들으면서 왜 자허 진인이 금단선공을 만들면서 그 내용을 갑골문으로 기록하게 되었는지 등 알게 된 내용을 자세하게 설명하여 줬다. 하지만 모든 얘기를 해준 것은 아니었다. 금단선공의 후반부인 신선도의 내용, 그 내용에 대해서만은 호열 자신도 딱히 '그것이 무엇이다' 라고 속 시원한 결론을 내릴 수 없었기에 해주고 싶어도 해줄 수 없었던 것이다. 벌써 세 번째 읽고 있었는데도 도무지 그 내용을 파악하지 못하고 있었다. 금단선공은 한 번 보고서도 완전히 파악할 수 있었는데.

"허, 저는 대협께서 갑골문에 대하여 이렇게 해박한 지식을 가지고 계신지 몰랐습니다. 진작 알았다면 예전에 부탁드렸을 것을……. 허허허. 원시천존……."

"하하하, 아닙니다. 저도 우연히 배우게 된 것입니다. 그나저나 어떻게 하시겠습니까?"

"옛? 어떻게 하다니요?"

호열은 왼손에 들고 있던 고서를 내 보이며 현운 장문인에게 말하였다.

"예, 장문인께서도 보면 아시겠지만 저도 이 신선도라는 책의 내용은 아무리 살펴보아도 잘 모르겠습니다. 벌써 몇 번을 읽고 있는데도. 허……."

"그럴 수도 있지요, 대협. 우리는 그 책에 적힌 내용이 뭐라는 것은 고사하고 아직 제대로 읽어보지도 못하고 있었습니다."

현운 장문인은 호열을 보면서 한 번 읽어보지도 못한 씁쓸함이 배어나왔다.

"음… 그렇게 말씀하신다면……."

"예, 그러니 너무 부담 갖지 않으셔도 됩니다."

"예, 그러시다면… 장문인, 다만 제가 말씀드리고 싶은 것은 이 신선도… 아니, 금단선공 후반부의 내용은 장문인께서 알고 계시는 것처럼 무서가 아니라는 것입니다."

"옛? 무서가 아니라니요?"

현운 장문인은 호열의 말에 그것이 무슨 말이냐는 듯 깜짝 놀랐다. 그럼 선대부터 지금까지 팔백 년 가까이 되는 세월을 허비하며 보냈다는 말이 아닌가? 현운 장문인은 앉아 있던 의자를 젖히고 일어서다가 갑자기 일어나는 현기증에 그만 바닥으로 쓰러지고 말았다.

"어? 장문인, 괜찮으십니까?"

"음… 예, 괜찮습니다. 대협, 미안하지만 저 좀 자리에 앉혀주시겠습니까?"

"아, 예, 그렇게 하겠습니다."

호열은 현운 장문인을 부축하여 의자에 앉히고 난 다음 차를 한 잔 따라주고는 자신의 자리로 돌아와 앉았다.

"음… 대협, 그럼 이 금단선공이 무공… 아니, 무서가 아니라는 말씀입니까? 그 말씀이 사실입니까?"

"휴… 장문인께서 쓰러지신 이유가 그것 때문이었습니까?"

"제가 대협께 추태를 보여 죄송합니다."

"하하하, 아닙니다."

현운 장문인은 무인으로서 보일 수 없는 추태를 보였다고 생각했다. 무공을 익힌 무인이 겨우 현기증 때문에 쓰러지다니… 정말 있을 수 없는, 있어서는 안 되는 일이 일어난 것이었다.

"아니기는요. 정말 대협께 얼굴을 들 수 없습니다."

"하하, 전 정말 괜찮습니다. 그렇지만 장문인, 제 말을 끝까지 들으시지도 않고 그렇게 쓰러지시면 어떡합니까? 정말 놀랐습니다."

"허허, 음… 옛? 그럼 무슨 다른 말씀이라도 있었던 것입니까?"

현운 장문인은 호열의 말을 처음엔 이해하지 못했다. 그러나 자세히 생각해 보니 어감이 조금 이상했던 것이다.

"하하하, 예. 제가 장문인께 말씀드렸던 것은 금단선공 후반부의 내용이지 전반부가 아니지 않습니까?"

"응? 아, 그렇군요. 그랬었습니다. 허허허, 제가 급한 마음에······."

현운 장문인은 자신의 실수를 절감하지 않을 수 없었다. 평소의 성격대로라면 지금과 같은 실수를 저지르지는 않았을 것이다. 하지만 그만큼 상황이 절박했다는 사실을 말해 주고 있는 것이니······.

"장문인, 금단선공 후반부의 내용은 아까 말씀드렸듯이 무서가 아니지만 전반부의 내용은 무공이 확실합니다. 그것도 일반 무공이 아니라 엄청난 내용을 담고 있었습니다."

"대, 대협, 정말입니까? 정말로 무공이 기재되어 있습니까?"

"예. 그러니 안심하십시오. 제가 보아도 정말 획기적인 내용을 담은 엄청난 내용이었습니다."

"아, 대협, 정말, 정말 고맙습니다."

"장, 장문인, 이러지 않으셔도······."

현운 장문인은 호열의 두 손을 꼭 잡고 두 눈에서 감격의 눈물을 흘리고 있었다. 그동안 가지고 있었던 의문, 그리고 확신이 호열에 의해서 증명된 것이다. 자신이 그동안 얼마나 사제들과 제자들의 눈치를 보며 연구를 하였던가? 또한 지금은 원로원의 수장으로 있는 자신의 사부가 얼마나 엄하게 꾸중을 하였던가? 그렇게 해서 현운 장문인은 소문이 나지 않게 조심조심하면서 혼자 있을 때에만 책을 펼쳐 놓고 연구를 해야만 했었다. 그러한 기억이 주마등처럼 스치고 지나가자 현운 장문인은 주체할 수 없이 눈물이 나오는 것이었다.

"장문인, 이제 좀 진정이 되십니까?"

"아, 이런… 또 추태를 보였군요."

"아닙니다. 음… 장문인, 이제 어떻게 하실 생각이십니까? 제가 해석해서 따로 책을 만드는 것이 좋겠습니까, 아니면 구결로 불러 드릴까요?"

"음… 글쎄요. 책으로 만들어놓는다면 너무 위험 부담이 크고, 구결로 전해달라고 한다면 또한 대협께 누를 끼치게 되니……."

"하하하, 아닙니다. 장문인께서 생각하시는 바가 있다면 허심탄회하게 말씀하십시오. 저는 아무 상관 없으니."

호열은 따로 생각하고 있는 것이 있기 때문에 현운 장문인의 편의를 최대한 봐주어야만 하는 입장이었다. 운영의 일을 확실하게 하기 위해 어쩔 수 없는 일이었으니 호열은 조금의 불편 정도는 감수할 수 있다고 생각했다.

"허허허, 대협께서 그렇게 말씀하여 주시니 정말 감사합니다."

"별말씀을요. 제게 이와 같은 기서를 보게 해주셨는데요. 오히려 제가 감사하지요."

"허허, 그렇게 되나요? 여하튼 정말 감사합니다. 대협으로 인하여 우리 장백검파의 팔백 년 한이 풀렸습니다."

"하하하, 너무 과찬이십니다."

'이쯤에서 얘기를 꺼내야겠다. 분위기도 좋아졌으니…….'

"허허허, 음… 대협, 가만 생각해 보니 대협께서 번거로우시더라도 구결로 전해주실 수 있으십니까? 그 편이 좋겠다는 생각이 드는군요. 원시천존……."

현운 장문인은 조심스럽게 말문을 열었다. 일반 서적도 아닌 무서를 구결로 전해준다는 것은 쉽지 않은 일이었기 때문이다.

"음… 장문인의 말씀 잘 알겠습니다. 그런데 왜 그러한 생각을 하시게 되었는지 여쭈어보아도 되겠습니까?"

"예. 아무리 생각을 해보아도 책으로 만들어서 지니고 다닌다는 것은 위험 부담이 많이 따를 것 같다는 생각이 들었습니다. 허허허. 그렇게 위험 부담을 안고 다닐 바에는 차라리 빨리 암기한 다음 본 문에 돌아가서 기록하는 것이 나을 것 같습니다."

"음… 그것도 좋은 방법이겠군요. 그럼 그렇게 하겠습니다. 하지만 후반부의 내용은……."

호열은 후반부의 내용을 파악하지 못했기에 현운 장문인에게 알려주고 싶어도 그러지 못한다는 말을 하고 싶었다.

"허허, 걱정하지 마십시오. 조사께서 무슨 이유로 그 책을 금단선공의 후반부로 기록하셨는지 모르겠지만, 대협의 말씀대로 무서가 아니라니 제겐 별 소용이 없을 것 같습니다. 차라리 그 책을 대협께서 가지시는 것이 어떻겠습니까? 제가 감사의 보답으로 드렸으면 하는데……. 또 나중에 내용을 해독하시거든 알려수시면 되지 않겠습니까?"

"옛? 이찌 제세 장문인의 조사께서 남기신 유품을 주시겠다고 하십니까? 당치도 않으십니다."

"대협, 제 감사의 표시이니 받아주십시오. 허허허, 그 책이 진정 무서가 아니라면 본 문에 가지고 간다 하더라도 다시 사장될 것이 분명합니다. 그것이 어쩔 수 없는 현실입니다. 그렇게 될 바에는 차라리 대협이 지니고 다니시는 것이 좋을 것입니다. 원시천존……."

현운 장문인은 무서도 아닌 신선도를 자신이 지니고 있어 보아야 아무런 도움이 되지 못할 것이라고 생각했다. 또한 본 문에 돌아간다면 무서로 판명된 전반부와는 달리 다시 서고의 한쪽에 사장될 것이 분명하기에 사장시킬 바에는 차라리 호열에게 넘겨주어 서로 간의 인연의 끈으로 사용하고 싶었던 것이다. 그동안 호열의 행동을 지켜본 바로는 예의와 인연을 아는 사람이었다. 아무리 현운 장문인이 쓸모없다는 생각에 넘겨주는 것이었지만, 그것도 하나의 호의라고 볼 수 있으니 추후 미약하나마 인연의 끈으로 부족함이 없다고 생각했다.

"음… 그럼 그렇게 하겠습니다. 하지만 장문인, 언제든 필요하시면 말씀하십시오. 저도 이 책의 내용을 암기한 후 바로 파괴시킬 것입니다. 그러니 나중에 따로 적어드리겠습니다. 저도 장문인과 같은 생각이니까요."

"허허허, 그렇습니까? 그럼 그렇게 하십시오."

현운 장문인도 호열의 마음을 읽었는지 고개를 끄덕였다. 아무리 오랜 세월을 간직하고 있어 정이 들었지만 아무것도 아닌 것에 위험 부담을 느낄 필요는 없다는 생각이었기 때문이다.

"그럼 감사히 받겠습니다."

"예, 저도 고맙습니다. 지금 와서 얘기지만 대협께서 한 번에 해독하실 줄은 몰랐습니다. 아직도 실감이 나지 않는군요. 허허허."

"하하하. 음… 장문인, 시간이 그리 넉넉하지 않으신 것으로 알고 있습니다."

"아, 그렇군요. 그럼 말씀해 주십시오. 최선을 다해 암기해 보도록 하겠습니다."

"예, 그럼… 참, 장문인께 저도 한 가지 청이 있습니다."

호열은 현운 장문인과 좋게 분위기를 만들면서 운영에 대한 얘기를 꺼낼 기회만을 기다리고 있었다. 그에 말할 기회를 잡은 호열은 천천히 운영에 대해 말을 꺼냈다.

"음… 장문인, 다름이 아니라 운영에 대한 것입니다. 장문인께선 운영일 어떻게 생각하십니까?"

"옛? 정 소협이요?"

"예… 다름이 아니라 저는 운영일 장문인과 함께 떠나보낼 생각입니다. 아무리 생각을 해보아도 저와 함께 있으면 운영의 앞날은 불을 보듯 뻔한 것이니까요. 그래서 전 운영일 놓아주기로 했습니다."

호열은 운영을 보내야 한다는 생각을 하게 된 동기를 천천히 얘기했다. 현운 장문인은 그런 호열을 보면서 그 심정을 알겠다는 듯이 고개를 끄덕였다.

"허허허, 알겠습니다. 대협께서 정 소협을 아끼시는 마음 정말 보기가 좋군요."

"아, 아닙니다. 사실 운영인 실전 경험이 없습니다. 무공은 이미 초절정의 경지에 있다고는 하지만 아직까지 한 번도 대련다운 대련은 한 적이 없습니다. 그래서 걱정하고 있었는데 장문인이 생각나는 것이었습니다. 하하하. 장문인이시라면 걱정이 없겠다고요. 운영이 자신의 길을 찾을 동안만이라도 곁에 두실 수 있겠습니까?"

"허허허. 예, 그렇게 하겠습니다. 저나 우리 문파에도 좋은 일입니다. 정 소협 같은 분이 있으면 천군만마를 얻은 것이나 같은데 누가 싫어하겠습니까? 원시천존……."

현운 장문인은 호열의 말을 듣고서 기분이 좋아졌다. 아무리 실전 경험이 없다고 하더라도 운영인 초절정고수다. 그렇기에 어느 정도 경험만 쌓는다면 장백검파로서는 엄청난 지원군을 얻은 것이나 진배없기 때문이었다. 현운 장문인은 호열의 얼굴을 천천히 바라보면서 눈을 감았다. 어둡기만 하던 장백검파의 앞날에 서서히 서광이 비치는 것 같았다.

『호열지도』 4권으로…